좋은 도둑들

THE GOOD THIEVES

좋은 도둑들

캐서린 런델 글 | 김혜진 옮김

천개의바람

차례

뉴욕

권투 선수가 경기 직전 상대방에게 예를 갖추듯, 비타는 저 멀리 나타난 도시를 향해 입을 앙다물고 고개를 까딱했다.

갑판에 나와 있는 사람은 비타뿐이었다. 바다에 거센 폭풍우가 몰아쳐 소금기를 머금은 물보라가 10미터 가까이 치솟았다. 비타의 엄마를 비롯한 다른 승객들은 모두 선실로 대피해 있었다. 그것이 분별 있는 행동임은 분명했다.

하지만 분별 있는 것이 언제나 옳은 것은 아니다.

비타는 선실에서 슬쩍 빠져나와 바깥에 서 있었다. 배가 집채만 한 파도에 부딪혀 물마루로 치솟을 때면 두 손으로 난간을 꽉 잡고 버텼다. 그리하여 이 도시의 광경을 최초로 목격한 유일한 승객이 될 수 있었다.

"육지다! 좌현 전방!"

갑판원이 소리쳤다.

뉴욕이 안개 속에서 모습을 드러냈다. 즐비한 마천루와 창백한 푸른빛이 아름다웠다. 너무나 황홀했기에 비타는 더 가까이에서 보려고 홀린 듯 뱃머리로 다가갔다. 겁도 없이 난간 너머로 몸을 쑥 내밀어 바라보는데, 머리 위로 무언가가 휙 날아왔다.

깜짝 놀란 비타가 숨을 몰아쉬며 급히 몸을 수그렸다. 갈매기가 하늘을 가로질러 새끼 까마귀를 뒤쫓고 있었다. 갈매기는 새된 소리를 지르고 공중을 선회하면서 까마귀의 등을 쪼아 댔다. 비타는 인상을 찌푸렸다. 정당한 싸움이 아니라는 생각이 들었다. 비타가 주머니 속을 더듬어 에메랄드빛 구슬 하나를 감싸 쥐었다. 목표를 겨냥하고, 냉정하게 거리와 각도를 재빨리 계산해 조준한 뒤, 팔을 뒤로 젖히고 힘껏 던졌다.

구슬은 갈매기의 뒤통수 한가운데를 정확히 가격했다. 갈매기는 크나큰 충격에 휩싸인 성난 공작부인처럼 비명을 질러 댔고, 까마귀는 공중을 휘휘 돌다가 뉴욕의 마천루를 향해 황급히 달아났다.

＊

둘은 선착장에서 택시를 탔다. 비타의 엄마는 한 손 가득 쥐고 있던 동전을 신중하게 세어 본 뒤 택시 기사에게 목적지의 주소를 알려주었다.

"이 돈으로 갈 수 있는 만큼 가 주세요."

엄마는 무안한 듯 몇 번 헛기침을 했고, 기사는 이해한다는 듯 고개를 끄덕였다.

창밖으로 맨해튼이 빠르게 스쳐 지나갔다. 오랜 시간 폭풍우를 견뎌 온 벽돌과 석재 위로 형형색색의 불빛이 터졌다. 벽면을 그레타 가르보의 사진으로 장식한 극장을 지나쳤다. 그 앞에서는 한 남자가 김이 모락모락 나는 바닷가재 집게발을 수레에 쌓아 놓고 팔고 있었다. 교차로를 지나가는 트램이 굉음을 내며 피클 회사 광고가 붙은 소형 화물차를 아슬아슬하게 비껴갔다. 비타는 도시의 냄새를 깊게 들이마셨다. 그리고 머릿속으로는 지도를 그리며 거리의 구획과 배치를 기억하려고 애썼다.

"워싱턴 가, 그리니치 가……."

거리의 이름도 나지막이 소리 내 보았다.

지불한 돈만큼 간 뒤 비타와 엄마는 택시에서 내렸다. 두 사람은 여행 가방을 들고 세차게 불어닥치는 바람에 맞서며 7번가를 따라갔다. 비타는 줄무늬 양복을 차려입은 남자와 뾰족구두를 신은 여자들과 부딪히지 않게 피해 가며 최대한 빠르게 걸었다.

"저기야! 할아버지가 있는 아파트."

갈색 석재로 지어진 아파트는 웨스트 57번가의 혼잡한 도로에 높다랗게 솟아 위엄 있어 보였다. 신문팔이 소년이 그 앞에 서서 허공을 향해 헤드라인을 외치고 있었다.

아파트 앞, 길 건너편에는 정면이 아치형으로 장식된 밝은 붉은색 벽돌 건물이 있었다. 벽면에서 튀어나온 깃대에 깃발 두 개가 걸려 세차게 펄럭거렸다. 그 위에 색유리로 '카네기 홀'이라고 새겨진 글자가 보였다.

"아파트가 아주…, 멋있어 보이네요."

비타가 말했다. 아파트는 세상에 불만이 많은 듯 입술을 삐죽 내밀고 있는 것처럼 보였다.

"정말 여기가 맞아요?"

"그래, 확실해."

비타의 엄마가 대답했다.

"할아버지 집은 지붕 바로 아래 꼭대기 층이야. 예전에 하녀가 살던 곳이래. 비좁을 거야. 그래도 아주 오래 있진 않을 거니까."

엄마는 영국으로 돌아가는 티켓을 3주 뒤로 예약해 두었다. 할아버지의 서류들을 정리하고 몇 가지 짐을 싸면서, 함께 돌아가자고 설득하는 데 그 정도면 충분할 거라고 말했다.

"자, 할아버지를 찾으러 가자."

엄마는 쾌활하게 말했지만, 왠지 목소리가 어색하게 들렸다. 승강기가 고장 나 있어서 비타는 할아버지의 집까지 반쯤 달리다시피 하며 계단을 올라갔다. 절룩절룩하면서도 최대한 재빠르게 좁은 층계참을 뛰어오르느라 여행 가방이 벽에 쿵쿵 부딪혔다. 왼발의 통증이 점점 심해지는 건 무시했다. 비타는 문 앞에 잠시 멈춰 헐떡이는 숨을 골랐다. 문을 두드렸지만 안에서는 아무 대답도 없었다.

비타의 엄마가 가쁜 숨을 몰아쉬며 마지막 층계참에 올라와 서는 몸을 숙여 깔개 아래에서 현관 열쇠를 집어 올렸다. 엄마는 비타를 바라보며 잠시 머뭇거리더니 말했다.

"걱정했던 것만큼 아주 나쁘진 않을 거야. 하지만…."

"엄마! 할아버지가 기다리고 있을 거예요!"

엄마가 문을 열자 현관으로 벌컥 달려 들어간 비타는, 문간에서 얼어붙었다.

할아버지는 언제나 호리호리하고 탄탄한 몸매에 잘생긴 사람이었다. 손은 길고 섬세했고 청록색 눈동자는 명민해 보였다. 그러나 지금은 깡마른 데다 눈이 뒤통수 쪽으로 빨려 들어갈 듯 퀭했다. 손가락은 굽어서 안으로 말려 들어가 있었다. 마치 할아버지의 온몸 구석구석이 세상에서 후퇴하고 있는 듯했다. 할아버지가 앉은 의자 옆 벽에는 지팡이가 기대어 있었다. 예전에는 전혀 필요하지 않았던 물건이었다.

할아버지는 아직 비타를 보지 못했다. 바로 그 순간 할아버지의 얼굴은 그 어떤 단단한 망치로도 결코 깨뜨릴 수 없는, 절대적인 슬픔으로 조각된 듯 보였다.

"할아버지!"

하지만 비타가 부르자 고개를 든 할아버지는 빛이 비춰드는 듯 낯빛이 바뀌었다. 비타는 겨우 다시 숨을 쉴 수 있었다.

"우리 두목님!"

할아버지가 일어섰고, 비타는 달려들어 힘껏 안겼다. 그 기운에 할아버지가 큰 숨을 훅 내뱉으며 웃었다.

"줄리아, 사흘 전에야 네 전보를 받았다. 안 그랬으면 못 오게 말렸을 텐데……."

엄마가 들어오자 할아버지가 말했다.

"어디 한번 막아 보세요, 아버지."

비타의 엄마가 고개를 저으며 대꾸했다. 할아버지의 눈길이 다시 비타를 향했다.

"우리 두목, 웃는 얼굴 좀 다시 보자."

그래서 비타는 미소를 지었다. 처음에는 그저 편하게 웃었지만, 할아버지가 눈길을 돌릴 생각이 없는 듯 계속해서 뚫어지게 바라보자 이가 하나하나 모조리 드러날 때까지 커다랗게 웃었다.

"고맙다, 우리 두목님. 웃는 얼굴이 어쩌면 이렇게 네 할머니와 똑같을까."

할아버지가 말했다. 그 눈에 눈물이 고이는 걸 본 비타는 가슴이 아려왔다.

"할아버지?"

할아버지는 헛기침을 하고, 미소를 지으며 목청을 가다듬었다.

"세상에, 너희들을 보니 정말 좋구나. 하지만 이렇게 올 필요까지는 없었는데 말이다."

엄마가 비타를 방문 쪽으로 밀며 말했다.

"아가, 가서 네가 쓸 방을 찾아봐."

"하지만……."

"제발. 지금 당장."

엄마가 짧게 말했다. 엄마는 완전히 지쳐서 낯빛이 창백했다.

"복도 끝에 방이 하나 있단다. 미안하지만 방이라기보다는 벽장에 가깝지. 그래도 전망은 꽤 근사하단다."

할아버지가 말했다.

비타는 여행 가방을 들고 복도를 천천히 걸어갔다. 마룻바닥이 얼마나 삐걱거리는지, 벽의 페인트가 얼마나 벗겨졌는지 이제야 눈에 들어왔다. 방문을 밀었지만 꽉 끼어 열리지 않았다. 비타는 등을 벽에 기대 버티고 좀 더 힘이 들어가는 발로 방문을 밀어 찼다. 자잘한 회반죽 가루가 부스스 흩날리며 문이 열렸다.

방은 실제로 한 자리에서 사면의 벽에 모두 손이 닿을 정도로 작았다. 하지만 나무 옷장에다 거리가 한눈에 내려다보이는 창도 있었다. 비타가 침대에 걸터앉아 왼쪽 신발을 벗고 양손으로 발을 감싸 쥐었다. 손가락으로 발바닥을 꾹꾹 누르고, 발가락을 찌르고 세게 당겨 지압하면서, 비타는 생각을 정리하려고 애썼다.

뉴욕에 도착했다. 짜릿하고 즐거워야 했다. 대양을 건너 세계의 반 바퀴를 도는 여행을 했고, 창밖에는 신이 특별히 휘황찬란하게 써 내려간 멋진 글씨처럼 뉴욕이 지평선까지 활짝 펼쳐진 채 기다리고 있었다.

그러나 그 모든 것은 하나도 중요하지 않았다. 할아버지가 비타의 걱정만큼 나빴다면 차라리 다행이었다. 할아버지는 생각보다 훨씬 더 심각한 상태였다.

비타의 치마 주머니에는 고향 집 뜰에서 가져온 자갈이 가득했다. 비타는 그중 큰 것들을 골라 옷장 문에 던지기 시작했다. 이런 행동은 비타가 뭔가 골똘히 생각할 때 도움이 되었다.

누군가 봤다면 돌들이 옷장 손잡이 한가운데를 매우 정확하게 맞히고 있다는 걸 눈치챘을 수도 있다. 하지만 지켜보는 사람은 아무도 없었고, 비타 자신도 전혀 몰랐다. 비타는 돌멩이는 안중에도 없었다.

이 상황을 바로잡기 위해서 뭐든 해야만 했다. 무엇을 어떻게 해야 할지 아직은 하나도 알 수 없지만, 흔히 사랑에는 선택의 여지가 없는 경우가 많다.

할아버지

재앙이란 것이 종종 그러하듯, 할아버지의 재앙도 푸른 하늘로부터 소식이 왔다. 할아버지가 비타의 엄마에게 보낸 전보는 짧았다. '어젯밤에 네 엄마가 죽었다.'

현관 매트에 앉아 있던 비타는 그 자리에 얼어붙었다. 엄마는 하얗게 질린 얼굴로 비타를 침대로 데려갔다. 거기서 비타와 엄마는 함께 블랙베리 코디얼(과일 주스에 물을 타 마시는 단음료)을 마시며 할아버지와 전 세계를 여행했고, 뱃사람처럼 목청껏 소리 내어 웃는 할머니에 대해 이야기를 나누었다. 이야기란 것이 원래 그렇듯, 그 대화는 비타와 엄마 모두에게 작은 위안을 주곤 했다.

하지만 재앙은 그게 끝이 아니었다. 그 뒤로도 편지가 여러 통 뒤따랐다. 첫 번째는 암울하고 짧았다. 할아버지가 허드슨 성에 유령이 가득하다고 써 보냈다.

일반적인 성의 기준에 비추어 보면, 허드슨 성은 아주 작았다. 비타의 오대조(고조의 어버이) 할아버지가 프랑스의 어느 언덕 꼭대기에 서 있던 그 성을 뿌리째 뽑아서는 돌덩이 하나하나씩 따로 배에 실어 바다 건너 미국으로 옮겼다. 그 당시에는 성이 아주 아름답다는, 그리고 좋게 말해도 미친 짓이라는 두 가지 이야기를 동시에 들었다고 한다. 지금은 낡아 빠지고 허물어져 가고 있지만, 성은 아름다웠고 할아버지만 오롯이 홀로 살고 있었다.

하지만 어느 땐가 희망이 살짝 싹텄다. 할아버지는 편지에 한 남자가 허드슨 성을 빌리고 싶어 한다고 썼다. 남자는 성을 학교로 바꾸자고 제안했다. 할아버지는 관리인 자격으로 계속 성에 머무를 수도 있었다. 그건 할아버지가 새로운 목표를 가지고 이런저런 할 일이 생긴다는 뜻이기도 했다. 아직 서류상으로 완전히 정리가 되지 않은 상태였지만, 남자는 바로 성을 수리하길 강력히 원했다. 남자의 이름은 소로토어, 뉴욕의 백만장자였다.

할아버지는 한 남자가 뉴욕의 거대한 빌딩을 배경으로 할리우드 배우처럼 이를 잔뜩 드러낸 채 활짝 웃고 있는 기사 사진도 함께 보내왔다. '다코타의 자택 앞에서, 빅터 소로토어'라는 캡션이 달려 있었다.

"빅터 소로토어."

비타는 소리 내어 읽으며, 만약의 경우에 대비해 남자의 얼굴을 기억해 두었다.

일주일도 채 안 되어 소로토어는 공격을 시작했다. 경비실에서 낯선 남자가 경비견 두 마리를 데리고 나오더니 할아버지에게 총을 겨누었다.

"여기 허드슨 성은 소로토어 씨 소유요. 썩 꺼져요!"

경비원이 할아버지에게 소리를 질렀다.

할아버지는 성인이 된 이후로 썩 꺼지라는 말을 들어본 적이 없었다. 경비원을 밀어젖히고 들어가려고 시도했지만, 경비견 중 하나가 할아버지의 발목을 물었다. 그냥 덤벼든 게 아니라 진짜로 물어뜯어서 피가 흘렀다. 경비원은 할아버지의 가슴에 총을 겨누었다. 너무나 황망한 마음에 할아버지는 기차를 타고 바로 뉴욕으로 향했고, 7번가에 조그만 아파트를 월세로 얻었다. 그리고 소로토어의 변호사를 찾았다.

변호사는 놀랍다는 표정을 지었는데, 오로지 변호사들만 지을 수 있는 딱 그 정도의 표정이었다. 눈썹을 어찌나 치켜올리는지 저러다 눈썹이 뒤통수를 지나 목덜미에 가 붙는 게 아닐까 싶을 정도였다. 변호사는 할아버지도 이미 뻔히 알고 있는, 할아버지가 소로토어에게 성을 넘겼다는 사실을 상기시켰다. 거래 대금이 할아버지의 계좌에 떡하니 들어 있었다. 고작 200 달러. 너무나 적은 돈이었지만, 허드슨 성이 할아버지에겐 기꺼이 처리해 버리고 싶은 짐이었다는 의미로 해석되었다. 할아버지는 계좌를 확인했다. 그것은 사실이었다.

할아버지는 변호사를 고용해 소로토어에게 제대로 된 부동산 거래 서류를 요구하려고 했다. 하지만 할아버지는 그 남자보다 더 큰 부자가 아니었기에 아무도 이 사건을 맡으려고 하지 않았다. 할아버지는 마지막 편지에 이렇게 썼다.

'정의는, 오직 돈으로 그걸 살 수 있는 사람들 편이더구나.'

이제 할아버지는 자신이 태어난 그 집을 머릿속에서 지우려고 애를 쓰고 있었다. 편지에 썼듯이, 리지 할머니와 성에서 함께했던 삶을 잊으려고 했다. 잊는 게 차라리 더 안전한 길인 듯했다.

할아버지의 마지막 편지를 받고, 비타는 피가 거꾸로 솟는 심정이었다. 허드슨 성은 할아버지의 집이었다. 할아버지가 *리지* 할머니와 함께했던 모든 기억과 함께 살아갈 수 있는 유일한 장소였다.

"안 돼."

비타는 혼잣말로 중얼거렸다.

엄마의 얼굴을 보니 희망이 보였다. 비타의 엄마는 호리한 체격에 목소리는 부드러웠지만 의지는 철석같았다. 비타의 갈색 눈과 고집스러워 보이는 턱선은 엄마를 똑 닮았다.

다음 날, 시내로 나간 엄마는 표 두 장을 손에 쥐고 돌아왔다.

"좋든 싫든 여기로 모셔올 거야. 배는 리버풀에서 출항할 거고, 우리는 오늘 밤에 떠나."

엄마의 왼손에 있던 약혼반지와 결혼반지가 사라졌다. 하지만 비타는 더 이상 질문하지 않고, 짐을 싸러 자기 방으로 갔다. 신고 있던 부츠가 마룻바닥에 세게 부딪혔다. 마치 전쟁터로 향하는 병사의 발걸음처럼 탁탁 소리가 났다.

비타에게 던지는 법을 가르친 사람이 할아버지였다.

할아버지의 이름은 잭 웰스, 아니 엄밀히 말하자면 윌리엄 조너선 시어도어 막시밀리안 웰스이다. 할아버지는 긴 이름, 기다란 자동차, 길고 긴 저녁 식사 따위를 중히 여기는 집안 출신이다. 집안의 재산은 이미 사라진 지 오래였지만 터무니없는 작명 관습은 여전히 남아 있었던 모양이다. 할아버지의 아버지는 미국인, 어머니는 영국인이었다. 학교도 영국에서 다녔다. 직업은 보석 세공인이었고, 문간 위에 부딪힐 위험이 있을 만큼 키가 컸으며, 다리가 우편함에 들어갈 정도로 마른 체격이었다.

비타가 다섯 살 때, 큰일이 두 가지 있었다. 비타의 아빠가 제일차세계대전에서 전사했고, 비타가 소아마비에 걸렸다. 비타의 엄마는 엄청난 기세로 격렬하게 병에 맞서 싸웠다. 잠도 거의 자지 않았다. 길고도 암울했던 몇 달 동안 비타는 병원 침대에 계속 누워 있었고, 아몬드 밀(표백한 아몬드의 굵은 가루로 주로 향수·화장품 따위의 제조에 쓰임)과 산화수로 몸을 닦아야 할 때만 잠시 일어났으며, 염화금과 펩신 포도주만 마실 수 있었다. 비타는 실제보다 훨씬 나이 들어 보이기 시작했다.

그러던 어느 날 미국에서 비타의 할아버지와 할머니가 찾아왔다. 할아버지는 비타의 침대 곁에 앉아 탁구공을 주면서, 그걸로 외과 주치의를 맞힐 수 있게 되면 자기에게 말하라고 했다. 그런 다음에는 보석 세공인의 떨림 없이 안정된 손으로 멀리 떨어진 병실 벽에 아주 작은 정곡을 그렸다.

못 맞히고 또 못 맞혔다. 비타는 못 맞히는 걸 못할 때까지 계속해서 공을 던졌다.

할아버지는 비타를 운동선수처럼 가르쳤다. 할아버지 역시 팔매질의 명수였고, 비타도 팔매질을 하며 몇 시간이고 보낼 수 있었다. 조약돌, 구슬, 다트, 종이비행기까지 다 던져 보았다. 일곱 살에 퇴원해 집에 돌아온 비타가 던진 스테이크용 칼은 우아한 곡선을 그리며 방 저쪽으로 날아가 버터 조각에 정확하게 꽂혔다.

비타는 성장하며 뼈가 점점 튼튼해졌고, 마침내 다리 보호대도 필요 없어졌다. 하지만 왼쪽 종아리는 오른쪽보다 가늘었고, 왼쪽 발은 뒤틀려 있었다. 비타의 신발은 어느 구두장이가 자신이 찾을 수 있는 가장 부드러운 가죽을 사용해 공짜로 만들어 주었다. 비타의 엄마는 구두 윗부분에 붉은색 비단을 덧대어 바느질을 하고 거기에 새 모양을 수놓았다. 비타는 달릴 수 있었지만 근육이 심하게 당겼고, 불타는 듯 화끈거리는 통증을 피할 수는 없었다. 어쩌다 상처가 날 때면 아무렇지도 않게 불평하며 피가 거의 나지 않는데도 붕대를 감아달라고 했지만, 그 특별한 고통에 대해서는 한마디도 내색하지 않았다.

비타는 작은 체구에 조용하고 조심성이 많은 아이로 자랐다. 비타에게는 웃음이 여섯 가지 있었는데, 다섯 가지는 진심이었다. 미소 모두가 볼 만했다. 머리칼은 갓 씻은 말끔한 여우 같은 적갈색이었다.

딱 한 번, 엄마 줄리아가 비타의 끊임없는 표적 맞히기 연습에 대해 걱정한 적이 있었다. 그 말에 할아버지는 대꾸했다.

"비타는 그저 편안하게 지내려고만 하는 아이가 아니다. 게다가 다치기 쉬운 아이잖아. 바윗돌을 던지거나 돌 두 개를 한꺼번에 던지는 연습을 한다 해도 나쁠 것 없다."

비타는 여덟 살이 되자 오십 걸음 정도 떨어진 곳에서 사과나무 우듬지에 달린 사과를 맞힐 수 있었다. 물수제비는 스물세 번이나 뜰 수 있었다.

"우리 동네에선 네 할아버지가 제일가는 명사수란다. 하지만 내가 보기엔 네가 더 낫구나."

리지 할머니는 입버릇처럼 말하곤 했다. 할머니는 키가 컸고, 강인해 보이는 콧대에 다정함이 뚝뚝 묻어나는 눈동자를 지닌 분이었다.

할아버지는 바다에서 비타가 어깨 위로 손을 높이 들어 던지는 모습을 바라보았다.

"이제 속도를 조절하는 법을 익혀 봐. 네가 던진 걸 공기가 어떻게 회전시키는지도 파악하고. 잘 봐! 계속 연습해서 몸에 배게 익혀! 네가 할 수 있는 한 최대한 많이 연습해. 연습의 반대말은 죽음이니까! 좋아, 잘했다!"

비타가 아는 한, 할아버지는 말할 때 불꽃이 튀는 것 같은 유일한 사람이었다. 마치 부시가 부싯돌에 부딪혀 불꽃이 이는 것처럼, 할아버지는 불꽃을 튀기며 세상에 대항하는 것처럼 보였다.

그렇게 있다가 할아버지와 할머니는 미국에 있는 허드슨 성으로 돌아갔다. 얼마 안 있어 모든 게 바뀌었고, 비타가 여기, 노을 지는 뉴욕이 내려다보이는 이 좁디좁은 아파트 다락방으로 오게 되었다.

계획

첫날 밤, 하늘엔 달도 별도 없었지만 뉴욕은 결코 어둡지 않았다. 비타가 한밤중 잠에서 깨어나 보니 도시는 여전히 잠들지 않고 있었다. 비타는 창가로 갔다. 아파트가 고층이라 주변의 다른 어떤 건물들보다 훨씬 높았다. 저 아래 거리들이 센트럴 파크의 거대한 암흑을 향해 죽 뻗어나가는 게 보였다. 길가의 가로등, 가정집의 전등, 지하실 창문에서 번쩍이는 불법 주류 밀매점의 섬광, 자동차 전조등, 시가 끄트머리의 담뱃불까지 맨해튼은 온갖 빛으로 일렁거렸다.

비타는 도무지 다시 잠들 수가 없었다. 아파트 옆 건물에는 식당이 하나 있는데, 거기에서 바이올린 두 대가 연주하는 음악과 몹시 시끄러운 데다가 음정도 틀린 남자의 노랫소리가 들려왔다.

길 건너편 붉은 벽돌의 카네기 홀은 가로등 불빛에 청동색으로 변했고, 건물 정면은 고요하고 엄숙한 분위기에 휩싸여 있었다. 그런데 비타가 갑자기 눈을 가늘게 뜨고 더 자세히 살펴보기 시작했다.

바로 그 순간, 고요함과 엄숙함은 순식간에 어디론가 사라져버렸다. 남자아이 하나가 3층 창문에서 바깥으로 뛰어내리기 일보 직전이었다.

아이가 기어올라 창턱에 섰다. 여윈 체격에 검은 피부, 귀가 도드라져 보이는 그 아이는 아래를 내려다보는 게 아니라 도시를 가로질러 저 너머를 보는 것 같았다.

다른 아이가 등장했다. 몸집이 더 작은 남자아이가 깔깔거리며 건물 모퉁이를 돌아 달려 나왔다. 그 아이는 양손으로 얇은 매트리스를 질질 끌고 와서 길바닥에 툭 깔고 소리쳤다.

"리스토(Listo)! 준비! 헵(Hep)!"

창턱에 선 아이가 머리 위로 양팔을 높이 들어 올리더니, 비타가 당장 그만두라고 소리 지를 새도 없이 바깥으로 몸을 휙 내던져 공중으로 솟구쳤다. 비타는 숨이 멎을 것만 같았다. 하지만 아이는 양 무릎을 가슴 쪽으로 끌어당겨 단단히 껴안은 채 공중에서 두 바퀴를 돌더니 매트리스에 닿기 직전, 정확한 타이밍에 몸을 풀고 발로 착지했다. 작은 아이는 기쁨의 함성을 내질렀고, 큰 아이는 슬쩍 미소를 지었다.

그다음 순간 아이가 고개를 들다가 비타를 보았다. 비타는 창틀에 배꼽을 걸친 채 위태롭게 몸을 죽 내밀고 있었다. 밤의 공기에 휩싸인 세 아이는 한순간 눈이 휘둥그레진 채 서로를 마주 보았다. 그러다 문득 큰 아이가 비밀스럽고 은밀한 미소를 지었고, 작은 아이도 그걸 보고는 웃으며 인사를 건넸다. 비타가 아래를 향해 뭐라고 소리치려는 순간, 두 아이가 모퉁이를 돌아 사라졌다. 작은 아이는 매트리스도 챙겨서 끌고 갔다.

비타는 얼른 거리를 죽 훑어보았다. 방금 남자아이 하나가 거의 하늘을 날던 모습을 함께 목격한 사람은 아무도 없는 듯했다.

비타는 잊어버릴까 봐 혼잣말을 했다.

"저 아이들을 기억해 두자. 필요할 때가 있을지도 몰라. 혹시, 만약의 경우에……."

뉴욕에서 맞이하는 첫 번째 아침, 비타는 창밖에서 들려오는 음악 소리에 잠이 깼다. 손가락에 침을 묻혀 아직 눈에 붙은 잠을 문질러 떨쳐 낸 비타가 창밖을 내다보았다. 눈을 가릴 정도로 모자를 푹 눌러쓴 한 남자가 가로수에 기대어 서서 아코디언을 열심히 연주하고 있었다.

그날은 해가 비치고 하늘이 푸르고 화창했지만, 숨을 쉴 때마다 입김이 나올 정도로 추웠다. 비타는 세수를 하고 따뜻한 니트 스웨터와 밝은 빨간색 치마를 입었다. 붉은색 비단 부츠의 단추를 조심스럽게 채우고 손가락으로 머리칼도 정리했다.

거실 안락의자에 앉아 하늘을 보고 있던 할아버지는 비타가 오자 고개를 돌렸다. 할아버지가 비타의 기억 속에 있는 오래전 그 미소를 짓기 위해 무척 애를 쓰는 게 느껴졌다.

"우리 두목님! 잘 잤니? 네 엄마는 벌써 나갔다. 내 은행 담당자를 만나 뭐 할 수 있는 일이 있을지 알아본다며 엄청나게 결의에 찬 표정을 짓고 갔다."

비타는 고개를 끄덕였다. 비타의 엄마는 뭔가에 집중하면, 마치 튼튼한 군함처럼 결코 흔들림 없는 투지로 목표를 이루기 위해 몰두했다.

"네 엄마는 자주 외출해야 할 것 같다고 걱정하더구나. 내 여권을 갱신하고, 여기 은행 계좌에 남은 돈을 영국 계좌로 이체하기도 해야 하니까. 그런데 어쨌든 나는 너와 네 엄마가 여기서 하는 일에 책임을 져야 할 사람이야. 네 엄마는 나에게 너희 둘 다 분별 있게 행동하겠다고 약속했단다."

할아버지는 약간 의심스럽다는 듯 눈썹을 치켜뜨며 장난스럽게 말했다.

"그래서 너는, 어떤 작전을 펼칠지 무슨 계획이라도 있니?"

비타가 대답했다.

"저는 소시지에 케첩을 찍어 먹을 계획입니다만……."

비타는 배를 타고 오면서 처음으로 케첩을 맛본 뒤 매일 먹고 있었다.

"같이 좀 드실래요?"

할아버지는 고개를 가로저었다.

"다정하기도 하지. 하지만 난 괜찮다."

"그럼 커피 드려요?"

비타는 커피가 미국에서 꼭 마셔야 할 음료라고 들었다. 비타에게는 잔뜩 성이 난 진흙 맛 같았지만 전혀 다르게 느끼는 사람도 많다는 걸 알고 있었다.

"사실 어떻게 만드는지 잘 모르지만 한번 해 볼게요."

"아니, 괜찮아."

"다른 건요? 제가 할 수 있는 게 없을까요?"

"네가 여기 있는 것만으로도 충분하단다."

하지만 충분할 리가 없었다. 비타는 부엌으로 가면서 할아버지가 의자에 깊숙이 기대앉는 모습을 보았다. 할아버지의 눈빛에 어쩔 수 없는 깊은 공허함이 배어 나왔다.

소시지를 찾아서 오븐에 넣고 케첩 병에 버터나이프를 막 넣으려는데 할아버지가 부르는 소리가 들렸다.

"두목님, 아직 거기 있니?"

"네!"

비타는 최대한 빨리 할아버지에게 갔다.

"소시지가 익는 동안 여기 와서 좀 앉아 봐라. 너한테 꼭 해야 할 말이 있단다."

비타를 향하던 할아버지의 눈이 창밖의 지붕들, 다시 도시 저 너머까지 응시하는 듯하더니 갑자기 그 눈동자에 분노가 차올랐다.

"그게 뭔데요?"

할아버지가 아무 말이 없자 비타는 마룻바닥에 주저앉아 손으로 할아버지의 발목을 어루만졌다. 비타는 누군가가 발목을 만져 주는 게 도움이 된다는 사실을 알고 있었다. 물론 그 누군가는 반드시 알맞은 사람이어야 하지만 말이다.

"네가 들어 주면 좋겠구나. 우리 두목, 너는 언제나 남의 말을 귀 기울여 잘 듣는 아이였지. 너의 안전을 위해, 소로토어에 대해 알아야 할 게 있다. 그리고 그놈이 무엇을 빼앗아 갔는지도 알려주마."

할아버지가 이야기를 이어갔다.

"네 할머니는 그 오래된 성에 생기를 불어넣었어. 아무것도 자랄 수 없을 것 같던 그곳에서 많은 걸 키워냈지. 이무깃돌(성문 따위의 난간에 끼워서 빗물이 흘러내리게 하는, 이무기 머리 모양의 돌로 된 홈) 입안에는 산딸기가 있었고, 덩굴장미가 방범 창살을 타고 올라와 창문 안으로 들어오기도 했어. 담쟁이덩굴은 너무 무성하게 자라 오히려 불편할 정도였단다."

마치 그때가 눈앞에 펼쳐지는 듯 할아버지는 눈을 가늘게 떴고, 그러면서 또 가슴 아파했다.

할아버지가 계속 말했다.

"증조할아버지께 정말 면목이 없다. 돌아가실 때 우리에게 재산을 많이 남겼다고 생각하셨을 거다. 마차 여러 대에 말도 많았고, 보석도 있었지! 다이아몬드, 루비, 사파이어까지 꽤 많았어. 그걸 거의 다 잃었다. 나의 할아버지가 도박으로 대부분 날려 버린 거야. 하지만 내가 저지른 짓이 최악이구나. 집을 잃었으니까. 세상에, 리지가 알면 뭐라고 할까?"

"할머니는 할아버지 잘못이 아니라고 그러실걸요? 확실해요."

비타가 단호하게 말했다.

"젊었을 때는 우리도 꽤 잘 살았어. 마지막까지 가지고 있던 보석은 에메랄드 목걸이였다. 에메랄드 알이 사자 눈알만큼 컸어. 성 지붕을 수리할 돈이 필요해서 우리는 그게 어느 정도 가치가 있는지 알아봤단다. 수천은 족히 된다고 했어. 오, 두목, 네가 그때 우릴 봤어야 하는데! 네 할머니는 그 에메랄드 목걸이로 치장을 했고, 우리는 춤을 추러 갔단다."

비타는 흥분하지 않으려고, 침착해지려고 애썼다.

"지금 수천 달러라고 하셨어요?"

"네 할머니는 정말 아름다웠다. 나는 리지가 목걸이를 하고 있는 사진을 찍었지. 나의 리지, 그 목걸이를 정말 좋아했는데……."

할아버지는 목이 메는 듯 이야기를 멈췄다.

"리지가 세상을 떠났을 때, 나는 뭘 어떻게 해야 할지 아무 생각도 안 났다. 그래서 그 목걸이를 숨겨 버렸어. 차마 볼 수가 없었거든. 오, 비타, 목걸이가 아직 거기에 그대로 있을 거야. 오래된 비밀 장소에."

할아버지는 떨리는 듯 깊은 한숨을 내쉬고는 표정을 가다듬으려 애를 썼다.

에메랄드 목걸이라니! 어떤 생각이 강력한 전기 충격처럼 비타의 온몸을 관통했다. 집을 도로 가져올 수는 없지만, 에메랄드 목걸이라면 얘기가 달랐다. 사자 눈알만큼 커다란, 수천 달러 가치가 있는 에메랄드라면 상황을 완전히 바꿀 수 있었다.

내가 되찾을 수 있어. 그걸 훔쳐 오는 거야. 그런 다음 팔면 돼. 그 돈으로 변호사를 고용하고, 소로토어에게 할아버지의 집을 돌려 달라고 요구하자.

"그건 불가능해."

비타가 혼잣말을 했다. 그러나 비타 안의 작은 목소리가 속삭였다.

불가능이 시도해 볼 가치조차 없다는 뜻은 아니잖아?

비타는 서랍장 위에 사과를 하나 올려놓았다. 그러고는 손에 작은 주머니칼을 쥐고 침대에 걸터앉아 사과 꼭지 끄트머리를 뚫어져라 쳐다보았다.

갖가지 빛깔이 어른거리며 눈에 들어왔고, 비타는 하찮은 일상의 생각들을 머릿속에서 밀어내며, 마음속에서 고요하고 안정된 곳을 찾았다. 할아버지는 말씀하시곤 했다.

"만약 어떤 생각을 네 마음속 한곳에 두고 그 생각이 계속 너를 찾게 만들면, 결국에는 반드시 이루어질 거야."

그리고 덧붙였다.

"물론 반드시 현실적이거나 합법적인 생각이 아니라고 해도 말이다."

비타의 마음속에서 모양새를 갖추기 시작한 계획 역시 마찬가지였다.

비타는 한참 동안 가만히 앉아 정면을 응시했다. 거의 숨도 쉬지 않았다. 일평생 이렇게 고요했던 적은 처음이었다. 끊임없이 비타를 툭툭 두들겨대던 발의 통증도 더 이상 느껴지지 않았다. 마치 막다른 골목에 몰렸다가 빠져나올 방도를 찾은 느낌이었다.

그 계획은 비타의 머릿속에서 대문자와 이탤릭체로 표시되었고, 점점 더 확고해졌다.

비타가 눈을 깜빡이며 고개를 흔들었다. 주머니칼에서 칼날을 착 뽑아 방 저쪽을 향해 힘껏 던졌다. 칼 손잡이의 무게가 고르지 않아 불안정하게 회전했지만, 칼날은 정확히 사과의 정중앙에 쩍 하고 꽂혔다. 사과가 바닥으로 굴러떨어졌다.

비타는 웃었다. 여섯 가지 미소 중 하나였다. 그런 다음 여행 가방에서 빨간 수첩을 하나 꺼냈다. 온전히 집중하고 있는 눈에는 열기가 가득했다. 비타는 두 단어를 썼다.

나의 계획.

비타는 거기에 밑줄을 긋고는 수첩을 홱 뒤집어 빈 페이지에 다음과 같이 쓰기 시작했다.

할아버지와 할머니가 미국으로 다시 돌아가던 날, 나는 주머니칼을 처음으로 손에 쥐었다.

나는 두 분이 가시는 모습을 보기가 싫어서 혼자 있으려고 숲으로 갔다. 돌멩이를 한 줌 가득 쥐고 어떤 나무옹이를 맞히려고 계속 시도했는데 번번이 실패했다. 왜 안 되는지 도무지 이해할 수 없었다.

뒤에서 누가 말했다.

"집중해."

그래서 대답했다.

"그러고 있어요!"

목소리가 말했다.

"두목, 너는 지금 화가 나고 슬픈 거야. 나도 알아. 하지만 분노와 슬픔을 다른 것, 이를테면 해야 할 일이나 친절로 바꾸는 법을 배운다면, 너는 정말 멋진 사람이 될 거다. 슬픔과 분노를 네 손목에 몽땅 몰아넣고 던져 봐."

"어떻게요? 어떻게 하는지 모르겠어요."

내가 묻자 목소리가 대답했다.

"그 요령을 터득하는 데는 평생이 걸릴 거다. 계속 시도해 봐. 네 가슴속에 있는 슬픔을 손으로 옮겨오는 상상을 해 봐. 그리고 던져."

나는 안간힘을 썼다. 내 모든 감정을 손에 눌러 담아 돌멩이를 던졌고, 마침내 나무둥치 한가운데 옹이를 맞혔다. 뒤돌아보니 할아버지가 나무 그루터기에 앉아 미소를 짓고 있었다. 할아버지가 말했다.

"눈을 감아 봐."

그러고는 내 손에 빨간 주머니칼을 쥐여 주며 덧붙였다.

"내가 네 나이만 할 때부터 가지고 있던 거란다. 스위스 군용 칼이라고도 하지. 명심해. 너를 지키는 군대는 바로 너 자신이 야."

나는 눈을 뜨고 주머니칼을 열어 보았다. 기름칠이 완벽했다. 한쪽 끝에 긴 칼날, 가위, 그리고 분리되는 핀셋이 걸려 있었다.

"무기가 아니라 도구로 사용하도록 해라."

할아버지가 말했다.

"네 인생의 진짜 무기는 칼 따위가 아닐 거야. 훨씬 더 강력하고 독창적인 무언가가 네 무기가 되겠지. 그래도 그 핀셋은 쓸모가 있을 거다. 훌륭한 핀셋을 얕잡아 볼 순 없지."

그런 다음 할아버지는 내 정수리에 키스를 해 주고 아무 말도 없이 가 버렸다.

할아버지는 그런 분이셨다. 할머니가 돌아가시기 전에는. 소로토어가 나타나기 전에는.

비타는 자신이 쓴 글 아래에 길게 밑줄을 긋고는 수첩을 베개 밑에 넣어 두었다.

한참이 지난 뒤에야 비타는 소시지가 기억났고, 거의 다 타 버리긴 했지만 케첩을 잔뜩 발라 먹은 뒤 사과까지 먹었다. 훌륭한 계획들이 흔히 그렇듯, 비타의 계획은 식욕까지 되살려 주었다.

소로토어

그날 늦게, 비타는 잠이 든 할아버지에게 말도 없이 살짝 집을 빠져나와 택시를 탔다. 전에는 혼자서 택시를 타 본 적이 한 번도 없었다. 두 손은 주먹을 쥔 채 코트 주머니에 찔러 넣었다. 심장이 쿵쾅거리며 세게 요동쳤다.

택시를 잡으려던 첫 번째 시도는 실패했다. 카네기 홀 앞 거리에 서서 엄지손가락을 치켜들었지만, 속도를 줄여 천천히 오던 택시는 비타가 어른 없이 혼자인 것을 보고는 홱 지나가 버렸다. 두 번째 시도에서, 비타는 태워 주지 않고 그냥 출발하려는 택시의 문손잡이를 겨우 비틀어 열고 뒷좌석에 몸을 던져넣었다.

비타는 유리창에 얼굴을 바짝 붙이고 바깥을 내다봤다. 이른 저녁 거리는 붐볐다. 택시는 59번가를 빠르게 지나쳐 센트럴 파크 서쪽을 향했다. 극장 전광판이 〈와일드 빌 히콕〉이라는 영화를 광고 중이었다.

비타는 뉴욕의 번뜩이는 불빛에 물어뜯기고 발길질을 당하는 기분이었다. 주머니에 손을 넣었다. 할아버지한테 빌려 온 이 도시의 지도가 있었고, 그 아래에는 주머니칼도 있었다. 손가락으로 주머니칼을 끌어내 손에 꽉 쥐었더니 용기가 좀 났다.

택시가 갑자기 길가에 멈춰 섰다.

"얘야. 다코타에 도착했다!"

기사는 택시비를 요구했는데, 비타가 예상한 것보다 훨씬 큰 금액이었다. 비타는 미국에서는 언제나 팁을 지불해야 한다고 알고 있었지만 얼마나 줘야 하는지는 전혀 몰랐다. 그래서 가지고 있던 돈을 기사에게 모두 다 준 뒤에, 얼른 내려서 재빨리 멀어졌다. 그게 가장 안전할 것 같았다.

비타는 어느 건물을 올려다보며 서 있었다. 네 모퉁이마다 작은 탑과 총안(몸을 숨긴 채로 총을 쏘기 위하여 성벽, 보루 따위에 뚫어 놓은 구멍)이 있는 거대한 성채였다. 창문마다 환한 빛이 쏟아져 나왔다.

머리가 하얗게 센 남자와 키가 큰 여자가 비타 곁을 스치고 지나갔다. 갑자기 바람이 세차게 불어오자 여자가 손을 올려 다이아몬드가 박힌 백조 깃털로 장식한 올림머리를 가리고는 웃음을 터뜨렸다.

"여보, 지루하게 굴지 마세요. 끝도 없는 정치 얘기도 하지 말고요."

여자가 말했다. 뉴욕 억양이 강했다.

"빅터의 파티는 언제나 기가 막히게 멋지잖아요."

비타의 심장은 행운을 직감했다. 비타는 조금도 머뭇거리지 않고 할 수 있는 한 과감하게 그 사람들 뒤로 따라붙었다. 남자와 여자는 문을 통과하고 도어맨에게 고개를 까딱한 뒤 (비타역시 고개를 까딱하며 도어맨에게 적절한 미소를 지어 보였다.) 승강기를 탔다. 비타는 마치 자신도 참나무로 장식된 승강기를 타는 부류라는 듯 애써 거만하고 태연한 표정을 지으며 그 사람들과 함께 안으로 들어갔다. 여자가 흘깃 비타를 내려다보다가 비타의 왼쪽 발을 보더니 이내 고개를 돌렸다.

승강기 문이 어느 복도를 향해 열렸다. 여섯 칸의 대리석 층계 끝에 참나무로 된 이중 여닫이문이 있었다. 커플이 노크하자 문이 열리며 시끄러운 기쁨의 탄성과 커다란 음악 소리가새어 나왔다. 둘은 곧 안으로 사라졌다. 문이 닫히자 웅성거리며 퍼져 나오던 수많은 대화의 꼬리가 뚝 잘렸다. 소로토어는 정말로 파티를 하고 있었다.

"도망가."

온몸의 감각이 본능적으로 외쳤다.

다음에 다시 오면 돼, 라는 생각이 들었다. 그 생각에 완전히 동감이라는 듯 비타의 배까지 요동을 쳤다.

그러나 발이 말을 듣지 않았다. 그 순간 비타의 발은 나머지 다른 기관들보다 훨씬 용감했다. 두 발은 나머지 다섯 칸의 층계 위로 비타를 밀어 올렸고, 가장 용감무쌍한 비타의 주먹은 짧게 세 번 문을 두드렸다.

곧바로 문이 열렸다. 짙은 눈썹에 흰 장갑을 낀 집사가 직업 정신이 분명한 미소를 지으며 서 있었다. 검은 부츠가 너무 번쩍거려서 마치 거울처럼 남자의 콧구멍이 비쳤다.

직업 정신이 투철한 미소가 눈앞에 나타난 낯선 광경에 멈칫했다. 비타는 남자를 당황하게 만들려고 일부러 사나운 기세로 빤히 노려보았다. 추위로 두 볼이 발갛게 변한 게 느껴졌고 턱이 덜덜 떨려서 이를 앙다물었다.

"그래, 무슨 일이지?"

비타는 등을 꼿꼿이 세워 키를 몇 센티라도 더 커 보이게 만들었다.

"소로토어 씨를 만나고 싶은데요."

비타는 그 이름을 할아버지가 발음했던 대로 따라했다.

"보다시피 소로토어 씨는 파티 중이야."

왼쪽 문이 안으로 열리면서 방의 내부가 전체적으로 보였다. 생각보다 훨씬 커다란 홀이었고, 온갖 불협화음과 시끄러운 웃음소리로 가득했다.

"내일 다시 오너라."

"그래도 혹시 만날 수 있는지 물어봐 주실래요?"

"나더러 소로토어 씨가 화낼 게 뻔한 일을 하라고?"

비타는 문득 돈을 좀 남겨 둘 걸 그랬다는 생각이 들었다. 혹시 뒷돈을 바라는 게 아닐까 싶었다.

"나를 그냥 되돌려 보낸 걸 알게 돼도 그만큼 화를 낼 텐데요. 소로토어 씨에게 전해 주세요. 잭 웰스 씨의 손녀딸이 왔다고요."

남자는 비타를 뚫어져라 쳐다보더니 장갑을 벗고 눈을 벅벅 긁다가 새끼손가락 끝으로 눈알을 부볐다. 그러고는 한숨을 쉬었다.

"만약에 소로토어 씨가 화를 낸다면 반드시 네가 책임지게 만들 거다."

남자는 환하게 불이 켜진 방을 가로질러 갔다. 남자가 다시 장갑을 낄 때, 엄지와 검지 사이에서 침을 뱉는 고양이 문신이 보였다.

혼자 남겨진 채 남자를 기다리던 비타는 향수와 땀, 담배 연기가 뒤섞인 냄새를 따라 그 방으로 들어가는 문을 슬쩍 밀어 보았다.

마치 만화경(장난감의 하나. 원통 속에 여러 가지로 물들인 유리 조각을 장치하고, 직사각형의 유리판을 세모지게 짜 넣은 것으로 그 속을 들여다보면 온갖 형상이 대칭적으로 나타남)을 들여다보는 것 같았다. 방 한가운데에서는 밝은 색깔의 옷을 입은 커플들이 춤을 추고, 가장자리엔 사람 하나를 죽일 수도 있을 만큼 커다란 다이아몬드로 치장한 여자들이 무리 지어 서서 거나하게 술을 마시고 큰 소리로 웃어댔다. 다들 광대뼈에 볼연지를 치덕치덕 발랐는데 누구 하나 아름다워 보이지 않았다.

방 안의 뜨거운 열기에 창문마다 뿌옇게 김이 서려 있었다. 그러나 그 열기에도 비타는 부르르 떨며 두 팔로 몸을 감쌌다. 마치 공포나 불안 같은 무언가를 덮어서 숨기려는 듯 웃음소리가 너무나 시끄러웠다. 불편할 정도로 열광적이라 신경에 거슬리는 파티였다. 여자들은 살아 있는 인간이라기보다는 장식품 같았다. 비타는 뉴욕에 금주법이 시행되고 있어 술을 마시는 게 불법이라는 걸 알고 있었다. 하지만 어떤 사람은 너무 취한 나머지 제대로 서지도 못하고 바닥에 주저앉아 멍하니 벽을 바라보고 있었다.

몇몇 사람이 비타의 존재를 알아챘다. 비타는 그 사람들이 시선을 자신의 발목으로 쓱 내려 흘끔거리고, 이제는 익숙한, 연민 어린 표정을 짓는 걸 보았다. 비타는 눈 하나 깜짝하지 않고 드센 눈빛을 지어 보였지만, 귓가와 목덜미가 주홍빛으로 물드는 게 느껴졌다.

다시 복도 쪽으로 물러나려고 하는데, 여자아이 하나가 샴페인 쟁반을 들고 비타를 스쳐 지나갔다.

"실례합니다."

키가 컸고, 지저분해 보이는 옅은 금발을 땋아 내린 머리에 신경질적이고 부루퉁한 얼굴이었다. 나이는 비타와 거의 비슷해 보였다. 비타는 얼른 벽 쪽으로 붙어서 길을 비켜 주었다.

계속 지켜보고 있는데, 덩치가 큰 백발의 남자가 손을 뻗어 마지막 샴페인 잔을 가져갔다. 이상하게도 낯이 익었다. 여자아이는 무릎을 살짝 굽혀 인사한 뒤 빈 쟁반을 들고 사람들 사이로 다시 움직여 가는데, 그만 자기 발에 걸려 넘어지면서 그 남자와 부딪혔다. 그 아이의 손가락이 남자의 왼쪽 손목을 휙 스치는가 싶더니, 손목시계가 있던 자리에 갑자기 맨살이 드러나 보였다.

비타는 숨을 죽였다. 남자에게 알리려고 막 소리치려는데, 여자아이와 눈이 딱 마주쳤다. 그 아이는 고개를 살짝 가로젓고 황급히 몸을 돌려 가 버렸지만, 비타는 그 순간 아이의 표정을 보고 말았다. 궁지에 몰린 동물 같았다. 덫에 걸려 버린 동물.

비타가 머뭇거리는데, 오른쪽 귀에 대고 누군가 말을 걸었다.

"네가 나를 찾았다고?"

비타에게 말을 건 남자는 사진과 똑같아 보이지는 않았지만, 의심할 여지 없이 그 사람이 맞았다.

"네. 빅터 소로토어 씨인가요?"

비타가 대답했다.

남자는 비타가 생각했던 것보다 키가 컸다. 정장을 우아하게 차려입었지만, 생살이 다 드러나도록 손톱을 물어뜯어 손끝에는 피가 맺혀 있었다. 머릿기름을 세심하게 발랐고, 눈 밑에는 마치 누군가 검은 잉크를 묻힌 엄지를 대고 꾹 누른 것처럼 다크서클이 짙게 드리워져 있었다. 남자의 시선이 자신에게 꽂히자, 비타는 심장이 쪼그라드는 것 같았다.

"나를 왜 찾지?"

남자가 말했다. 비타가 잠시 멈칫하자 잇따라 말했다.

"나한테 내 이름이나 가르쳐 주려고 여기까지 온 건 아닐 테지?"

남자의 목소리는 낮고 굵었다. 분명 미국 영어였지만, 유럽 쪽 억양이 섞여 있었다.

"부탁할 게 있어서요."

"부탁할 게 있으셔서 내 파티를 방해했다고요?"

완전히 아기를 대하는 듯한 말투였다. 비타는 남자의 눈을 피하지 않고 똑같이 쳐다보며 눈도 깜빡이지 않으려고 노력했다.

"사업 문제예요."

비타가 말했다.

"사업이라고! 사업 얘기가 하고 싶었으면 업무 시간에 왔어야지?"

소로토어는 코웃음을 쳤다. 그 속에서 잔인함이 느껴졌다.

"담배라도 한 대 줄까?"

소로토어는 비타를 아래위로 훑어보았다. 비타는 이 남자가 지금 약삭빠르고 냉정하게 머리를 굴리고 있다는 걸 눈치챌 수 있었다.

"어쨌든 나를 만나러 왔다니, 가서 탁자랑 가죽 소파라도 좀 찾아보자꾸나. 그래야 사업 얘기를 할 기분이 좀 나지 않겠어?"

소로토어가 앞장을 섰다. 비타가 곁눈질로 보니, 허리까지 머리를 땋아 내린 아까 그 아이가 깔깔대며 웃고 있는 한 무리의 여자들 사이를 무표정한 얼굴로 지나가는 게 얼핏 보였다. 그중 한 여자의 손목에 걸려 있던 다이아몬드 팔찌가 사라졌다.

소로토어가 백발 남자 곁에서 잠시 멈췄다. 비타는 그 사람을 어디서 본 듯했다. 배에서 본 미국 신문에서였다. 비타가 기억을 더듬었다. 은퇴한 정치인? 아니 은퇴한 경찰서장이었던 것 같기도 한데, 지금은 도시 재개발 사업가이자 '저명한 독지가'라고 신문에서 소개하고 있었다. 독지가라는 말은 마치 어떤 피부병 이름처럼 들렸지만 아마도 그런 건 아닐 거라고 짐작했었다.

"웨스터윅 씨, 일은 잘되어 갑니까? 루이 건은 계획대로 됐나요?"

소로토어가 말했다. 웨스터윅이 고개를 끄덕였다.

"그렇게 믿고 있네. 맞지, 딜린저?"

그러면서 자기 팔꿈치 쪽에 있는 젊은 남자를 향해 시선을 돌렸다. 희미한 연갈색 눈썹에 무뚝뚝한 표정으로 서 있던 남자는 얼굴을 빨갛게 물들이며 고개를 끄덕였다.

"그런 것 같습니다."

"그렇다면 증거는?"

소로토어가 물었다.

딜린저가 가슴 안주머니에 손을 넣어 작은 갈색 봉투를 꺼내 손바닥으로 기울였다. 도장이 새겨진 금반지가 떨어지자 앞으로 내밀어 보였다.

"여기 있습니다."

"좋군."

소로토어가 반지를 가져갔다. 그러더니 손가락으로 비타를 가리키며 말했다.

"내가 처리할 게 좀 있어서. 하지만 금방 끝날 겁니다."

"나 때문에 서두를 필요는 없어."

웨스터윅이 비타를 내려다보며 싱긋 웃었다. 아이를 좋아하지도 신뢰하지도 않는 사람의 웃음이었다.

소로토어는 비타를 나무 패널(벽널 따위의 건축용 널빤지)로 장식된 어두운 방으로 데려갔다. 벽난로가 내뿜는 연기로 자욱했고, 마치 장작에 향수를 잔뜩 뿌린 것 같이 냄새도 무척 낯설었다. 비타는 주머니 속의 손가락을 구부렸다 폈다 하며 몸도 흔들어 보았다. 파티와 연기 탓에 어지러워 정신을 잃을 것만 같았다.

방구석에서 뭔가가 움직이는 바람에 비타가 펄쩍 뛰었다.

"동물이 좀 있지. 신경 쓰지 마."

소로토어가 말했다.

비타는 소파 뒤에서 기어 나오는 거북 두 마리를 빤히 쳐다보았다. 하나는 크기가 작은 접시만 했고, 다른 하나는 자전거 바퀴만큼 컸다. 거북들은 조심스럽게 천천히 움직였고, 광을 낸 마룻바닥에서 조금씩 미끄러지기도 했다. 비타는 가까이 다가온 거북들의 등딱지에 보석이 박혀 있는 걸 보고 깜짝 놀랐다. 큰 거북은 반짝거리는 투명한 보석으로 글자가 새겨져 있었다. 'IMPERIUM(임페리엄).' 작은 거북은 붉은색 보석이 글자를 이루고 있었는데, 비타는 그걸 보고 적잖은 충격을 받았다. 'VITA(비타).'

소로토어가 말했다.

"루비. 투명한 건 다이아몬드. 특별히 질이 좋은 건 아니지만, 나는 저게 더 매력적이더라고. 임페리엄은 라틴어로 '권력'이라는 뜻이지. 그리고 비타는……."

소로토어는 눈을 가느다랗게 뜨고 게슴츠레한 표정으로 말했다.

"생명이라는 뜻이야. 권력이 생명이고 생명이 곧 권력이다."

비타가 얼굴을 찌푸렸다.

"오직 권력을 가진 자만이 진정 살아 있는 것이다. 나는 언제나 그걸 명심할 거야. 이 녀석들이 기억하도록 도와주지."

"거북이들이 아프지 않을까요?"

비타가 물었다.

"아프다고? 별 미친 소리를 다 듣겠네. 이건 그냥 동물이야."

벽난로 양쪽으로 안락의자가 하나씩 있었다. 소로토어는 도장이 새겨진 반지를 벽난로 선반에 올려놓은 뒤 한쪽 안락의자에 앉으며 비타에게도 앉으라고 손짓했다. 발이 후들거리고 통증이 심해지기 시작했기 때문에 비타는 안도하며 안락의자 깊숙이 기대앉았다.

"자, 이제 여기에 왜 왔는지 말해 봐."

소로토어의 목소리에서 웃음기가 완전히 사라졌다.

"저는 잭 웰스 씨의 손녀예요."

비타가 말했다. 소로토어가 한숨을 쉬었다.

"그건 나도 잘 안다. 안 그랬으면 넌 지금쯤 저 아래 길거리에 있었을 거야."

"여기에 온 이유는…."

비타는 자신의 목소리가 좀 더 강인하고 공식적으로 들리기를 바랐다.

"제 할아버지 집과 관련된 서류를 보여 달라고 요청하기 위해서예요."

하지만 비타의 음성은 너무 높고 가늘었다.

갑자기 작은 거북이 소로토어의 발뒤꿈치를 물었다. 소로토어가 깜짝 놀라서 헉 소리를 내며 뒤쪽으로 세게 발길질을 하자 거북이 니스 칠을 한 마룻바닥 위로 내동댕이쳐져 날아갔다. 벽에 부딪혀 바닥에 떨어진 거북이 뒤집힌 채 발을 바둥거렸다.

"어머, 거북이가!"

비타가 외쳤다.

"그게 뭐?"

비타는 아무 말도 하지 않았다. 다리를 저는 것을 들키지 않으려고 애를 쓰면서 걸어가 거북을 바로 놓아 주었다. 소로토어는 한 번 크게 웃었다. 억지웃음이 분명했다.

"아, 꼬맹이 성인군자를 이렇게 만나게 되다니. 그런데 무슨 말이지? 서류를 보고 싶다니?"

"허드슨 성을 합법적으로 구입한 게 맞는지 증명해 줬으면 해요. 저한테 보여 주세요."

"증명이라고? 성인 남자가 어린아이의 명령에 따라 우스꽝스러운 게임이라도 하길 바라는 거냐?"

말을 하는 동안 소로토어는 비타와 전혀 눈을 맞추지 않았다. 비타는 소로토어를 상대하면서 점점 더 화가 치밀어 올랐다. 이 남자가 머릿기름을 잔뜩 바르고 금시계를 찬 사기꾼이라는 확신이 들었다.

"그쪽이 할아버지의 집과 그 안에 있던 모든 걸 다 빼앗아 갔잖아요."

"'빼앗아 갔다'니, 그렇게 말하는 거 아니다. 너희 할아버지가 나한테 판 거야. 시세보다 싼값이었다는 건 인정하지만, 그건 네 할아버지의 선택이었어. 너는 잘 모를 수도 있지만, 그 성은 풍경이 아주 기가 막힌 호수에 지어졌어. 그런 땅을 찾기란 쉽지 않아. 내가 멍청이가 아니고서야 그 좋은 기회를 놓칠 순 없지 않겠어?"

"아니에요! 할아버지는 그 집을 빌려준 거라고……."

"지금 내가 거짓말이라도 했다고 의심하는 거냐?"

벽난로가 내뿜는 불의 열기와 방에서 풍기는 냄새 때문에 비타는 구역질이 났다. 머릿속이 이 생각 저 생각으로 뒤죽박죽이었다. 비타는 몽롱한 의식을 필사적으로 떨쳐내며 다른 방법을 시도해 보았다.

"적어도 할아버지가 짐을 챙기러 들어갈 수는 있게 해 줘요. 거기에 에메랄드 목걸이가 있단 말이에요. 그것도 못 가져오게 하면 그건 불법이……."

비타는 말을 계속하려다 꾹 참았다. 하지만 소로토어는 비타의 말에 아무런 동요도 하지 않았다. 일어서서 거울을 흘깃 보고

이마에 내려온 기름기가 덕지덕지한 머리칼을 매만졌다.

"이런 농담이나 하고 있을 시간이 없단다. 내가 나가는 길을 알려 주마."

"싫어요!"

비타는 자신이 알고 있는 진실을 떠올리며 물러서지 않고 버텼다.

"당신은 도둑이에요!"

소로토어가 비타를 쏘아보았다. 그 기세에 눌려 비타는 안락의자에 주저앉았다.

"방금 뭐라고 했지?"

"도둑이라고 했어요."

비타가 들릴 듯 말 듯한 작은 목소리로 겨우 말했다.

"감히 나한테?"

소로토어가 숨을 헐떡였다.

역겨움을 가득 불러일으키는 얼굴이었다. 비타는 침착하게 대응하겠다고 단단히 각오했지만, 분노가 치미는 건 어쩔 수 없었고, 울지 않기 위해 안간힘을 써야 했다.

"내 집에 찾아와서는 내 얼굴에다 대고 거짓말을 했다며 욕을 한 인간들이 어떤 꼴을 당했는지 알고나 있나?"

비타가 대답을 하기도 전에 노크 소리가 나더니 집사가 문을 살짝 열고 고개를 내밀며 말했다.

"웨스터윅 씨가 다른 일을 보러 가야 한다는데, 떠나기 전에 잠깐 뵙자고 하십니다."

소로토어는 비타에게 눈길도 주지 않은 채 욕설을 내뱉고는 투덜거리며 성큼성큼 방에서 나갔다.

가슴이 불에 덴 듯 뜨거웠지만, 비타는 억지로 일어서며 조그맣게 혼잣말을 했다.

"자, 일어나. 한심하게 굴지 마. 정보 수집, 이게 네가 여기에 온 이유야. 적을 파악해야지. 주위를 살펴봐. 뭐든 도움이 될 만한 게 있을 거야."

책상 위에 서류 더미가 쌓여 있었다. 최소한 15페이지 정도씩은 되어 보였다. 비타가 서류를 대충 훑어보았다. 각각의 서류 맨 위에는 '매매 증서'라고 적혀 있었다. 모두 금액이 200달러였다. 놀라울 정도로 낮은 금액. 의아했던 건, 모두 소로토어가 아니라 뭔가 지루한 이름의 회사들이 맺은 계약이라는 점이었다. 비타는 서류를 대충 넘겨 보았다. 편리건설이라는 회사는 콜럼버스 가의 올드 호텔을 사들이는 계약을 진행 중이었다. 북부맨해튼개발은 이스트 23번가에서 '건축학상 매우 중요한 의미'가 있는 아파트 매수를 진행 중이었다. 명단은 길었다.

비타는 방을 가로질러 벽난로 쪽으로 갔다. 선반 위에 초대장이 몇 개 세워져 있었고, '내 사랑 V에게! 사랑을 담아, 릴리언 기쉬'라고 서명이 된 아름다운 여자의 사진도 있었다. 비타는 소로토어가 거기에 얹어 둔 반지를 집어 들었다. 금으로 된 원반 모양 위에 'LZ'라는 이니셜이 새겨져 있었다. 반지는 너무 커서 엄지를 뺀 다른 손가락에는 맞지 않을 것 같았다. 비타는 그걸 엄지손가락에 끼고 앞으로 내밀어 보았다. 반지가 불빛을 받아 붉고도 노란빛으로 반짝거렸다.

바깥에서 발자국 소리가 들렸다. 반지를 빼려고 잡아당겼는데 엄지손가락 마디에 딱 걸렸다. 문손잡이가 돌아가자, 비타는 반지를 빼 보려고 이로 물고 세게 당겼다. 문이 열리자 당황한 비타는 왼손을 급히 주머니에 찔러 넣고 쏜살같이 달려가 의자에 몸을 날려 다시 앉았다.

소로토어가 들어와 앉았다. 이번에는 얼굴에 슬픈 기색이 있었다.

"이것 봐, 꼬마야. 내 말 잘 들어. 여기를 좀 둘러봐. 내가 부자라는 걸 충분히 눈치챌 수 있을 거야."

둘러볼 필요도 없었다. 비타에게는 그 방 전체가 돈으로 도배된 것처럼 보였다.

"그런데 내가 왜 도둑질을 하겠어? 네 할아버지가 말했어. 그 성이 짐이라고. 벗어나고 싶어 하셨어. 그래서 내가 산 거다. 약삭빠른 사업가가 되는 게 죄는 아니잖아. 그건 이제 내 거야. 그러니까 나는 돌려줄 생각이 전혀 없어. 게다가……."

소로토어의 눈빛이 싸늘해졌다.

"내가 그저 도둑놈일 뿐이라는 소문이 이 도시에 퍼지는 걸 가만히 내버려 두지도 않을 거다."

"할아버지는 성을 팔지 않았다고 맹세했어요. 절대 거짓말을 할 분이 아니라고요."

"네 할아버지는 후회가 되어서 거짓말을 하는 거야. 당황해서 거짓말을 하는 거라고. 어리석은 늙은이가 된 것 같아서 거짓말하는 거야."

소로토어의 언성이 높아졌다. 최면이라도 걸려는 듯 어둡고 굵은 목소리가 부르르 떨렸다.

"*어리석은 늙은이라서 거짓말을 하는 거야.*"

"할아버지는 거짓말을 하지 않아요! 할아버지는 내가 잘 알아요."

하지만 일말의 의심이 스멀스멀 기어드는 느낌이었다. 비타는 그것을 들을 수 있었고, 그런 마음속 목소리에 겁을 내며 주춤주춤 물러섰다.

"네 마음은 무엇이 진실인지 알고 있어. 내 생각에는 네가 그걸 큰 소리로 따라 해 보는 게 도움이 될 것 같다. 네 할아버지는 거짓말을 했어."

그러고는 다시 천천히 반복했다.

"자, 따라 해 봐. 할아버지는 거짓말을 했어."

"*아니에요!*"

"늙은이가 실수한 걸 가지고 부정한 범죄에 피해를 입었다는 환상에 빠진 모양이구나. 인정해. 자, 말해 보라고. '할아버지가 거짓말을 했어.'라고."

공포와 당혹감, 그리고 무어라 설명하기 힘든 정체불명의 새로운 감정이 비타를 덮쳐왔다.

포기해.

마음속 깊고 어두운 곳에서 가혹하고 씁쓸한 목소리가 조그맣게 속삭였다.

할아버지가 거짓말을 했다고 말해. 그러면 너는 더 이상 고민할 필요도 없잖아. 어리석고 불쌍한 할아버지. 너는 할아버지를 영국으로 모셔가면 돼. 그런 계획 따윈 잊어버려도 되고 말이야. 아주 간단한 일이야.

말해. 그러면 너는 해방이야.

벽난로 불꽃이 이글거렸고, 비타는 의자에 몸을 더 움츠렸다. 그 말이 나오려는 걸 꾹 참으며 입술을 깨물고 고개를 가로저었다.

"너한테 도움이 될 거야. 비타, 말해 봐. '할아버지가 거짓말을 했어.'"

비타가 뭔가를 말하려고 입을 열었다.

실크

복도 저쪽 어딘가에서 마룻바닥이 흔들릴 정도로 큰 소리가 났다.

소로토어는 총에 맞은 것처럼 펄쩍 튀어 올라 문으로 쏜살같이 달려갔다. 파티가 열리고 있던 커다란 방의 사람들이 뜻밖의 상황에 재미있어하며 탄성을 질렀다.

"무슨 소리였어요? 얼음이 깨지는 소리 같던데, 그 아이 때문에 무슨 문제라도 생겼나요?"

머리에 다이아몬드 장식이 달린 깃털을 꽂은 여자가 소리쳤다.

방문이 쾅 닫혔고, 비타는 혼자 남겨졌다. 비타는 방 한가운데에 서 있었다. 입술 위에 땀방울이 맺혀서 한참을 달린 것처럼 숨을 헐떡였다.

갑자기 창문이 위로 홱 올라가더니 여자아이 하나가 창턱을 넘어 기어들어 왔다.

"빨리 와! 이쪽이야!"

아이가 말했다. 그 금발의 여자아이였다. 비타는 아이를 빤히 쳐다보았다.

"왜? 무슨 일인데?"

"설명은 나중에. 일단 창밖으로 가."

미국인이 아니라 아일랜드인의 억양이었고 아마도 영국 쪽도 조금 섞인 듯했다.

"어서."

"여기가 얼마나 높은데!"

"*어서!* 화재 대피용 사다리가 있어!"

비타가 달려갔다. 창문 밖은 철제 발코니였고, 거기에 달린 긴 철제 사다리가 아래층 승강구로 이어져 있었다. 그렇게 발코니와 사다리가 차례로 계속 이어져 땅까지 내려갈 수 있게 되어 있었다.

비타는 다리를 들어 창턱 위에 걸쳤다.

"더 빨리."

그 아이는 손바닥에 침을 뱉고 첫 번째 사다리를 타고 내려가며 시범을 보였다. 손발의 움직임이 재빠르고 자신만만했다. 마지막 사다리는 땅바닥에 바로 닿지 않고 조금 떠 있어서 두 손으로 잠깐 매달려 있다가 바닥으로 몸을 날려야 했다. 바람에 날린 머리칼이 눈을 가려 성가신 와중에 비타는 사다리를 꼭 붙잡고 있다가 셋까지 센 뒤 아래로 뛰어내렸다. 오른쪽 다리로 착지하려고 했지만, 왼발에까지 고통스러운 충격이 가해졌다. 비타는 통증을 숨기려고 고개를 푹 숙여 머리칼로 얼굴을 가렸다. 몸을 잔뜩 구부린 다음 고통을 덜어보려고 발목을 문질렀다.

"아까 그 요란한 소리는 뭐였어? 네가 한 거야?"

비타가 물었다.

"여기선 안 돼. 얼른 가자."

여자애가 말했다.

둘은 길을 건너 사람들 속에 섞여 걷기 시작했다. 다코타로부터 점점 멀어졌다. 한 발짝 걸을 때마다 왼발이 욱신거리며 아팠고, 비타의 인내심도 한계에 이르렀다.

"무슨 일인지 말 좀 해 봐! 지금 당장. 안 그러면 소리 지를 거야."

여자애는 한숨을 쉬었다.

"창밖에서 엿듣고 있었어."

"왜?"

"왜냐면 너한테 들킨 것 같아서…. 내가 일하는 거…."

"훔친 거?"

"일하는 거야. 그리고 너도 아무 말 안 했잖아. 하지만 확인하고 싶었어. 네가 떠벌리진 않을지…. 그래서 엿들었어. 그런데 내가 들은 건 온통 그 남자, 소로토어가 너를 속이려고 술수를 부리는 것뿐이었어.”

“나를 *속인다고?*”

“그래. 나는 사기꾼이 어떤 식으로 말하는지 잘 알거든.”

“네가 그걸 어떻게 알아?”

이어지는 말은 놀라웠다.

“나도 사기꾼이니까.”

“나는 네가 그냥 소매치기라고 생각했어.”

“둘 다 해. 게다가 자물쇠도 따.”

“정말?”

마침 지나가는 길에 파란색 우편함이 있었다. 여자애는 스타킹에서 기다란 쇠꼬챙이 같은 걸 꺼내더니 우편함 앞에 달린 자물쇠로 몸을 숙였다.

“그래, 정말이야.”

비타는 여자애 뒤에서 힐끗 보았다. 딸깍 소리가 나더니 우편함이 열렸다.

“뭐 하는 거야?”

“가끔 편지 봉투 안에 돈이 들어 있기도 하거든. 하지만 이건 나쁜 짓이야. 내가 어떤 사람의 돈을 훔치는지 전혀 알 수 없으니까. 그래서 이제 이런 짓은 더 이상 안 해.”

“얼른 닫아! 들키면 어쩌려고 그래.”

여자애가 우편함을 발로 차서 닫았다.

"어렸을 때는 먹고 살기 위해서 사기를 쳤어. 정말 끔찍했어. 최악이지. 우편물 같은 걸 훔치는 것보다 훨씬 더 나빠. 하지만 그러면서 나는 소로토어처럼 그럴듯하게 말하는 법을 배웠어. 아프거나 다친 척 구는 법, 또 거짓말을 하고 아닌 척 숨기는 법, 용서받는 법까지."

여자애는 힐끗 뒤를 돌아 자동차 한 대가 천천히 다가오는 걸 보더니 차가 곁으로 지나갈 때 비타를 길 안쪽으로 슬쩍 밀어 넣었다.

"소로토어가 어떻게 화내는지 눈치챘어? 잘못을 저질렀을 때 최선의 방어는 바로 먼저 화를 내는 거야. 그래서 난 창밖에 있었어. 어른이 어린애한테 뭘 사기 치려고 하는지 궁금해서. 그러다가 내가 뭔가를 해야겠다고 생각했지."

"뭘 한 거야? 그게 무슨 소리였어?"

비타가 물었다.

"내 유니폼에 적포도주를 쏟아서 행주를 가지러 부엌으로 간다는 핑곗거리를 만들었어. 그런 다음 어떤 방에서 소로토어의 하얀 도자기 상을 봤지. 머리만 있는 거 말이야. 그런데 그게 너무 잘생기고 고상해 보여서 발로 좀 차 주고 싶더라고. 그래서 슬쩍 톡 건드리기만 했어. 나머지 일은 바람이 하도록 뒀지. 그게 바닥으로 떨어지면서 박살이 났어."

"아."

"그런 다음 네가 있던 방 창문으로 기어들어 가서 너를 끌고 나온 거야."

여자애가 비타를 위아래로 훑어보았다.

"그런데…, 넌 거기서 뭘 하고 있던 거야?"

"그 남자가 우리 가족 걸 훔쳐 갔어. 그걸 돌려달라고 부탁하러 간 거야."

여자애가 비타를 빤히 쳐다보았다.

"돌려달라고 부탁한다고?"

그러더니 코웃음을 쳤다.

"잘 들어. 내가 도둑의 입장에서 말하는 건데, 그건 완전 미친 짓이야. 돌려달라는 *부탁*이라니! 넌 바워리 가(뉴욕시의 큰 거리. 싸구려 술집·여관이 모여 있음)에서는 3분도 버티기 어렵겠다!"

그 애는 거의 화가 난 것 같았다.

"너는 세상이 어떤 곳인지 *하나도* 모르는구나, 그렇지? 너 같은 애는 정말 위험해!"

"나 같은 애라니?"

비타도 벌컥 화를 냈다.

"멍청해! 순진해 빠졌어! 쓸데없이 *희망적이야*!"

둘이 모퉁이를 도는데 여자애가 갑자기 멈추며 말했다.

"이쪽은 안 돼."

비타보다 나이가 몇 살 더 많아 보이는 남자애 둘이 어느 문간에 기대어 서 있었다.

"누군데?"

여자애가 급히 발길을 돌렸다.

"얘기하기 싫은 애들."

고함치는 소리, 뒤쫓아 달려오는 발소리가 들렸다.

"야! 야, 실크!"

여자애는 길 건너편을 향해 가운뎃손가락을 치켜들었다.

"저리 꺼져!"

여자애가 소리를 질렀다.

"실크? 그게 네 이름이야?"

비타가 물었다. 키 큰 남자애들이 달려오기 시작했다.

"실크! 야, 도망가지 마. 너, 우리한테 빚진 거 있잖아. 오늘 밤엔 뭐 좀 챙겼냐?"

실크는 갑자기 길 건너편으로 돌진하더니 사람들 사이로 사라졌다. 남자애들이 뒤쫓아 갔고, 비타만 어두운 길거리에 홀로 남겨진 채 서 있었다. 현기증이 났다.

비타는 실크의 말을 곱씹었다. '멍청해.', '순진해 빠졌어.', '쓸데없이 희망적이야.' 순진하다는 생각이 들진 않았다. 엄밀하게 보면 희망적이지도 않았다. 비타의 가슴과 심장에서 불타고 있는 건 희망이 아니라 단호한 결의였다. 게다가 비타는 멍청하지 않았다. 머리 회전이 빠르고 번뜩이는 걸 느낄 수 있었다. 비타의 뇌는 계획이나 그림, 이야기 같은 것에 창의적이었다. 계획을 세우는 일에는 특히나 더 그랬다.

비타는 주머니에서 지도를 꺼내 바워리 가를 찾아 추격을 시작했다.

비타가 집으로 돌아왔을 땐, 분명히 야단을 맞을 상황이었지만 엄마는 너무 지쳐 있었다. 비타는 여기저기 구경을 다니느라 시간 가는 줄 몰랐다고 둘러댔다. 꾸지람을 좀 듣긴 했지만 예상했던 것보다 심하게 혼나지는 않았다.

비타는 방으로 피신해 빨간 수첩을 꺼냈다. 그러다 죄책감에 사로잡혀 아직도 끼고 있는 반지를 내려다보았다. 욕실로 가 엄지손가락에 비누를 잔뜩 묻혀 반지를 뺀 뒤, 그걸 코트 주머니에 숨겼다.

방으로 돌아온 비타가 자기 손가락을 애써 외면하며 만년필에 검은 잉크를 채웠다. 피가 맺힐 정도로 입술을 세게 깨문 채, 비타는 쓰기 시작했다.

나는 바워리 가의 어느 전당포 앞에서 그 애를 찾았다. 내 말을 듣지 않으려고 했지만, 5분 정도 시간을 내 주지 않으면 경찰서로 가겠다고 말했더니 들어 주었다. 그다지 떳떳한 방법은 아니었지만, 어쨌든 그렇게 했다. 그럴 수밖에 없었다.

나는 그 아이에게 말했다.

"내가 계획을 하나 세우고 있는데, 도와줄 사람이 필요해. 대가로 돈을 줄 수도 있어."

그 아이에게 허드슨 성에 대해 내가 알고 있는 걸 모두 말해 줬다. 거기에 가 본 적은 없지만, 할아버지의 이야기를 수없이 들었으니까. 그곳의 호수에 대해서, 또 어떻게 호수 한가운데에 성을 지었는지도 설명해 주었다. 1888년 도둑이 든 뒤, 증조할 아버지가 창문마다 모조리 달아 놓은 방범 창살에 대해서도 말했다. 증조할아버지는 문마다 따기 힘든 자물쇠를 달았다. 할아 버지는 언제나 그 성을 '오래된 요새'라고 불렀다.

아무도 들어갈 수 없다. 누구도 빠져나갈 수 없다.

그런 다음 내 계획을 들려주었다.

우리는 할아버지의 에메랄드 목걸이를 훔쳐 올 거라고.

그 성은 몰래 들어가기가 불가능하다. 다행히도 우리는 그럴 필요가 없다.

할아버지 말씀에 따르면, 에메랄드 목걸이는 가문 대대로 전해져 내려오는 오래된 비밀 장소에 숨겨져 있다. 담장으로 둘러싸인 장미 정원 안, 분수 옆 포석(도로를 포장할 때에 쓰는 길에 까는 돌) 밑이 바로 그곳이다.

성에는 경비견이 두 마리 있다. 사람을 무니까 개들을 달래고 길들일 누군가가 필요하다.

"그냥 죽이면 되잖아."

그 애가 말했지만 나는 무시했다.

정원은 사방이 담장뿐만 아니라 성벽으로도 둘러싸여 있다. 그러니까 내가 성벽을 타고 넘도록 도와줄 누군가도 있어야 한다.

할아버지 말씀에 따르면, 정원에는 내 머리통만 한 자물쇠가 달린 문이 하나 있다. 누군가는 그 자물쇠를 따 줘야 한다.

나는 팀이 필요하다. 어두울 때여야 하니까 우리는 밤늦게 기차를 타고 뉴욕을 떠난다. 정원에 몰래 들어가 땅을 파서 에메랄드를 찾고, 다시 빠져나와 그랜드 센트럴 역에 정오가 되기 전에 돌아온다. 우리가 거기에 갔었다는 걸 아무도 몰라야 한다.

그런 다음 우리가 에메랄드를 팔아 변호사를 구해 집을 되찾으면, 할아버지는 다시 집을 가지게 될 것이다. 그렇게 된다면 할아버지는 한시름 놓을 수 있다.

실크는 싫다고 했다.

의심으로 가득 차 찡그린 얼굴이긴 했지만 실크는 비타의 말이 끝날 때까지 귀를 기울였다.

"지금 당장은 나한테 돈이 없어. 하지만 일단 에메랄드를 팔고 나면 너한테 줄 수고비는 얼마든지 차고 넘칠 거야. 충분히 많이 줄게."

비타가 말하자 실크는 고개를 가로저었다. 그때 그 아이의 눈빛은 어린아이라기보다는 세상에 닳을 대로 닳은 어른 같았다.

"싫어. 무조건 헛소리겠지만, 혹시나 네 말이 헛소리가 아니라 해도 나는 절대 다른 사람이랑 같이 일 안 해. 나는 팀으로 움직이지 않아."

"절대로?"

"그래, 안 해. 전에도 같이 일하자는 요청을 받은 적이 있었는데 안 했어."

"하지만, 만약에⋯."

"하지만이고 만약이고, 아무리 얘기해도 소용없어. 나는 절대로 잡히면 안 돼. 좀 이해해 줄래? 나는 할 수 없어. 만약에 잡히면 경찰은 내 보호자가 누구인지 알아내려고 할 테고, 그런 사람은 아무도 없다는 걸 알게 되겠지. 그러면 네가 하지만, 만약에라며 어쩌고저쩌고 말하기도 전에 나는 보호 시설에 갇히게 될 거라고."

"이건 경우가 달라. 나한테 훌륭한 계획이 있다고. 그럴싸한 계획 세우기는 내가 제일 자신 있어 하는 일이야."

"너 도둑질해 본 적 있어?"

"글쎄⋯, 아니. 정확하게 말하면⋯⋯."

"정확하게 말하면, 너랑 같이 일을 하는 게 누구든 붙잡힐 기회를 새로 얻는다는 뜻이지. 나는 싫어."

"그 남자애들은? 네가 그 애들이랑 같이 있는 걸 봤는데…."

"나는 그 녀석들이랑 같이 일하지 않아. 내가 갚아야 할 게 좀 있어. 아니, 그 녀석들이 그렇다고 하더라고. 그 빚을 갚기만 하면 다시는 그런 일은 안 할 거야. 소매치기든 자물쇠 따기든 그 어떤 것도 안 할 거야."

"그래, 알겠어! 파티에서 네 얼굴을 보고 알 수 있었어. 쉬운 일이 아니라는 걸 안다고. 하지만 이건 경우가 좀 달라. 이건 빼앗긴 걸 *되찾아오는* 일이야."

"싫어."

"만약에 내가 절대로 잡히지 않을 확실한 방법을 찾아낸다면, 그러면 다시 생각해 볼래? 왜냐면 나는 그런 방법을 반드시 찾고야 말 테니까! 맹세해!"

"싫어."

실크는 휙 가 버렸고, 그 뒷모습은 아주 효과적인 마침표였다.

"더 이상 나 건드리지 마."

하지만 비타는 빨간 수첩에 그렇게 쓰지 않았다. 싫다는 말을 대답으로 받아들일 생각은 전혀 없었다.

아르카디

다음 날 아침, 비타는 해가 뜨기도 전에 일어났다. 희망에 들떠 잠을 이루기 어려웠다. 엄지손가락으로 빨간 수첩의 가장자리를 미끄러지듯 문질렀다.

비타가 여행 가방에서 쌍안경을 꺼냈다. 아빠가 쓰던 것인데, 한쪽은 금이 가 있었지만 다른 쪽을 망원경처럼 쓸 수 있었다. 창가로 가 바깥을 내다보았다. 아직 잠이 덜 깬 채 일터로 향하는 사람 몇몇은 볼 수 있을 것 같았다.

하지만 비타의 눈에 들어온 것은 하얀 말이었다. 처음에는 작은 점처럼 보였다. 말은 공원 옆 7번가에서부터 새벽빛이 어스레한 도시의 텅 빈 거리를 질주하고 있었다. 남자아이 하나가 안장도 없이, 코트도 입지 않고 말에 올라타 고개를 푹 수그린 채 매서운 바람을 맞으며 깔깔거렸다. 검은 새 한 마리가 보조를 맞추며 아이의 머리 위로 날고 있었다.

비타는 쌍안경의 한쪽을 더 집중해서 보며 초점을 맞추고 몸을 쑥 내밀었다. 그 아이의 주홍색 스웨터가 어둠 속에서도 환하게 빛났다. 누군지 알아본 순간 비타는 심장이 덜컥 내려앉는 줄 알았다. 카네기 홀의 그 아이였다. 뛰어내린 아이가 아니라 키가 더 작은 아이. 그 아이는 전방을 향해 몸을 내밀고 엉덩이를 공중에 치켜든 채 말을 달렸다. 머리칼이 눈을 찔러도 신경 쓰지 않았다. 비타는 그렇게 빠른 속도로 달리는 말을 본 적이 없었다.

비타는 어떻게 하는 것이 현명한 행동일지 끊임없이 머리를 굴리면서 재빨리 치마와 스웨터를 입고 목도리를 두르고 부츠를 신었다. 지난밤부터 계속 욱신거리는 왼발이 잘 들어가지 않아 살살 달래가며 신느라 애를 먹었다. 예전에 엄마가 입다가 손목과 허리를 줄여 준 상아색 트렌치코트도 껴입었다. 옷가지를 갑옷처럼 몸에 두르고, 비타는 코트 주머니에 빨간 수첩을 찔러 넣은 뒤 밖으로 나갔다.

길을 따라 천천히 내려오던 남자애는 마침 비타가 갔을 때 말에서 내려 말의 귀에다 뭐라고 속삭였다. 그리고 마치 바흐의 피아노 협주곡 연주라도 예정된 것처럼 침착하게 말을 이끌고 카네기 홀의 커다란 정문으로 연결된 보도 위에 올라섰다.

"잠깐만!"

비타가 외쳤다.

남자애는 나쁜 일을 하다가 들킨 것처럼 순식간에 홱 돌아섰다. 얼굴이 벌겋게 달아올랐다가 누가 불렀는지 확인하고는 이내 싱긋 웃었다.

"으아! *그러지 마!* 우리 아빠인 줄 알았어!"

억양이 강했고, 영어가 모국어가 아니었다. *스페인 사람인가?* 궁금해하며 비타는 길을 건너 남자아이에게 다가갔다.

"뭐 하는 거야?"

"모스크바를 데리고 들어가는 거야."

남자애가 대답했다.

러시아 사람이구나! 비타는 생각했다.

"이 녀석, 배가 고플 거야. 그리고 우린 절대 들키면 안 되거든."

남자애가 대답했다. 키가 크거나 건장하진 않았지만, 싱긋 웃을 때면 생기가 넘쳐 거리는 물론 하늘의 절반 정도를 가득 채우는 느낌이었다.

"이 말은 거리에 나오는 게 금지되어 있어?"

"나올 수 있어. 하루에 두 번 운동을 해야 하거든. 그런데 내가 그 운동을 시키는 사람이 아니라는 게 문제야. 새뮤얼이 해야 해. 거기다 이 말은 뒷문으로 다니게 되어 있거든."

비타는 손으로 말의 주둥이를 쓰다듬었다. 백조의 깃털처럼 부드러웠다.

"안녕. 너처럼 이렇게 멋진 친구를 만날 수 있을 거라고는 기대해 본 적도 없는데."

비타가 속삭였다.

갑자기 돌풍이 불어와 모스크바의 갈기가 휘날렸고 남자애가 몸을 부르르 떨었다. 비타가 목도리를 벗어서 건넸다. 정중하게 거절할 거라고 예상했지만, 남자애는 싱긋 웃으며 받더니 목에 둘렀다.

"고마워! 이름이 뭐야?"

일반적인 대화의 흐름과 전혀 다르게, 그 아이는 잠시 멈춰 비타의 대답을 기다리는 대신 바로 말을 이었다.

"난 아르카디야. 전에 본 적이 있는 것 같은데, 맞지? 새뮤얼이 창밖으로 뛰어내려 몸 굽혀 공중 2회전 시도할 때 말이야."

"몇 주 동안 저기 맞은편에서 지낼 거야. 이름은 비타고. 그런데 얘는 어디서 지내?"

비타는 불룩거리는 모스크바의 옆구리를 톡톡 두드렸다.

아르카디가 빙그레 웃었다.

"같이 가서 볼래?"

이 아이는 대답을 기다리지 않았다. 기다리는 것과는 거리가 먼 사람인 듯했다. 아르카디는 끌끌끌 혀 차는 소리를 내면서 강아지처럼 자신을 따라다니는 말을 이끌고는 카네기 홀로 들어가는 길에 올라섰다. 비타는 그 뒤를 따랐다.

아르카디는 커다란 여닫이문의 한쪽을 열며 말했다.

"내가 열어둔 채로 나왔거든. 우리 아빠한텐 비밀이야."

그렇게 해서 비타는 카네기 홀의 로비에 들어섰다.

둥글게 휘어져 올라가는 계단은 코끼리를 여러 마리 부릴 수 있다면 거뜬히 세 마리 정도는 나란히 세울 수 있을 만큼 넓었다. 금빛 난간이 새벽빛에 반짝거리며 머리 위 천장의 크리스털 샹들리에에까지 금빛을 반사했다. 벽에는 매표소가 반대쪽까지 길게 줄지어 있었다. 티끌 하나도 찾아볼 수 없을 만큼 모든 것이 완벽하게 깨끗했다. 비타는 자신의 손톱을 들여다보고는 손을 등 뒤로 슬며시 감췄다.

"이쪽이야. 들키기 전에 모스크바를 마구간으로 데려가야 해."

아르카디가 말했다. 서둘러 홀을 가로질러 가는데 둘의 발소리가 불안할 정도로 크게 울렸다. 모스크바는 따가닥따가닥 말발굽 소리를 내며 뒤를 따랐다. 커다란 승강기가 열린 채 서 있었다. 반짝반짝 윤이 나는 마호가니 문이 달린 승강기였다. 아르카디는 그 안으로 말을 끌고 들어갔고 비타도 뒤따랐다.

"마구간이…. 승강기 안은 아니지?"

"그럴 리가. 3층이야."

아르카디가 대답하며 버튼을 눌렀다. 승강기에서 내린 뒤에는 기다란 복도를 따라 죽 내려갔다. 아르카디는 어리둥절한 비타의 마음을 눈치챈 듯 말했다.

"우리는 보통 천막을 가지고 동물들이 타는 특별한 화물차로 이동해. 하지만 겨울엔 지낼 만한 곳이 내부에 있는 극장을 찾아. 단원들 일부는 아파트를 빌리기도 하고. 우리 아빠랑 엄마, 또 나머지 단원까지 해서 우리는 극장 위에서 잠을 자."

비타는 놀란 눈으로 주위를 둘러보았다.

"그러니까…, 네가 카네기 홀에서 공연을 하고 있다는 말이야?"

"물론! 매일 저녁 7시에. 정확하게는, 나는 아니고 우리 단원들이 하지. 나는 열네 살이 될 때까지는 안 된대."

"얼마나 오랫동안 여행 중인 거야?"

"언제나! 아주 오랫동안! 내가 아기 때부터."

그러더니 아르카디는 깜짝 놀란 듯 말했다.

"라자렌코 서커스를 모른다는 말이야? 도대체 어디 살아? 동굴 속? 땅속? 아니면 *벨기에?*"

"아니! 영국."

"아하."

아르카디는 마치 그 넷이 대체로 엇비슷하다는 투로 말했다. 아르카디가 복도 끝의 문을 연 뒤 말을 그 안으로 이끌고 갔다.

"여기는 대연회장이야. 오페라가 끝난 뒤에 여기서 파티를 열기도 해."

새벽빛이 방 안을 비집고 들어왔다. 벽에는 위로 한껏 올림

머리를 한 여자들과 옆으로 긴 콧수염이 있는 남자들의 그림이 죽 붙어 있었다. 마치 그 옛날 클래식 음악을 조금씩이라도 담아내기 위해 현악기를 퉁기고 있는 것처럼 보였다.

모스크바는 나무로 된 바닥을 또각또각 가로질러 한쪽 구석으로 갔다. 거기에는 짚이 높게 쌓여 있었고 말구유에 물이 담겨 있었다. 조지 워싱턴의 초상화가 지켜보는 자리에서 모스크바가 물을 먹기 시작했다. 빛이 모스크바의 옆구리를 스쳐 가며 순수한 은색 가루를 흩뿌렸다.

"얘는 정말 놀랍게…,"

"쉿! 잠깐만."

아르카디가 말했다. 그러더니 휘파람을 불며 소리쳤다.

"코 므네(Ko mne)!"

비타가 아르카디에게 무슨 말인지 묻기도 전에 저쪽 구석에서 커다란 무언가가 으르렁거리며 돌진해왔다.

그것이 곧장 아르카디의 얼굴을 향해 펄쩍 뛰었다. 비타는 너무 놀라 숨이 턱 막혔지만, 주변에서 뭔가 던질 것을 찾았다.

그건 아르카디의 어깨에 두 발을 얹은 채 아르카디의 콧구멍 속까지 핥아댔다.

"이 녀석은 코르크야."

아르카디가 말했다. 그러고는 웃으면서 코르크를 밀어냈다.

"앉아, 코르크! 얘는 떠돌이 개였어. 몇 달 전에 공원에서 만났는데 부모님이 데려와도 된다고 허락하셨어. 사실 엄마만 허락했지만, 대충 그런 셈이지. 정확하게는 아빠는 몰라. 여기에 안 오셔."

개가 곰만큼 컸다. 옅은 금색 털에 덩치가 어찌나 큰지 심지어 앉아 있는데도 머리가 비타의 갈비뼈까지 닿았다.

"무슨 종이야?"

비타가 아주 조심스럽게 손바닥을 내밀자 개가 주둥이를 슬쩍 얹었다. 코가 아주 매끄럽고 촉촉한 데다 산들바람처럼 부드러웠다. 비타가 귀 뒤쪽을 긁어주자 코르크는 기분이 좋은지 낑낑거렸다.

"잡종. 똥개야말로 최고의 개지. 아무래도 셰퍼드랑 래브라도 리트리버가 섞인 것 같아. 확실해. 내 생각엔 코카시안 셰퍼드가 아빠인 것 같아. 꼼짝 마!"

아르카디는 손가락 두 개로 총 모양을 만들어 개를 향해 겨누었다.

"빵!"

코르크가 비틀비틀 뒤로 물러나더니 옆으로 툭 쓰러져 긴 소리로 낑낑댔다. 아르카디는 깔깔거리며 손뼉을 짝 쳤다. 코르크는 뒷다리로 벌떡 일어나 콧잔등을 치켜들고 당당한 걸음걸이를 선보였다. 그러더니 옆으로 데굴데굴 구르고, 원을 그리며 뱅뱅 돌고, 뒷걸음질도 척척 해냈다. 아르카디는 거의 손끝도 까딱하지 않았다. 코르크가 아르카디의 속마음을 훤히 읽는 듯했다.

"진짜로 대단하다! 정말 영리해! 게다가 얼굴이 꼭 왕처럼 보여."

비타가 말했다. 아르카디는 비타를 향해 갑작스럽게 미소를 지어 보였다.

"그렇지? 사람들은 보통 얘를 무서워해. 왜냐하면…,"

"사람 하나를 통째로 삼킬 만큼 큰데, 그러고도 후식까지 먹을 수 있을 것 같으니까?"

"맞았어! 사실 저 녀석, 처음 만났을 때 나를 좀 물었어. 그냥 겁먹어서 그런 거야. 그때 물렸던 데는 상처가 거의 다 나았어. 내가 멍청했지!"

아르카디가 말했다.

"너는 전혀 멍청해 보이지 않아."

아르카디는 비타가 자신을 쳐다보는 표정과 그 강렬한 시선을 그대로 받아들이며, 비타를 쓱 훑어보다가 빤히 쳐다보기 시작했다.

"그러니까 이런 경우에는…."

"어떤 경우?"

"너한테 내 비밀을 보여 줄 수 있지."

"저 개가 네 비밀 아니었어?"

"아니야!"

그러더니 아르카디는 커다란 창문을 활짝 열어젖히고는 휘파람을 불었다.

비타의 첫인상은 날개가 달린 공격자들의 습격이었다. 수십 마리의 새가 창을 통해 쏟아져 들어와 대연회장을 가득 채우고, 그림 위에 내려앉고, 말구유의 물을 마시고, 아르카디의 머리 위로 떼 지어 몰려들었다. 비타는 얼른 몸을 푹 수그렸다.

처음에는 새들이 모두 갈색인 줄 알았지만 자세히 보니 날개가 각기 달랐다. 개똥지빠귀의 가슴에는 하얀색 반점이 있었고, 새하얀 비둘기도 있었으며, 찌르레기의 부리는 강렬한 주황색이었다.

"먹이 주는 시간이라는 걸 알고 있어. 그래서 근처 나무에서 기다리고 있다가 오는 거야. 날마다."

아르카디가 말했다. 주머니에서 한 움큼 꺼낸 씨앗은 날개의 폭풍우 속에서 순식간에 사라졌다.

"여기, 좀 가져가."

아르카디가 비타의 손에 씨앗을 좀 부어 주었다. 비타는 따스한 온기와 날카로운 부리, 성마른 발톱과 연신 볼을 때리는 날갯짓을 느꼈다. 씨앗은 금세 사라졌고 새들은 곧 아르카디의 발아래 떨어진 씨앗이라도 주워 먹으려고 비타를 떠났다.

"길들인 거야?"

비타가 물었다.

"아니. 네가 어떤 뜻으로 말했는지 알겠는데, 네 생각처럼 서커스를 하기 위해 길들인 건 아니야. 그냥 어쩌다 보니 새들이 나를 알게 되었고 나는 새들에게 먹이를 준 거지. 하지만 그중에서 두 마리는 좀 달라."

이미 몇몇 새는 여기를 떠나 왔던 길로 돌아가고 있었다.

"어떤 새들이야?"

"까마귀. 내가 새끼 때부터 키웠어. 아직 어려. 하나는 저기, 변비에 시달리는 것 같은 표정의 해군 제독 초상화 위에 있어. 이름이 림스키야. 자기 이름을 알아들어. 아, 두 마리 다 그래."

아르카디의 목소리에 자부심이 가득했다.

"정말?"

비타는 자기 이름을 알아듣는 새는 들어 본 적이 없었다. 아르카디가 인상을 찌푸리고 쏘아보는 걸 보니 묻는 목소리에 의심이 묻어났음을 알 수 있었다.

"림스키!"

아르카디가 쉿쉿 소리를 내며 휘파람을 불었다. 까마귀가 날아올라 세 번 정도 천천히 날갯짓을 하다가 아르카디가 쭉 뻗은 손에 내려앉았다. 그러더니 팔꿈치 쪽으로 폴짝 뛰어올라 아르카디의 가슴 주머니 속을 뒤지더니 빵 부스러기를 찾아 먹었다. 그리고 부리로 엄지손가락을 한 번 콕 쪼고는 자리를 떠났다.

아르카디는 피가 조금 난 엄지손가락을 빨았다.

"새들의 애정 표현에 익숙해지려면 시간이 좀 걸려. 까마귀는 개만큼 영리해. 길에서 뭔가를 주워서는 나한테 선물로 가져오기도 해. 이것 봐!"

아르카디는 주머니에서 반짝거리는 은색 단추를 꺼냈다.

"림스키가 어제 나한테 준 거야."

"다른 애는 어디 있어?"

"라스코 말이야?"

아르카디가 웃음을 터뜨렸다.

"내가 어떻게 알아? 이 거대한 도시 어딘가에 있겠지."

"하지만 네가 그 애들을 길들였다면서."

"맞아. 하지만 그 녀석이 내 하인이라고 말한 적은 없는데."

비타는 질문 하나가 불쑥 떠올랐다.

"왜야? 이 많은 새들에게 먹이를 주고, 까마귀를 길들인 이유가 뭐야?"

"언젠가 나는 나만의 공연을 할 거야. 우리 서커스단은 개들이랑 공연을 해. 푸들 여섯 마리. 카바짜 아저씨는 말들이랑 하고. 하지만 나는 뭔가 그 이상을 하고 싶어. 아크로 이루어진 서커스 말이야. 아크는 러시아어 표현인데, 야생의 대자연이라는 뜻이거든. 어떤 건지 감이 와? 어디에나 살아 있는 생명은 아주 많아. 심지어 도시의 거리에서조차 찾겠다는 맘만 먹으면 얼마든지 있지. 나는 말이랑 공연하고 싶어. 말은 일하는 걸 좋아하거든. 늙은 똥개나 까마귀랑도 하고 싶어! 어쩌면 다람쥐나 생쥐도 괜찮을 거야. 그 모두가 같은 왈츠곡에 맞춰 함께 춤추게 할 방법을 찾아낸다면, 온 도시가 동물 발레 공연장 같을 거야. 상상이 돼?"

"정말 굉장하겠다."

"하지만 무척 어려운 일이야. 러시아는 혁명 후에 모든 서커스단이 국유화되었어. 나라 전체에 우리가 소유할 수 있는 극장이 아무 데도 없어. 그래서 이렇게 이동하며 공연을 해야만 해. 떠돌고, 떠돌고. 거의 10년이나 됐어. 나는 우리가 간 모든 곳에서 새들이랑 사귀었는데, 사귀고 나면 또 떠나야 했어. 여기를 떠날 때 림스키와 라스코도 데려갈 수 없을 거야. 걔들은 새장에 갇혀 살 수 없으니까. 아빠는 완벽한 극장을 사는 게 아니면 아예 안 사겠다고 하는데, 내 생각에 그건 그냥 안 된다고 말하는 아빠 방식인 것 같아."

아르카디가 몸을 돌려 창문을 닫는데 갑자기 커다란 돌멩이 하나가 어디선가 날아와 아르카디의 뒤통수를 때렸다. 세상에, 아니었다. 비타가 깜짝 놀라서 보니, 돌멩이가 아니라 까마귀였다.

"라스코!"

아르카디가 큰 소리로 웃었다.

"이것 봐! 얘는 라스콜니코프의 이름을 딴 거야. 알지? 그 《죄와 벌》의 살인자. 아까 말했다시피, 새들의 다정함은 조금 아플 때가 있어."

아르카디는 양쪽 어깨에 까마귀를 한 마리씩 얹고, 발꿈치에 개 한 마리, 마루 저쪽에서 하얀 암말 한 마리가 지켜보는 가운데 서 있었다. 비타는 이 광경이야말로 대연회장이 제대로 쓰이는 방법이라고 생각했다.

아르카디는 코딱지를 파서 자세히 들여다보았다. 그러더니 한숨을 쉬며 말했다.

"시커멓다. 대도시는 코딱지를 까맣게 만들어."

림스키가 아르카디의 손가락에 붙은 코딱지를 콕 쪼아 먹었다. 아르카디는 비타를 쳐다보았다.

"비밀은 지켜줄 거지?"

"물론!"

비타가 대답했다. 마음속 깊은 곳에서 자꾸만 튀어나오려던 생각 하나가 불쑥 앞으로 나섰다. 비타는 주저하는 마음이 생기기 전에 얼른 질문을 던졌다.

"대신 너도 내 부탁 하나 들어줄래?"

림스키가 주변을 돌며 퍼덕거리고 신발을 콕콕 쪼아 댔지만, 비타는 재빨리 자신의 계획을 아르카디에게 설명했다. 코트 주

머니에서 빨간 수첩을 꺼내 마룻바닥에 펼쳐 놓고 보여 주기도
했다.

아르카디는 실크처럼 '싫다'고 거절하지 않았다. 그렇다고
'좋다'고 승낙하지도 않았다. 숨이 넘어갈 정도로 깔깔거리며
웃었고, 그러자 라스코가 몹시 신경질을 내며 날아가 버렸다.

"내가 알아봤어야 하는데! 너, 도둑이구나!"

"빼앗긴 걸 되찾아오는 거라면 도둑질이 아니잖아…."

비타가 다시 말을 이어 갔지만 아르카디는 듣지 않았다. *계
획*. 수첩에 비타가 써 놓은 글씨를 손가락으로 훑으며 말했다.

"뭔가 있을 줄 알았어! 꽤나 얌전하지만, 네 표정은 뭔가를 항
상 지켜보고 있는 것처럼, 한 번에 여덟 가지 생각을 동시에 하
는 것처럼 보였단 말이지. 정말 대단해! 오트리치노(*Otlichno*)!
그 수첩 좀 다시 보여 줄래? 에메랄드 목걸이, 오래된 성, 기차
여행, 침입, 도주. 맞지?"

"그래."

비타가 대답했다.

"쉽네! 내가 뭘 해 주면 돼?"

"너한테 수고비도 줄 수 있어. 지금 당장은 아니지만. 에메랄
드 목걸이를 팔면…."

비타가 말하자 아르카디가 빤히 쳐다보았다.

"나는 돈은 필요 없어."

그러고는 가슴을 쾅쾅 치며 말했다.

"나는 명예를 위해 일할 거야! 우리는 역사에 길이 남을 거라고. 로빈 후드처럼! 좋은 도둑들!"

"그런데 나는 네가 그렇게 생각하지 않았으면……."

"내가 말했잖아. 나는 뭘 할까?"

"높다란 성벽을 넘어야 해. 그것도 한밤중에. 그리고 경비견도 두 마리가 있는데, 살상 훈련을 받았을 거야. 괜찮겠어?"

"개들이라. 물론이지! 아주 좋아! 무슨 개든, 언제든! 성벽은 얼마나 높아?"

"모르겠어. 아마도 4.5미터? 6미터 정도? 그 이상일 수도 있고."

아르카디가 갑자기 심각한 표정으로 말했다.

"그건, 안 되겠는데. 나는 기어오르는 건 잘 못 해. 다른 사람을 구하자."

"누구?"

"새뮤얼이 필요해. 새뮤얼 카바짜. 날 수 있어."

건물 안쪽 저 멀리에서 문이 쾅 닫히면서 주석 호루라기 소리가 날카롭게 울려 퍼졌다. 아르카디가 펄쩍 뛰었다.

"아빠가 일어났어. 너 얼른 가야 해. 오늘 밤에 다시 와!"

아르카디가 곧바로 덧붙였다.

"새뮤얼을 만나러 와!"

"언제? 그런데 날 수 있다니, 그게 무슨 말이야?"

"그만 좀 물어봐! 정확한 시간은 나도 모르겠지만, 다른 사람들이 다 잠들면, 그때."

비타를 창문으로 끌고 간 아르카디는 아래쪽을 가리켰다.

"뛰어내릴 수 있지?"

비타는 아래를 내려다보았다. 아침의 거리는 벌써부터 많은 차로 붐비고 있었다.

"다리가 부러지지 않을까?"

"아마도. 약간 그럴 수 있어."

비타는 자신의 붉은색 신발을 내려다보았다. 아르카디의 시선도 비타를 따라 비타의 신발, 두꺼운 밑창, 다리가 안쪽으로 뒤틀린 모양까지 죽 훑으며 함께 움직였다.

"사실, 나라면 승강기를 타겠어. 그걸 탈 수 있는데 걸어갈 필요는 없지. 안 그래? 가자!"

"네가 따라오지 않아도 돼. 나가는 길은 기억하고 있어."

"좋아. 그럼 얼른 가. 이거 받고."

아르카디는 자기 주머니에 손을 넣어 새 모이를 한 움큼 꺼내서는 비타의 손에 쏟아 주었다.

"어두워지면 네 방 창턱에 이걸 뿌리고 기다려. 시간이 되면 만나자는 신호로 라스코를 보낼게."

잠시 후 비타는 거리에 서서, 점점 퍼져 나가는 아침의 기운을 느끼며 카네기 홀을 올려다보았다. 변한 것은 아무것도 없는데, 완전히 달라 보였다. 이제 비타는 대연회장이 마구간으로 쓰이기도 한다는 사실을 알고 있었다.

비타는 길을 건너 아파트로 돌아오면서 뉴욕 타임스의 헤드라인을 소리 높여 외치고 있는 신문팔이 소년과 마주쳤다.

"사이클론 루이, 식당에서 총에 맞아 사망! 루이 저백 사망!"

머리칼이 쭈뼛거리고 온몸의 신경이 잔뜩 곤두섰다. 왜 그런 반응을 보이는지 미처 파악하기도 전에 공포가 밀려들었다. 비타는 코트 주머니에서 2센트를 찾아 신문을 산 뒤 길모퉁이에 서서 그 기사를 읽었다.

'브루클린의 악명 높은 밀수업자 루이 저백이 밤샘 영업을 하는 식당에서 커피를 마시던 중 총상을 입고 쓰러졌다. 3면에서 계속.'

바람에 신문이 펄럭거려서 넘기는 데 씨름을 해야 했다.

'저백에게 가해진 총격은 범죄와 연루된 사건으로 보인다. 몇몇 사람이 부상을 입었고 복면을 쓴 가해자들은 루이의 도장이 새겨진 반지를 빼서 도주했다.'

비타의 가슴이 얼음처럼 차갑고 단단하게 얼어붙었다. 비타가 붉은 치마 주머니를 더듬어 반지를 꺼냈다. 금으로 된 동그란 금색 원반에 *LZ*라는 이니셜이 찍혀 있었다. 처음에 비타는 본능적으로 반지를 배수구 틈새 아래로 던져 버리려고 했다. 하지만 머릿속에서 들려온 어떤 목소리가 반지를 던지려던 손을 제자리로 돌려놓았다. *증거.* 비타는 곧 반지를 치마 주머니 깊숙이 밀어 넣었다.

비타는 웨스터윅의 웃음 띤 얼굴과 소로토어가 벽난로 가에서 했던 말을 기억했다.

"내 집에 찾아와서는 내 얼굴에다 대고 거짓말을 했다며 욕을 한 인간들이 어떤 꼴을 당했는지 알고나 있나?"

비타는 코트를 더 단단히 여몄다. 발의 통증은 점점 더 심해졌고, 거대한 어른들의 세계에서, 갑자기 숨쉬기가 힘들 정도로 자신이 한없이 작게만 느껴졌다.

딜린저

비타는 문이 마치 유리라도 되는 양 조심스럽게 열고서 집으로 들어갔다. 계획보다 외출 시간이 길어졌다. 엄마는 벌써 할아버지의 은행 담당자를 만나러 나갔을 텐데, 비타는 자신이 침대를 빠져나갔다는 사실이 들키지 않았기를 바랐다. 비타의 몸에서는 말 냄새, 새 냄새가 살짝 풍겼고, 뺨은 벌겋게 상기되어 있었다.

집 안은 조용했다. 비타는 발끝으로 걸어 자기 방에 들어가 반지를 침대 아래로 밀어 넣었다. 그러나 매트리스 아래 깊숙이 들어간 팔을 빼지 않고 잠시 머뭇거렸다. 혹시 비타가 어디에 사는지 소로토어가 알면 어떻게 될까? 비타는 바늘과 실을 가져왔다. 치마 아랫단을 2센티 정도 뜯어 그 속에 반지를 밀어 넣고선 안감과 함께 단단히 바느질했다. 이로 실을 끊고 막 마무리하는데 할아버지가 노크를 했다.

"일어났니?"

비타는 문을 열었다. 할아버지가 녹색 모직 코트를 입고 서 있었다. 이제는 그 코트가 너무 커 보였지만 할아버지는 미소를 짓고 있었고, 눈에는 예전처럼 생기가 돌았다.

"두목님, 이걸 둘러."

할아버지가 붉은색 모직 목도리를 건네주었다.

"내가 너무 오랫동안 집 안에만 틀어박혀 있었어. 같이 공원에 가자."

푸른 하늘과 대비되어 더욱 밝고 새빨갛게 보이는 센트럴 파크의 나뭇잎들이 카펫처럼 땅 위를 덮고 있었다. 둘은 나무들 사이로 구불구불하게 이어진 포장된 오솔길을 걸었고 할아버지는 지팡이를 가볍게 흔들기도 했다. 발목까지 오는 코트를 입은 사람이 핫초코를 파는 카트를 밀며 힘차게 지나갔다. 비타가 간절한 표정을 지어 보이자 할아버지가 동전을 하나 주었다.

"저기서 파는 것 중에 제일 크고 진한 핫초코로 사 와. 나는 여기서 다람쥐들이랑 얘기나 좀 하면서 기다리마."

할아버지는 삐걱거리는 소리가 나는 벤치에 앉았다.

비타는 나무들 사이로 난 구불구불한 오솔길을 따라 최대한 빨리 가 보았다. 갈림길이 나왔는데, 판매원이 어느 쪽에도 보이지 않아서 비타는 넓은 도로 쪽으로 가 보려고 방향을 왼쪽으로 틀었다. 발목이 평소보다 훨씬 더 아팠지만, 핫초코를 포기하고 싶지는 않았다.

어디선가 남자 하나가 모퉁이를 돌아 갑자기 나타났다.

"야! 야! 거기, 너!"

비타는 깜짝 놀라 얼어붙었다. 옅은 갈색 머리에 어깨가 넓은 남자였다. 파티에서 마주쳤을 때 생각했던 것보다 훨씬 젊어 보였다. 남자의 연한 회색 눈은 비타의 다리와 발, 적갈색 머리칼을 날카롭게 쏘아보고 있었다. 딜린저, 비타가 이름을 떠올렸다.

"소로토어의 파티에서 봤던 그 애 맞지?"

목소리가 높았고, 담배와 술 때문인지 많이 거칠기도 했다.

비타는 겁에 질린 티를 내지 않으려고 애썼다.

"그랬던가요?"

"너, 그걸 어떻게 했어?"

"그게 뭔데요?"

"반지 말이야. 요 못된 것! 그 반지 어디 있어?"

'어디 있어'라는 말의 발음이 꼬이는 걸 보고 비타는 이 남자가 화가 많이 난 걸까, 아침부터 술을 마신 걸까 궁금했다.

비타는 전혀 동요하지 않고 표정이나 몸짓에 침착함을 유지하려고 안간힘을 썼다. 하지만 심장은 미친 듯이 두근거리고 있었다. 비타가 말했다.

"무슨 반지요?"

"꼬맹이, 깜찍하게 굴지 마. 소로토어가 그 반지를 찾으려고 서재를 온통 다 뒤집었단 말이다. 그걸 가져갈 수 있었던 놈은 아무도 없어."

남자의 옷은 화려하고 값비싸 보였지만 늦게까지 잠자리에 들지 못한 사람의 표정처럼 잔뜩 구겨져 있었다. 은색 손목시계는 태엽을 감지 않았는지 자정을 가리키고 있었다.

"정말 솔직히, 무슨 말인지 하나도 못 알아 듣겠어요."

치맛단 속에 넣고 꿰맨 반지가 비타의 다리에 닿았다.

남자가 얼굴을 비타에게 바짝 들이대고 말했다.

"잘 들어, 꼬맹이. 네가 무슨 일을 저지르고 있는지 잘 모르는 모양인데, 지금 상황이 소로토어에게 아주 좋지 않게 흘러가고 있어. 소로토어가 무슨 일을 저지를지 몰라. 그 반지, 넘겨. 그러면 없던 일로 해 줄 거야."

"저한테 반지 같은 건 하나도 없어요. 지금 무슨 말을 하는 건지 도무지 모르겠다고요."

환한 대낮이었지만 할아버지의 시야에서 벗어난 길이었고, 눈에 띄는 사람도 아무도 없었다. 비명을 지르면 할아버지가 들을 수 있을까, 만약 듣는다 해도 할아버지가 이 상황에 도움이 될까, 비타는 의문스러웠다. 입술이 바짝바짝 타들어 갔다.

남자가 비타의 팔죽지를 꽉 잡았다.

"그러니까 내가 좀 살펴봐도 되겠지?"

"이거 놔요!"

갑자기 공중에서 무언가가 날아와 남자의 어깨를 딱 때렸다. 비타가 아래를 내려다보니 자신의 손바닥만 한 돌멩이였다.

"저리 비켜!"

할아버지가 지팡이에 의지해 오솔길을 따라 성큼성큼 걸어오고 있었다. 눈빛은 얼음장처럼 차가웠지만, 가까이 다가와서는 차분한 목소리로 말했다.

"도대체 무슨 생각으로 내 손녀를 건드리고 있는지 설명 좀 해 주겠소?"

딜린저는 뒤로 물러섰지만 두 눈은 여전히 비타를 쏘아보고 있었다.

"저는 아무 짓도 안 했습니다. 할아버지 손녀가 제 보스한테서 뭘 좀 훔쳤거든요."

비타를 뒤로 보낸 할아버지가 남자를 가로막으며 앞으로 다가섰다.

"그래, 당신 보스가 누구요?"

"빅터 소로토어 씨요."

할아버지가 비타를 힐끗 돌아보더니 다시 딜린저를 마주 보며 말했다.

"내 손녀딸이 뭔가를 훔쳤다는 건 말도 안 되는 얘기요. 하지만 당신 보스는 내 집을 통째로 훔쳐 갔으니, 혹시나 우리 손녀딸에게 그런 특별한 기회가 있었다 해도 그리 불평할 입장은 아니라는 생각이 드는데."

"이 아이 주머니 검사 좀 하게 해 주시죠!"

"말이 잘 안 통하는 녀석이구먼. 당장 꺼져. 그러지 않으면 경찰을 부를 거야."

딜린저가 재킷 주머니에 손을 넣으며 말했다.

"글쎄, 나도 이러고 싶지 않은데."

주머니 밖으로 나온 손에 작은 권총이 들려 있었다. 할아버지와 비타에게 겨누지는 않고 느슨하게 쥐고 달랑거렸다.

총을 본 비타가 꼼짝 못 하고 얼어붙었다. 총구는 겨우 비타의 엄지손톱만 했지만, 태양을 가릴 만큼 커 보였다. 딜린저는 원하는 것을 얻기 위해서라면 무기 정도는 주저하지 않고 손쉽게 사용할 수 있다는 듯 행동했다.

할아버지가 충격을 받고 눈이 휘둥그레지더니, 곧 분노에 차실눈을 뜨고 으르렁거렸다. 할아버지의 늙은 목소리가 나무 위로 울려 퍼졌다.

"도와주시오! 경찰 좀 불러요!"

"멍청한 늙은이 같으니."

딜린저가 콧구멍을 벌름거리며 비척비척 뒷걸음질을 쳤다.

"네가 무슨 짓을 저지르고 있는지 모르는구나. 그거 아주 위험한 불장난이야, 꼬맹이."

그러더니 도망쳤다. 한쪽은 넓고, 한쪽은 좁은 갈림길에 이르러서는 좁은 길로 쏜살같이 달려갔다. 중간쯤 나무 사이에 맨홀이 있었는데, 딜린저는 맨홀 뚜껑을 들어 올려 그 아래 어둠 속으로 사라졌다. 그 모습을 지켜본 비타는 소스라치게 놀랐다.

"그 남자가 하수구로 들어갔어요!"

비타가 소리쳤지만 할아버지는 보지 않았다. 할아버지의 시선은 비타의 얼굴에 고정되어 있었고, 그 밖의 다른 것은 어찌되어도 상관없어 보였다.

"무슨 일인지 설명 좀 해 주겠니? 소로토어를 만나러 갔다고?"

비타는 머뭇거리다 고개를 끄덕였다. 할아버지의 눈빛이 어두워졌다.

"왜? 왜 그런 일을, 범죄에 휘말릴 수도 있는데 그렇게 어리석고 위험한 일을 벌인 거냐?"

"저는 그냥…, 아무 일도 없었어요. 소로토어가 어떻게 생겼는지 보고 싶었을 뿐이에요."

"그래서, 이제 잘 알겠지? 그 남자가 어떤 종류의 인간인지이제 잘 알겠느냐 말이다."

할아버지가 엄한 목소리로 말했다.

비타가 왼발을 내려다보며 천천히 고개를 끄덕였다.

"다시는 그 남자를 찾아가지 않겠다고 약속해 주겠니? 영원히, 절대로 가지 않겠다고 약속해라. 그러지 않으면 너 혼자서는 절대 외출 금지다."

"네."

비타가 대답했다. 속으로도 거짓말이 아니라고 생각했다. 자기가 찾아갈 것은 소로토어가 아니었으니까. 그런데 만약 소로토어가 자신을 찾는다면 그건 전혀 다른 문제였다. 비타는 그 사항과 관련해서는 어떤 약속도 하지 않았다.

할아버지가 깊은 한숨을 내쉬고는 돌아서서 길가의 나무 그루터기에 앉았다. 얼굴이 하얗게 질려 있었다. 눈빛에는 여전히 분노가 서려 있었지만, 그 감정은 자신을 향해 있었다.

"세상에, 아가. 내가 무슨 일을 저지른 걸까? 네가 이런 끔찍한 일에 휘말리게 만들다니."

"아니에요, 할아버지. 진심으로 맹세해요. 정말 조심할게요."

비타는 한쪽 손을 뻗어 할아버지의 손을 잡았다. 그러면서 다른 손은 주머니 속에 넣어 빨간 수첩을 둥글게 말아서 감싸 쥐었다. 비타가 자신의 계획을 주먹으로 꽉 잡았다. 비타에게는 그것이 무기였다.

새뮤얼

비타는 해가 완전히 질 때까지 기다렸다가 창턱 안쪽에 새 모이를 뿌렸다. 비둘기는 모두 보금자리로 잠을 청하러 갔는지 한 마리도 오지 않았다.

창가에 앉아서 기다리던 비타가 거의 잠에 빠져들 무렵 날개가 퍼덕거리는 소리가 났다. 반짝이는 눈빛의 까마귀가 창턱에 내려앉아 씨앗을 게걸스럽게 먹어 치웠다.

까마귀의 발에 조그만 두루마리 형태의 종이가 묶여 있었다.

비타는 쪽지를 푸는 게 책에서 읽었던 것보다 훨씬 더 어렵다는 걸 알게 되었다. 새는 방 안을 휘휘 돌며 퍼덕거렸고, 비타는 침착하게 살살 달래기도, 또 다급하게 뒤쫓아 다니기도 했다. 까마귀에게 아껴 두었던 생강 쿠키를 줘야겠다는 생각이 났고 그러고서야 까마귀는 비타가 발에 묶인 세 가닥의 실을 풀 동안 가만히 있어 주었다.

쪽지에 적힌 내용은 이랬다.

'밤 11시 20분 카네기 홀 입구로. 절대 늦지 말 것. 이 쪽지는 삼켜 버릴 것.'

비타는 새의 항문과 가까운 곳에 묶여 다소 시달린 듯한 쪽지를 먹지는 않기로 했다. 대신 변기에 넣고 물을 내렸다.

아르카디는 카네기 홀의 정문을 삐죽 열고 기다리고 있었다. 틈새로 내다보고 있다가 비타가 노크를 해야 하나 망설이기도 전에 문을 열어 주었다.

"어서 와! 야간 경비원이 순찰을 돌긴 하지만 1층만 해. 방금 왔다 갔어. 어서 가자!"

아르카디는 비타를 데리고 거리의 가로등 불빛만 스며드는 커다란 홀을 지나 승강기를 탔다. 아르카디가 말했다.

"2층. 소공연장."

"뭐라고?"

"작은 공연장이야. 관객석이 겨우 200석 정도야. 메인홀은 거의 3000석이거든. 소공연장에는 그네가 있어."

"무슨 그네?"

"공중그네! 진짜야! 그네는 사바티니 자매 건데, 새뮤얼이 그걸 좀 써도 상관없어. 아니, 뭐 어쨌든 알게 되더라도 별로 상관 안 할 거야. 비밀은 지켜 줘."

"무슨 비밀?"

"새뮤얼 말이야! 곡예사가 되려고 훈련 중이거든."

"그게 왜 비밀이야?"

"새뮤얼은 말 단원 출신이야. 자기 삼촌 공연에만 참여할 수 있지. 그게 새뮤얼이 여기에 있는 이유야. 기마술을 배우는 거."

"그냥 하고 싶다고 얘기하면 안 돼?"

아르카디는 명백하게 그럴 수밖에 없다는 듯 비타를 보며 고개를 끄덕였다.

"안 돼. 서커스 단원들의 일은 귀족 제도랑 비슷해. 부모가 하는 일을 물려받게 되거든. 태어날 때부터 정해지는 거지. 차르(제정 러시아 때 황제의 칭호) 알렉산더가 차르가 되어야 하는 것처럼 선택권은 전혀 없어. 나는 좋아. 나는 항상 동물이랑 일하고 싶었거든. 개나 말이나 새들이랑 말이야."

비타는 모스크바를 타고 어둑한 도시를 가로지르던 아르카디의 얼굴이 마치 횃불처럼 환하게 빛나던 것이 생각나 고개를 끄덕였다.

"하지만 문제는, 새뮤얼이 정말 대단한 공중 곡예의 달인이라는 거야."

아르카디가 말했다. 비타는 '달인'이라는 말에 웃음이 나왔지만, 아르카디의 얼굴은 몹시 진지했다.

"피아노를 혼자 깨쳐 연주하는 사람처럼 새뮤얼은 그저 보기만 하고 혼자 익혔어. 무슨 말인지 알지? 그래서 스스로 자기 몸에서 버리지 않는 한 그걸 잊어버릴 수도 없어. 그렇다고."

"그런데도 선택권이 없다고? 그건 옳지 않아!"

비타가 외쳤다. 아르카디가 어깨를 으쓱했다.

"나도 알아. 하지만 너는 최근에 어른한테 그렇게 말해 본 적 있어?"

"그렇다고 바꿀 수 없는 건 아니야. 세상에 절대 바뀌지 않는 건 아무것도 없어!"

그러나 아르카디는 대답하지 않고 앞장서 달리기 시작했다.

"어서 와. 여기야!"

소공연장은 마룻바닥이 나무에다 벽에도 나무 장식이 붙어 있고 천장이 높았다. 홀의 삼면을 따라 의자가 놓여 있었고, 전등이 하나만 켜져 있었다. 땀 냄새, 초크 냄새가 났다.

방 한가운데에는 럭비 골대처럼 생긴 것이 네 개 있었다. 양쪽 두 개의 기둥 끝에는 단상이 붙어 있었다. 가운데 두 개에는 쇠로 된 작은 그네들이 매달려 있었고, 그 아래로는 그물이 쳐져 있었다. 한쪽 단상 위에 남자아이가 한 다리로 서 있었다. 다른 쪽 다리는 머리 위로 높이 치켜들고 있었다.

남자아이가 돌아보고 싱긋 웃었다. 하지만 곧 다시 스트레칭 자세를 잡았다. 비타는 눈을 깜빡이는 것도 잊어버린 채 조용히 지켜보았다.

새뮤얼은 아름다웠다. 그 아이의 아름다움에 숨 쉬는 것마저 잠깐 잊어버릴 정도였다. 검은 면바지에 검은 러닝셔츠, 검은 손목 보호대와 검은 발레 슈즈까지 온통 검은색 복장이었다. 아주 짧은 머리에 광대뼈가 마치 쌍둥이 절벽처럼 얼굴 양쪽으로 솟아 나와 있었다. 새뮤얼이 단 위에서 두 손을 들고 몸을 차올리더니 물구나무를 섰다.

"지금 얘기할까? 아님 나중에?"

아르카디가 물었다.

"나중에."

새뮤얼이 대답하고는 재주넘기를 했다. 비타가 온 것을 전혀 신경 쓰지 않는 듯했다.

"새 기술을 연습하는 중이거든."

뉴욕 지역의 억양이었지만 조금 다르기도 했다. 모음의 길이나 깊이로 볼 때 영어가 모국어가 아닌 것 같았다.

새뮤얼이 몸을 휙 일으켜 똑바로 서서 손에 초크 가루를 묻히더니 끝에 갈고리가 달린 기다란 막대기를 집어 들었다. 이어 단상 끝에서 몸을 앞으로 내밀고 그 막대기를 이용해 쇠로 된 그네를 자기 쪽으로 끌어당겼다. 그러고는 한 손으로 그네를 잡고 발뒤꿈치만 단상에 걸쳐 놓은 채 그물 위로 몸을 내밀었다.

새뮤얼이 아르카디를 내려다보았다. 몹시 집중한 나머지 얼굴이 굳어 있었다.

"외쳐 줄래?"

새뮤얼이 말했다. 아르카디가 외쳤다.

"*리스토!*"

"*리스토?* 무슨 말이야?"

비타가 속삭였다.

"스페인 말로 '준비되었냐'는 뜻이야."

새뮤얼이 무게 중심을 옮겼다.

"준비!"

"*헵!*"

아르카디가 소리쳤다.

그러자 새뮤얼이 공중그네의 가로대를 두 손으로 잡고 허공으로 몸을 던져, 날았다. 그네가 가장 높이 올라간 순간 손을 놓고 가로대 위 공중에서 공중제비를 돌더니 무릎을 구부려 갈고리처럼 가로대에 다시 걸었다. 비타의 배 속이 뒤틀리는 것처럼 요동쳤다.

새뮤얼은 이제 똑바로 몸을 일으켜 그네 양쪽의 줄을 잡고 가로대 위에 섰다. 몸을 앞뒤로 흔들며 힘차게 그네를 탔다. 그네가 솟구쳐 정점에 이른 순간 얼굴 정면이 바닥을 향했기 때문에 바로 아래쪽에 있던 비타에게 찰나의 표정이 스치듯 보였다. 그 순간 아무런 소리도 없이 새뮤얼 앞으로 몸을 날리면서 떨어지는가 했는데, 발등을 가로대에 건 채 가로대를 중심으로 공중에 커다란 원을 그리며 회전하고 있었다.

비타는 숨이 막힐 것만 같았다. 새뮤얼이 공중에서 거꾸로 몸을 날리는 방식 때문만은 아니었다. 저 아이는 마치 중력 따위는 아랑곳하지 않아도 좋다는 특별한 허가를 받은 게 아닐까 싶었다. 새뮤얼이 날았기 때문만도 아니었다. 완전히 바뀐 아이의 표정 때문이었다.

새뮤얼은 턱을 굳게 다물고, 미소를 짓지도 않았다. 하지만 그 표정에서는 무언가 낯섦과 비범함, 격렬함이 느껴졌다. 운명처럼 타고난 일을 마침내 하고 있는 사람의 희열이 고스란히 느껴졌다.

새뮤얼이 만화경처럼 변화무쌍한 동작으로 그네를 타고 회전하고 공중제비를 도는 모습을 넋을 놓고 지켜보느라 비타는 시간이 얼마나 흘렀는지도 몰랐다. 그저 새뮤얼이 멈추고 싶어 하지 않는다는 사실만은 분명히 알 수 있었다. 그러다 그네가 높이, 점점 더 높이 올라갔다. 한순간 손을 놓고 2회전 공중제비를 시도한 새뮤얼이 아래로 떨어지는 그네에 손을 뻗어 잡으려고 했는데, 그만 놓치는 바람에 그물로 떨어졌다.

새뮤얼이 일어나 앉았다. 눈빛이 번뜩였다.

"새 기술이야?"

아르카디가 물었다.

"잘 안 되네. 어디가 잘못된 것 같아?"

새뮤얼이 그물에서 일어나 손을 탁탁 털며 말했다.

가까이서 보니 몸이 가냘프고 깡말랐지만, 손과 발이 커서 앞으로 키가 많이 클 것 같았다.

"내 생각엔 그네가 하강할 때 뛰었어. 3분의 2초 정도 늦은 것 같아. 하지만 나는 잘 모르잖아. 2회전 공중제비가 가능할까?"

아르카디가 말하자 새뮤얼이 고개를 끄덕이며 대답했다.

"물론! 그런데 나도 뭔가 좀 잘못됐다는 느낌은 들었어."

새뮤얼은 셔츠로 이마를 닦으며 그물에서 뛰어 내렸다. 비행에서 돌아온 새뮤얼은 달라져 있었다. 느슨하게 긴장을 풀었고 덜 조심스러웠다.

"네가 비타구나. 너를 도와줄 일이 있다고 아르카디가 그러더라."

비타는 주머니 속에 있는 빨간 수첩을 꽉 쥐었다. 허리도 꼿꼿이 세웠다.

"같이 일할 팀이 필요해."

비타가 이야기를 시작했다. 성과 에메랄드 목걸이 그리고 소로토어를 굴복시킬 돈과 변호사 군단에 대해서 가능한 한 빨리 설명했다.

"성벽을 넘어가야 하는데, 그게 4.5미터에서 6미터 정도 될 것 같아."

"사다리를 쓰는 건 어때?"

"성벽이 호수에서 바로 솟아 있어서 안 돼. 아무리 작아도 호수는 호수지. 밧줄도 필요해."

"호수라고?"

새뮤얼이 말했다.

"새 기술이 *진짜*야. 우리가 도둑이 되는 거야!"

아르카디는 흥분을 주체하지 못해 말이 헛나오기까지 했다.

새뮤얼이 인상을 찌푸리자 아르카디가 서둘러 덧붙였다.

"그래. 네가 무슨 생각을 하는지 알겠어. 하지만 이건 이미 도둑맞은 물건을 되찾아오는 일이야. 좋은 도둑들인 거야!"

"어쩔 수 없는 도둑질이야."

비타도 말을 보탰다.

"그리고 그 성은 시골에 있어서 어디로든 도망갈 수 있어. 그러니까 우린 들킬 염려도 없어. 어쨌든 말이야."

아르카디가 말했다.

새뮤얼은 결심이 서지 않는 것 같았다.

"그렇다 해도 왜? 왜 네가 그 일을 해야 하는데?"

비타는 고개를 들어 공중그네를 쳐다보았다. 그네는 머리 위에서 여전히 앞뒤로 흔들거리고 있었다.

"그 일을 할 사람이 아무도 없으니까."

비타가 대답했다.

"그게 진짜 이유가 될 순 없어. 그런 말은 어떤 일에도 다 갖다 붙일 수 있잖아."

비타는 입술을 깨물었다.

"우리 엄마는 사람은 분별 있게 행동해야 한다고 말씀하셨어. 엄마는 할아버지가 원하든 원하지 않든 영국으로 모시고 가려고 해. 할아버지는 그 문제에 대해 이야기를 꺼내면 넋을 놓은 것처럼 보여. 할아버지 얼굴은 마치 쾅 닫혀버린 문 같아."

비타는 잠시 생각에 잠겨 눈을 감았다. 그러다 다시 눈을 떴다.

"하지만 우리가 짐을 싸서 영국으로 돌아가 버리면, 소로토어가 이기는 거잖아. 그런 부류의 사람이 늘 그런 것처럼, 그 사람이 또 이길 거야. 그래서 나는 이번만큼은 분별 있게 행동하지 않을 거야."

비타는 왼쪽 신발을, 뒤틀리고 휘어진 발과 부러질 듯 가느다란 왼쪽 다리를 내려다보았다. 선의를 보여준 모든 어른들을 생각해 보았다. 곁에 앉아서 보살펴 주기도 했지만, 그것이 사랑은 아니었다. 비타는 고개를 가로저었다. 그리고 몸을 꼿꼿이 세웠다.

"딱 한 번만, 시키는 대로 하지 않을래. 나는 싸우고 싶어. 나는 *싸울 거야!*"

새뮤얼은 깊은 고민에 빠져 무거운 표정으로 비타를 한참 동안 바라보았다.

"우리 아빠는 아프리카 마쇼날란드에 있는 집에 계셔. 아빠는 자기가 가진 모든 것을 여기에 있는 나에게 보내 주셔. 나는 아주 어릴 때부터 공연을 하겠다고 삼촌이랑 떠돌아 다녔어. 내가 잘못되면 가족 전체가 실망할 거야. 사촌들, 이모들 할 것 없이 모두 다. 그런데 나는 세 살 때, 뒤로 공중제비 넘기를 혼자 깨쳤어. 내 발로 착지해 다시 일어서는 느낌이 너무 좋더라. 마치 마술 같았지. 도저히 그걸 포기할 수가 없어."

새뮤얼은 초크 가루로 뒤덮인 자신의 손을 가만히 바라보았다.

"그래서…, 시키는 대로 하고 싶지 않다는 네 마음을 이해할 수 있어."

그러더니 새뮤얼이 미소를 지었다. 곧 입이 귀에 걸릴 정도로 활짝 웃었고, 조금 전 당황스러울 정도의 아름다움은 즐거움에 들뜬 모습 뒤로 자취를 감췄다. 평소에는 아주 조심스러운 사람이 즐거움을 느끼면 겁이 없어지기도 한다.

"그 성벽의 폭은 어느 정도야?"

"나도 잘 모르겠어. 내 생각엔 꽤 넓을 것 같아."

"그럼 정확한 높이는?"

"한 4.5미터. 어쩌면 6미터 정도. 잘 몰라."

비타가 고개를 저었다.

"밧줄을 준비하려면 정확하게 알아야 해. 청사진(건축이나 기계 따위의 도면을 복사하는 데 쓰는 사진. 푸른 바탕의 종이 위에 원도면이 흰 줄로 나타남) 같은 건 있어?"

"뭐? 그게 무슨 말이야?"

아르카디가 물었다.

"집을 지을 때 세우는 건축 계획 같은 거야."

새뮤얼이 말했다.

"나한텐 없지만, 찾을 수 있을 거야."

비타가 말했다. 뭔가 마음이 놓여 말하는 목소리는 비타가 느끼는 것보다 훨씬 자신 있게 들렸다.

"만약에 네가 그걸 찾을 수 있다면, 나도 할게. 네 도둑질에 합류한다고."

새뮤얼이 말했다. 그러고는 가루가 잔뜩 묻어 있는 손을 자신의 검은 바지에 문질러 닦더니 손을 내밀어 악수를 청했다.

아르카디는 머리 위로 손뼉을 치며 환호성을 질렀지만, 뜻밖의 극심한 죄책감이 비타의 가슴에 솟구쳤다. 두 남자아이는 어깨를 나란히 하고 똑같이 활짝 웃으며 서 있었다. 이 아이들은 소로토어를 본 적도 없고 그 잔인함 역시 모른다. 비타는 그 신문 기사에 대해서도 이야기하지 않았다.

비타는 죄책감을 꾹꾹 내리눌렀다. 더 이상 느낄 수 없도록 마음 깊숙한 곳에 밀어 넣어 버렸다. 그러고는 새뮤얼의 손을 잡고 악수를 했다.

"그럼 언제 가는 거야? 빨리빨리! 내일 어때?"

아르카디가 묻자 비타가 대답했다.

"그래, 빨리! 하지만 내일은 아니야."

"내일은 왜 안 돼?"

"아직 해야 할 일이 많이 남았거든."

비타가 말했다. 새뮤얼이 말했듯이 모든 도둑질에는 청사진
이 필요하다.

청사진

다음 날 아침에도 비타의 엄마는 이른 시간에 집을 나서 시내로 갔다. 할아버지의 세금과 은행 업무를 자세히 검토하고 있는 회색 양복 차림의 남자들을 잇달아 만날 예정이었다. 할아버지는 창가에서 책을 읽고 있었다. 그래서 비타는 맨발로 조용히 할아버지의 침실로 가서 서류를 찾으려고 서랍장과 벽장을 다 뒤졌다.

아무것도 없었다. 미처 생각하지 못한 게 떠올라, 비타는 잔뜩 화가 나서 나지막이 혼잣말을 했다.

'이런 멍청이!'

비타는 할아버지가 입은 옷 그대로 허드슨 성에서 쫓겨나야 했다는 사실을 뻔히 알고 있었다. 그렇다 해도 가슴을 한 방 얻어맞은 느낌이었다.

결국 비타는 가장 간단하면서도 가장 위험한 방법을 썼다.

비타가 할아버지에게 물었다.

"청사진? 물론 있지."

할아버지는 의심스럽다는 듯 비타를 아래위로 훑어보았다.

"그게 왜 궁금하지? 우리 두목님, 네 엄마 말이 옳아. 이제 다 지나간 일로 하자."

"저는 그냥…, 궁금해서요."

"궁금하다니?"

할아버지의 말투가 딱딱했다.

"그게 그냥……."

비타는 볼 안쪽을 세게 깨물었다. 거짓말을 하기 전에 나오는 행동이었다.

"게임 할 때 쓰려고요. 어디에 있어요? 성에 있나요?"

"뉴욕 공립 도서관에 있다. 꽤 오래전에 다른 서류들과 함께 기증했어. 도서관에서 고택마다 요청서를 보냈거든."

"그러면 저도 볼 수 있겠네요?"

비타는 가슴이 뛰었다.

"그러니까 왜 이러는지 말씀해 주시겠습니까?"

할아버지의 한쪽 눈썹이 치켜 올라가더니 곧 다른 쪽도 올라갔다.

"아뇨, 고맙지만 사양하겠습니다."

비타가 대답했다.

"두목, 그게 있다는 건 영원히 잊어버리는 게 좋을 것 같구나."

"아뇨, 고맙지만 사양하겠습니다."

똑같은 대답을 한 번 더 했다.

비타가 동그랗게 뜬 눈을 깜빡이지도 않고 할아버지를 빤히 쳐다보자, 할아버지는 마치 교회 탑 꼭대기에 올라간 곰처럼 커다랗게 웃음을 터트렸다.

"네 할머니도 어지간한 고집불통이었는데, 피는 못 속이는구나. 내 모자 좀 가져오마."

할아버지의 모자는 원래 검은색인데, 좀먹은 데다 색이 한참 바래서 갈색처럼 보였다. 하지만 할아버지는 언제나 옷을 세련되게 입었고, 그 모자도 왕관처럼 머리에 썼다. 도시는 매서운 겨울 한가운데에 있었다. 할아버지는 웨스트 47번가 모퉁이에서 잠시 멈춰 고깔에 든 달콤한 구운 땅콩을 샀다.

길 건너편에서 검은 양복 차림의 남자 하나가 고개를 들어, 손이 가느다란 노인과 적갈색 머리칼에 양미간이 넓은 여자아이를 훔쳐보았다. 아이는 단단히 여민 트렌치코트 아래 밝은 붉은색 부츠를 신었고, 왼쪽 다리가 안으로 뒤틀려 있었다. 남자는 고개를 뒤로 홱 젖히더니 사려던 프레즐을 내려놓고 큰길을 따라 반 블록 정도 뒤에서 둘을 뒤쫓기 시작했다.

도서관에 도착할 즈음, 비타의 손가락은 따뜻한 시럽으로 범벅이 되어 있었다. 비타는 길 건너편 건물을 올려다보며 손가락을 핥았다.

그 건물은 도서관이라기보다는 궁전처럼 보였다. 대도시의 특색과 소음이 휩쓸고 지나는 자리에 웅장한 기둥과 포르티코(대형 건물 입구에 기둥을 받쳐 만든 현관 지붕)가 당당하게 서 있었다.

"여기가 뉴욕에서 내가 가장 좋아하는 곳이란다. 저 사자들은 불굴의 용기와 인내의 상징이지. 사나워 보이긴 하지만, 그래서 오히려 더 좋단다."

할아버지가 말했다.

실제로 그 사자들은 화가 많이 난 것처럼 보였다. 날카로운 눈빛의 하얀 대리석 조각상 두 개가 이 도시의 책을 지키고 있었다. 할아버지와 함께 계단을 올라가며 비타는 사자들을 향해 고개를 까닥하고 인사했다. 둘은 팔짱을 끼고 갔다. 비타는 왼쪽 발을 널찍한 돌계단에 조심스럽게 올려놓았고, 할아버지는 환영하는 듯 활짝 열린 문에 시선을 고정한 채 지팡이를 짚고 갔다.

검은 양복의 남자는 안으로 따라 들어가지 않았다. 한쪽 사자에 기대어 서서 손에 입김을 불며 기다렸다. 손등에 침 뱉는 고양이 문신이 있었다.

서턴이라는 사서가 근무 중이었다. 벨벳 옷을 입은 키가 큰 라틴계 여성이었는데, 마치 오랜 친구처럼 할아버지를 맞이했다. 서턴이 긴 복도를 지나 양쪽 벽에 책상과 독서용 스탠드가 죽 놓여 있는 방으로 둘을 데려갔다. 학자들이 고개를 숙이고 책에 집중하고 있었다.

"여기를 이용하시면 됩니다. 다른 분들에게 방해가 되지 않게 조용히 얘기하는 건 괜찮아요."

서턴이 말했다. 그러고는 다시 작은 방으로 들어갔다. 거기에는 가죽이 덮인 커다란 책상 하나와 흰 장갑 몇 켤레, 그리고 비타가 보자마자 켜 보고 싶었던 녹색 유리등이 있었다.

서턴이 상자 하나를 꺼내 왔다. 상자는 뚜껑에 달린 끈으로 묶여 있었다. 서턴이 둘을 남겨둔 채 떠나자, 비타는 서류 뭉치를 꺼내 할아버지 옆에 앉았다. 맨 위에 8등분으로 접힌 종이가 있었다.

할아버지가 접힌 종이를 책상 위에 펼쳐 놓았다.

"이거야!"

할아버지의 목소리가 살짝 떨렸다.

종이는 지도책만큼 컸고 뒤가 거의 비칠 정도로 얇았다. 비타는 지금 할아버지가 종이 너머 자신의 집을 보고 있음을 알 수 있었다. 이 순간만은 성에 대한 추억을 스스로 허락한 것이다.

"이 나라 헌법보다 더 오래된 성이다. 내 증조부가 이걸 배로 실어 오셨지. 물론 미친 짓이었어. 하지만 미친 짓을 나쁜 짓이라고 할 수는 없지 않니? 내 아버지가 돌아가시고, 우리가 처음 그곳으로 이사했을 때는 네 엄마가 태어나기 전인데, 집이 거의 허물어져 가고 있었단다. 흰 벽 안쪽에 곰팡이가 가득했어. 그래서 우리는 실내를 파란색으로 칠해 버렸지.”

물론 비타는 오래전의 그 이야기들을 잘 알고 있었다. 그래도 말을 이어가는 할아버지의 눈빛과 표정을 좀 더 보고 싶어서 일부러 물었다.

“어떤 파란색이요?”

“보석 빛깔이었지. 네 할머니가 골랐단다. 코발트, 사파이어, 터키석 같은 푸른색으로 말이다. 환하게 빛이 났지.”

할아버지가 앞에 펼쳐진 종이를 가리켰다.

“여기가 현관홀이야. 오래된 샹들리에가 아직 있을 거야. 그 남자가 떼어 가 버리지 않았다면 말이다. 여기는 중앙 계단이란다. 이제는 반쯤 삭아서 금방이라도 주저앉아 버릴 것 같지. 그래서 우리는 항상 뒤쪽 계단으로 다녔어. 여기가 지하실. 소로토어가 다 마셔버리지 않았다면, 내 아버지의 와인이 아직도 있을 거야. 지하실 뒷벽, 여기 검은색으로 표시된 곳이 보이지? 여기는 원래 배관 시설이 있었는데 지금은 그냥 격자(바둑판처럼 가로세로를 일정한 간격으로 직각이 되게 짠 구조나 물건. 또는 그런 형식)로 막아 두었다. 지하실 환기구인 셈인데, 덕분에 거기는 일 년 내내 이가 빠질 정도로 춥단다.”

"그럼 이건요?"

"중앙 거실이야. 거기에는 낡은 북극곰 양탄자가 있단다. 가엾게도 네 고조할아버지가 총을 쏴서 잡았어. 그분은 아는 건 그다지 많지 않았지만, 총은 아주 많았지. 어렸을 때 나는 그 옆에 종종 누워 있곤 했는데, 어쩌다 보면 곰 이빨이 빠지기도 했단다. 그게 금고를 지켰어. 금고는 여기 굴뚝 안에 있고."

할아버지는 쉬지 않고 말을 이었다.

"그리고 여기가 현관문과 뒷문인데, 절대 딸 수 없는 자물쇠가 있단다. 방범 창살도 있지. 네 증조할아버지는 누군가 자기 재산을 훔쳐 가려 한다고 확신했어. 부자들은 가끔 과대망상에 빠져 두려워하기도 하거든. 물론 지금은 훔쳐 갈 재산이랄 것도 없고."

비타는 아무 말 없이 도면을 살펴보았다. 성벽에는 건축가가 출력한 멋진 라벨이 깔끔하게 붙어 있었다. 높이 5.8미터, 너비 0.6미터.

"여기서 종이 위에 그려진 걸 보니까 기분이 이상하구나. 영원히 잊겠다고 맹세했었다. 다시는 이걸 볼 일이 없을 거야."

미소를 짓는 할아버지의 눈동자가 오래전에 잃어버린 표정을 지으며 흔들리고 있었다.

"자, 우리가 우연히도 짧은 여행을 나왔으니, 마무리까지 잘해 볼까? 어디 아이스크림 가게가 있는지 찾으러 가 보자꾸나."

비타는 고개를 저었다.

"저는 진짜로 여기에 더 있고 싶어요. 이걸 베끼고 싶어요."

할아버지가 눈썹을 치켜올렸다.

"베낀다고?"

"게임에 필요해요."

"무슨 게임인지 말해 줄래?"

비타는 싫다며 고개를 힘껏 가로저었다.

할아버지는 비타가 어떤 아이인지 생각해 보았다. 붉은색 부츠를 신은, 사자의 눈을 한 아이.

할아버지가 한숨을 쉬며 말했다.

"네가 거짓말을 해도 내가 눈치채지 못할 거라는 기대는 단 1초라도 하지 말아라. 하지만 나는 아이가 비밀을 만들어서는 절대로 안 된다고 생각하지도 않는다. 단, 그 비밀이 소로토어와는 아무런 관련이 없다고 약속해 줄 수 있겠니?"

비타는 가슴이 철렁 내려앉았다. 과연 할아버지에게 거짓말을 할 수 있을까 갈등하던 순간, 할아버지가 한마디 덧붙였다.

"한 번 더 약속해 주렴. 그 남자 근처에는 절대 얼씬도 하지 않겠다고."

비타는 미소를 지었다. 비타에게 있는 여섯 가지의 웃음 중 여섯 번째였다.

"약속해요. 소로토어 근처에는 절대로 가지 않을게요."

어쨌든 아직은 비타의 계획 중에 그 남자에게 가까이 가야 할 일은 전혀 없었다.

"좋구나. 너를 향한 내 신뢰를 저버리지 않길 부탁한다. 살해되거나 폭행으로 다치거나 체포당해서도 안 돼. 그럼 집에서 보자꾸나. 네 엄마가 들어오기 전에 집으로 와. 그러지 않으면 네 엄마에게 우리 둘 다 사형당할지도 몰라."

비타는 재빨리 일을 마쳤다. 30분 정도 지나 도서관에서 나온 비타는 집을 향해 걸어가기 시작했다. 하늘을 찌를 듯 높이 솟은 고층 건물들이 경계하는 눈빛으로 내려다보는 느낌이었다. 뉴욕 시내를 어린아이가 혼자서 걷는 것이 특별한 일은 아니지만, 그렇다 해도 비타의 눈빛은 어떤 목적이 있는 듯 너무나 강렬해서 사람들의 시선을 끌었다. 비타는 자신을 둘러싼 거대한 황색과 회색 석재 건축물이 즐비한 도시, 그 속의 불빛들을 전혀 구경하지 않는 듯했다. 비타의 눈은 다른 어떤 것, 보이지 않는 무언가에 초점이 맞춰져 있었다.

그리고 고양이 문신을 한 남자는 인내의 사자 상에서 벗어나 길을 따라 비타를 뒤쫓았다.

서커스

비타는 그날 오후 시간을 도시를 외우는 데 썼다. 그런 다음 토스트에 케첩을 발라 먹기 위해 일단 집으로 갔다. 할아버지는 침실의 의자에 꼿꼿이 앉아 잘 준비를 하고 있었다.

왜 앉아서 자는지 비타가 물어보자 할아버지가 대답했다.

"밤은 어떤 면에서는 거인 같이 다가와. 내가 도저히 이길 수가 없지. 하지만 낮에는 이렇게 토막 잠을 자는 걸로 충분하단다."

집에서 나온 비타는, 왼발이 많이 아팠지만 천천히 맨해튼의 절반을 가로질러 걸었다. 57번가를 지나고 5번가를 죽 내려가 매디슨 스퀘어 공원으로 향했다. 혹시 모를 만약을 대비해 손에 들고 있는 뉴욕의 지도를 자신의 머릿속에 그대로 그려 넣으려고 노력했다. 그게 언제 유용하게 쓰일지는 아무도 모를 일이니까.

비타는 차 마시는 시간에 집으로 돌아와 가능한 한 조용히 들어갔다. 할아버지가 아직 잠들어 있을까 봐 소리 내 인사를 하지도 않았다. 방에 들어갈 때까지는 아무런 문제도 없었다. 그러나 비타는 곧 궁지에 몰린 고양이처럼 온몸에 소름이 돋고 머리카락이 쭈뼛 섰다.

누군가가 비타의 방을 뒤지고 갔다.

엉망진창으로 뒤진 흔적이 남아 있는 건 아니었다. 방 안은 흠잡을 데 없이 깔끔했다. 하지만 창턱에 있던 책의 위치가 바뀌어 있었고, 침대는 흐트러졌다 다시 정돈된 듯했고, 담요는 방향이 바뀐 채 올려져 있었다. 비타는 공포에 휩싸여 옷장 문을 열어 보았다. 아무도 없었다. 깔끔하게 개어 둔 스웨터와 스타킹뿐. 침대 밑을 보았다. 아무것도 없었다. 누군가가 손으로 더듬어 본 것처럼 먼지가 쓸려 있는 것만 빼면.

비타는 부엌과 거실을 확인해 보려고 달려갔다. 가구가 너무 적어서 알아차리기란 불가능에 가까웠지만 분명 조용히 소리 없이 걷는 누군가가 다녀갔다. 비타는 자기 치맛단 속에 단단히 숨겨둔 반지가 생각났다. 심장이 쿵쾅거리는 소리가 귀에 들리는 듯했다.

비타는 경찰서로 달려가야만 했다. 누군가에게 알려야만 했다. 하지만 웨스터윅이 *경찰이었다*. 비록 은퇴를 했다 해도, 그건 너무 위험한 일이었다. 만약 엄마한테 알린다면 그 즉시 영국으로 돌아가는 티켓을 바로 다음 배로 바꿀 것만 같았다. 할아버지를 이대로 남겨둔 채 말이다. 할아버지에게 이야기하면 어떨까 생각해 보았지만, 바로 가슴에 총상을 입은 듯한 고통을 느꼈다. 절대 알려서는 안 됐다. 할아버지는 분명 자신을 탓할 게 뻔했고, 그건 상상하기도 싫은 일이었다.

비타는 스스로에게 용기를 불어넣기 위해 부엌으로 가 케첩을 꺼낸 뒤 한 숟가락 먹었다. 엄마에게 밤에는 문을 이중으로 잠가 달라고 부탁하고, 아무에게도 알리지 않기로 했다. 그리고 그사이, 서커스 소년들과 만나기로 되어 있었다.

모든 일은 충분히 차분하게 시작되었다. 충분히 합법적이기도 했다. 전날 밤 비타는 달빛이 비치는 공중그네 아래에서 한 번도 서커스 공연을 본 적이 없다고 말했다.

두 남자아이는 비타를 쳐다보고, 그러고는 또 서로를 바라보았다. 그 아이들에게 비타의 말은 마치 한 번도 하늘을 본 적이 없다고 말하는 것과 다름없었다.

"너 진심이 아니지? 글자 그대로의 뜻은 아니지?"

새뮤얼이 물었다.

"은유적으로 서커스를 본 적이 없다는 게 말이 된다고 생각하니?"

"그건 그렇지."

아르카디가 말했다. 목소리에서 거의 공포에 가까운 당황스러움이 느껴졌다.

"우리가 보여 주자. 내일 밤, 공연이 있어. 7시에."

"잘됐다!"

비타가 말했다. 하지만 망설여졌다. 카네기 홀의 불빛과 화려함, 그 모든 것은 값비싸 보였다.

"그런데…, 얼마야?"

"장난해? 우리가 몰래 들여보내 주면 되잖아."

새뮤얼이 말했다.

그날 밤 슬그머니 집에서 빠져나올 때까지 엄마는 돌아오지 않았다. 비타는 서커스를 보러 갈 거라는 메모를 남겼다. 누구와 함께인지는 말하지 않았고, 잘 시간 전에는 돌아오겠다고 적어 두었다.

돌아오면 엄마에게 많이 혼나겠지만, 그건 그때 문제였다. 바로 지금의 문제는 서커스였다.

새뮤얼과 아르카디는 깃발 아래에 서서 기다리고 있었다. 남자아이 하나가 신문 기사가 인쇄된 한 장짜리 전단지를 나눠 주고 있었다.

"극찬! 뉴욕 타임스에서 극찬한 공연!"

남자아이가 소리쳤다. 새뮤얼이 그 아이를 손짓으로 불러 한 장 얻어서는 비타에게 건네며 인사했다.

"자, 여기. 기념품이야."

비타는 전단지를 큰 소리로 읽었다.

"*카네기 홀의 서커스! 코끼리, 조랑말, 개, 그리고 탠 껍질 위의 갖가지 친숙한 묘기들……*."

비타가 멈추고 물었다.

"탠 껍질이 뭐야?"

"작은 나무껍질 조각들. 서커스 공연장 바닥에 쫙 깔아 두는 거야."

새뮤얼이 말했다. 비타가 계속 읽었다.

"*묘기들을 이번 시즌, 최고의 실내 서커스 공연단이 선보인다.*"

"진짜 근사하지, 안 그래? 뉴욕 타임스야! 우리 아빠는 너무 좋아서 저걸 액자에 넣어서 방마다 걸었어. 심지어 화장실에도."

아르카디가 말했다.

"가자."

새뮤얼이 재촉했다. 비타가 전단지를 주머니에 넣고 정문을 향해 발걸음을 옮기자 아르카디가 커다랗게 웃음을 터뜨리며 말했다.

"그쪽이 아냐! 우리는 무대 출입구로 가야 해."

"뭐라고?"

"그러니까…. 표가 없잖아! 우리도 표를 공짜로 막 주지는 못해. 우리가 록펠러 재단(1913년에 록펠러가 뉴욕에 설립한 재단. 세계 인류의 복지 향상을 목적으로 여러 가지 문화 사업을 원조함)쯤 된다고 생각하는 건 아니지?"

새뮤얼이 모퉁이를 돌아 건물 측면으로 이끌었다.

"청사진은 찾았어?"

도어맨에게 인사를 까딱하며 새뮤얼이 물었다.

"응. 내 수첩에 베껴 두었어."

비타가 대답했다.

"다행이다. 공연이 끝나면 우리한테 보여줘."

새뮤얼이 말했다. 그러고는 비타를 몹시 가파른 철제 계단으로 데려갔다. 아이들은 비타의 발에 대해서는 한마디도 하지 않았지만, 거의 꼭대기에 이르렀을 때쯤 새뮤얼이 비타에게 손을 내밀었다. 비타는 살짝 웃으며 사양했다.

계단 꼭대기에 두꺼운 녹색 천으로 감싼 문이 있었다. 새뮤얼이 뒤로 물러섰다.

"네가 앞장서."

비타는 문을 열었다. 눈앞에 전혀 다른 세상이 펼쳐졌다.

조명은 눈이 부셨고, 공기에서 향수와 초크 가루, 사람의 뜨거운 몸 냄새가 뒤섞여 풍겨왔다. 젊은 일본인이 복도에서 물구나무를 서서는 발가락으로 자기 뒤통수를 긁고 있었다. 여기

저기에서 많은 사람이 서로 비집고 오가며 분주하게 움직였다. 모두가 얼굴에 짙은 분장을 하고, 근사한 비단과 반짝이는 스팽글(반짝거리는 얇은 장식 조각. 금속, 플라스틱, 합성수지 따위로 만들며 무대 의상이나 야회복, 핸드백, 구두, 광고 간판 따위에 붙임)로 화려하게 장식된 옷을 입고 있었다.

레오타드(다리 부분이 없고 몸에 꼭 끼는, 위아래가 붙은 옷. 신축성이 있는 천으로 만들고 체조 따위의 스포츠용으로 씀)를 입은 여자 셋이 아르카디를 몸으로 살짝 밀치고 웃으며 지나갔다. 비타가 보기엔 스페인 사람들 같았다.

"이쪽이야."

새뮤얼이 말했다.

비타는 가만히 서서 계속 바라보고 싶었지만, 아르카디가 비타의 손을 잡고는 천장이 높고 어두운 공간으로 끌고 갔다.

"여기야!"

아르카디가 의기양양하게 말했다. 카네기 홀은 전통적인 서커스 공연장처럼 양쪽에 윙(연극 무대에서, 관객이 보지 못하는 무대 옆쪽의 공간. 배우가 대기하거나 소품 따위를 잠시 대기시키는 곳으로 씀)이 없었다. 대신 양쪽 옆으로 무대로 나가는 커다란 문이 있었다. 아르카디가 그걸 가리키며 말했다.

"우리는 바로 여기, 문 옆에 서 있자. 모든 게 아주 잘 보일 거야!"

뒤에서 러시아 억양의 목소리가 들려왔다.

"아르카디! 여기서 뭐하는 거냐? 얘들아, 길을 막고 있으면 안 된다고 지난번에도 말하지 않았어?"

주먹코에 키가 큰 남자가 아이들을 노려보고 있었다.

"좀 보고 싶어서요."

새뮤얼이 조심스럽게 말했다.

"이 아이는 누구냐?"

남자가 비타를 보고 한쪽 눈썹을 치켜올렸다.

"내 친구예요. 비타, 우리 삼촌이야. 무대 감독 대행이셔. 비타가 한 번도 서커스를 본 적이 없대요, 예브게니 삼촌!"

친구라고 말하는 아르카디의 얼굴이 빨개졌다.

"너희들을 여기에 두면 안 되는데……."

아르카디의 삼촌이 말을 하는데 비타의 얼굴이 눈에 들어왔다. 주변을 둘러보는 비타의 눈은 놀라움으로 가득 차 열기가 느껴졌다. 삼촌의 시선이 비타의 발까지 쓱 내려왔다.

"알겠다."

삼촌이 상냥하게 말하며 의자 세 개를 끌고 와서 문 바로 옆에 놓아 주었다. 비타는 여섯 개의 미소 중 세 번째를 지어 보였다.

"여기. 얌전히 앉아 있어. 떠들지 말고. 그러면 괜찮아."

조명이 서서히 어두워지기 시작하자 복도에서 젊은 여자가 달려와서는 무대로 나가는 문 바로 옆에 섰다. 여자는 목덜미를 주무르며 비타에게 윙크를 했다.

"마이코야. 수석 곡예사. 니키틴이랑 같이 훈련 받았어."

새뮤얼이 말했다. 목소리에 경외심이 가득했다.

검은 머리에 실크해트를 쓰고 검은색 연미복을 입은 다리 긴 남자가 성큼성큼 무대로 걸어 나가 관객에게 인사했다.

"우리 아빠야."

아르카디가 말했다. 목소리에 자부심이 있었지만, 뭔가 원망도 느껴졌다.

"신사 숙녀 여러분, 반갑습니다! 라자렌코 서커스에 오신 것을 환영합니다! 오늘 밤 저희는 여러분에게 이 세상이 익히 알고 있던 것보다 훨씬 더 기묘하고 야생성으로 가득 찬 곳이라는 사실을 보여드리고자 합니다. 모든 기적 중에서 인간의 몸이 가장 경이로운 기적이라는 사실도 말입니다! 여러분은 그저 보기만 하십시오. 그리고 마음껏 감탄하십시오."

아르카디의 아빠가 말했다. 아르카디는 코웃음을 쳤다.

"매일 밤 하는 말이 똑같아. 아빠는 변화를 좋아하지 않아."

밴드의 연주가 시작되었고, 마이코가 박수갈채 속에서 무대로 달려 나갔다. 마이코는 유연한 몸으로 너무나 가볍고 편안하게 뒤로 공중제비를 넘으며 무대를 가로질렀다. 새뮤얼이 한숨을 쉬었다. 마이코의 존재 자체라기보다는 지구의 중력을 무시하는 듯한 마이코의 편안함에 대한 감탄이었다.

두 남자가 달려갔다. 한 명이 마이코의 팔을, 나머지 한 명이 발을 잡고는 커다란 원을 그리며 휘휘 돌리기 시작했다. 또 다른 키 큰 여자가 공중제비를 넘으며 무대로 나가더니, 긴 줄넘기를 하듯 마이코의 몸을 폴짝폴짝 뛰어넘었다.

비타는 그것이 야생의 아름다움이며, 발레보다는 집시의 춤에 훨씬 가깝다는 생각이 들었다.

새뮤얼의 눈이 비타만큼이나 휘둥그레졌다. 기다란 비단들이 천장에서 내려왔다. 마이코는 비단을 휘감고 빙글빙글 돌며, 마치 길을 걷는 것처럼 편안하게 위로 솟구치고, 아래로 떨어지면서 공중 묘기를 선보였다. 새뮤얼은 거의 의자에서 떨어질 정도로 앞으로 몸을 죽 내밀고 있었다.

"우리는 적어도 일주일에 세 번은 이걸 봐. 새뮤얼은 몇 년 동안, 항상, *언제나* 저래. 마이코가 날아다닐 때마다."

아르카디가 새뮤얼을 향해 휙 고갯짓하며 속삭였다. 마이코가 무대에서 퇴장하자 새뮤얼은 다시 뒤로 기대앉아 눈을 문질렀다. 푸들 여러 마리가 한 줄로 늘어서 무대 위로 행진했고, 그 뒤를 큰 키에 근엄한 얼굴을 한 아르카디의 엄마가 따라 나갔다. 개들은 황금색 후프를 깡충깡충 뛰면서 통과했고, 그런 다음 차례차례 후프 위로 뛰어넘었다.

"저것들은 진짜 금이야?"

비타가 물었다.

"아니, 물론 아니지! 그냥 판지에 색칠한 거야. 내가 나만의 서커스단을 갖게 된다면, 후프 따위는 사용하지 않을 거야. 저게 애들을 가장 멍청해 보이게 만들거든. 새들의 지저귐이 오케스트라가 되고, 전 세계에서 사람들이 몰려들게 할 거야."

아르카디가 말했다.

개들에 뒤이어 탈출 곡예사가 나왔다. 자그마한 폴란드 남자였는데, 뒤로 묶인 팔에 맹꽁이자물쇠를 채우고 물에 잠겨 있는 동안에도 반쯤 미소를 짓고 있었다.

그 뒤에는 은색 레오타드를 입은 줄타기 곡예사가 나왔다. 그 공연이 끝나자 아르카디가 허리를 곧게 펴고 바로 앉았다.

"나온다! 잘 봐!"

아르카디가 말했다.

뼈대가 가느다란 남자가 성큼성큼 무대에 등장했다. 그 뒤로 말들이 줄지어 나왔는데, 옆구리에 금가루를 칠해 환하게 빛이 나는 모스크바가 맨 앞에 있었다. 비타는 모스크바의 아름다운 모습에 숨이 턱 막힐 듯했다.

"여기가 전체 공연 중에서 가장 멋있어."

아르카디가 말했다.

"제목이 자유의 시간. 저분이 모건 카바짜야!"

"카바짜? 그러면 너의…."

비타가 새뮤얼에게 고개를 돌렸다.

"그래, 우리 삼촌이야."

새뮤얼이 말했다. 그러고는 일어서서 뒤쪽으로 걸어가 무대 위의 남자가 보이지 않는 어둠 속으로 사라졌다.

"세계 최고의 곡마사야. 우리 서커스단에 들어오겠다고 했을 때 아빠가 너무 기쁜 나머지 거의 울 뻔했어. 비엔나에서 리피자너(특히 마장 마술에 쓰이는 백마)들이랑 같이 훈련했대."

"리피, 뭐?"

"리피자너! 세상에서 제일 똑똑한 말. 황제들이 탈 수 있도록 길들인 말이야. 잠깐만, 잘 봐. 눈도 깜빡이면 안 돼!"

왈츠가 흐르기 시작했다. 카바짜는 혀를 끌끌 차며 소리쳤다. 영어가 아니었다.

"카바짜 삼촌은 말들을 영어와 쇼나어로 훈련 시켰어. 쇼나어는 마쇼날란드에서 쓰는 말이야."

아르카디가 속삭였다.

"그런데 모스크바는 러시아 말도 알아들어. 물론 내가 가르쳤지."

말들이 음악에 맞춰 앞뒤로, 옆으로 움직이며 춤을 추기 시작했다.

"모스크바를 잘 봐. 정말 완벽해. 세상에 저런 말은 다시 없어. 모스크바는 리피자너야."

아르카디가 말했다.

모스크바가 앞발을 일으켜 뒷다리로 서더니 몇 걸음 걸었다. 히힝 하고 의기양양하게 소리를 내고는 천천히 돌아섰다. 카바짜는 모스크바가 말 중의 왕이라며, 모스크바에게 자랑스럽다고 크게 외쳐 주었다.

"언젠가 모스크바는 새뮤얼이랑 같이 일하게 될 거야."

아르카디가 말했다. 사람들이 '언젠가 그가 왕이 될 거야.'라고 말할 때와 비슷한 투였다.

공연이 끝난 뒤 카바짜는 모스크바의 등에 올라타고 몸을 흔들며 무대에서 퇴장했다. 열광적인 박수갈채가 쏟아졌다.

카바짜는 아르카디를 보고 멈췄다.

"안녕, 아크. 샘은 어디 있어? 방금까지 여기 있지 않았나?"

카바짜가 모스크바의 등에서 휙 뛰어내렸다.

아르카디의 얼굴이 새빨개졌다. 자신의 영웅이 말을 걸어오자 부담감이 아르카디의 귀를 보라색으로 물들였다. 아르카디가 꿀꺽 침을 삼켰다.

"네, 선생님. 분명히 화장실에 갔을 거예요."

"아직도 날겠다는 꿈을 꾸고 있는 건 아니겠지?"

억양이 새뮤얼보다 더 강했다. 후음이 깊이 있게 들렸고, 모음도 더 길게 발음되었다.

아르카디가 더 크게 꿀꺽 침을 삼켰다. 마치 두꺼비라도 삼키려는 사람처럼 보였다.

"아닙니다, 선생님."

"다행이군. 내가 그 아이한테도 이야기했고, 너한테도 말했지. 그러니 새뮤얼에게 명심하라고 일러라. 다른 선택의 여지는 없다고. 무슨 말인지 알아듣지?"

"네, 알고 있습니다."

아르카디가 조그맣게 말했다.

카바짜가 청중들을 흘끗 내다보았다. 비단과 새틴(견직물의 하나. 광택이 곱고 부드러워 장식적인 여성복, 핸드백, 모자 따위에 사용하는 천)으로 지은 옷에서 바스락거리는 소리가 났다. 목소리가 거칠었다.

"배를 타고 올 때 한 남자를 만났다. 무용수가 되고 싶어 했지. 제자리에서 2미터 가까이 뛰어오를 수 있었어. 하지만 사람들은 그 남자를 흘끔 보고는 비웃었어. 흑인이 발레에서 주인공 왕자 역을 맡을 수는 없거든. 세상은 우리 같은 피부색의 사람들에게 상상력을 허락하지 않아. 우리가 어떠해야 하는지 세상이 이미 결정 내려 버렸거든. 게다가 새뮤얼은 아직 어려. 그 아이가 좌절하지 않도록 보호하는 게 내 책임이야."

비타는 가슴이 너무 답답해서 입을 열고 말았다.

"하지만…."

카바짜 슬픈 듯 고개를 빠르고 세차게 흔들었다.

"'하지만'이라는 다른 경우는 절대 없어."

모스크바가 울음소리를 내자 카바짜가 손을 들어 옆구리를 어루만졌다.

"그리고 어쨌든 공중제비에는 미래가 없어! 그러니까 그 애가 옆으로 재주넘기를 할 수 있다 해도 그것만 가지고는 안 돼. 그 애는 싸구려 기술에 시간을 낭비할 거고, 세상이 자신을 외면하면 절망감에 무너질 거야. 그러고는 아무것도 가진 것 없이 혼자 버려지겠지. 게다가 내가 가고 나면 그 아이 없이 누가 이 공연을 계속할 수 있겠어? 새뮤얼은 14살이 되면 나와 함께 말을 타야 해."

모건 카바짜는 한숨을 내쉬며, 새뮤얼을 찾는 듯 한 번 더 주위를 둘러보았다. 그러고는 모스크바를 따라 뚜벅뚜벅 걸어 나갔다.

한참 동안 아무 말도 하지 못한 채, 비타는 새뮤얼만 생각했다. 공중그네의 가로대에 매달려 환하게 빛나던 얼굴이 떠올랐다. 비타는 주머니 속에서 두 주먹을 불끈 쥐었다.

밴드가 다시 연주를 시작했고, 시끄러운 소리가 나는 틈을 타 새뮤얼이 슬그머니 자기 자리로 돌아와 앉았다.

"네 삼촌이 방금까지 여기 있었어."

비타가 속삭이며 이야기를 꺼냈다.

"알아. 불 먹는 묘기에 쓰는 양동이 뒤에 있었어."

새뮤얼은 몸을 잔뜩 움츠러 어깨를 귀까지 올렸다. 온몸이 굳어 있었다.

"너 괜찮아?"

"괜찮아. 공연이나 잘 봐. 다음은 라비니아 부인 차례야."

새뮤얼이 억지로 웃었다.

검은 머리칼을 허리까지 늘어뜨리고, 길고 검은 비단옷을 입은 아름다운 여자가 반대편 문에서 나와 무대에 등장했다. 손이 온통 상처투성이였는데, 양손 가득 칼 여러 개를 가지고 나왔다.

"어두운 골목에서는 절대 마주치고 싶지 않은 사람일걸. 잘 봐!"

새뮤얼이 말했다.

라비니아 부인이 칼 네 개로 저글링을 하기 시작했다. 관객들은 숨을 몰아쉬며 환호했고, 여자는 무대 조명 아래에서 활짝 웃었다. 마치 한 곡을 연주한 뒤 박수갈채를 받는 거장 피아니스트의 웃음 같았다. 칼 세 개가 더해지고, 그 뒤에 네 개, 다시 다섯 개가 더해져 마침내 모두 열여섯 개의 칼이 공중에서 회전했다. 여자는 뒤돌아선 채 그 칼들을 모두 등 뒤에서 받았고, 자신의 팔만큼 긴 칼을 손가락 끝으로 돌리는 묘기도 보여주었다. 사과 몇 알과 칼을 공중에 던진 뒤 떨어지는 걸 잡았는데 사과들이 정확하게 반쪽 나 있었다. 관중의 박수 소리에 귀

청이 떨어질 정도였다.

비타는 좌석을 덮고 있는 천이 벗겨질 정도로 의자를 꽉 잡았다. 마음속에서 커다란 갈망이 솟구쳤다. 저 묘기를 어떻게 하는지, 또 자신이 원하는 대로 물체가 공중에서 휘어지도록 던지려면 어떻게 하는지 알면 아주 짜릿할 것 같았다. 그리고 곧 또 다른 생각이 이어졌다. 아주 은밀하고도 새로운 생각이 비타의 마음속에서 살짝 고개를 들었다. *나도 저렇게 할 수 있을 것 같아.*

라비니아 부인이 퇴장했다.

"아직 코끼리가 남았어."

아르카디가 말했다.

"코끼리라니! 진짜 놀랍다."

비타가 감탄했지만 아르카디는 고개를 저었다.

"코끼리는 정말 아름다워. 그래, 너무 아름다워서 마음이 아파. 코끼리는 개랑 달라. 나는 아빠가 코끼리 쇼는 안 했으면 좋겠어. 하지만 아빠는 관객이 원하니까 필요하다고 했어."

"왜?"

"개들은 공연자들과 비슷해. 일하기를 원하고 또 놀기도 원해. 하지만 코끼리들은 달라. 그저 고향으로 돌아가기를 원할 뿐이야. 아빠한테 몇 번이나 말했는데, 내 말은 안 들어주더라."

"코끼리가 일하고 싶지 않는다는 걸 어떻게 알아?"

"나는 느낄 수 있어. 여기에서."

아르카디가 가슴을 두드렸다. 그러고 나서 빙긋 웃더니 조금 쑥스러운지 무대를 향해 시선을 돌렸다.

카네기 홀의 무대는 40명이 어깨를 나란히 하고 설 수 있을 만큼 넓었다. 비타가 알기로 세상에서 가장 훌륭한 음악가 40 명이 등장해 나무로 된 무대 위에 빙 둘러섰다. 하지만 무대 저 쪽에서 문밖으로 걸어 나오는 동물로 인해 갑자기 그들의 모습 이 왜소하고 작아졌으며, 보잘것없고, 평범해졌다.

그 동물은 리본으로 화려하게 장식되어 있었다. 등에서부터 붉은 비단이 드리워져 있고, 두 눈 사이에는 삼각형 모양의 금 색 비단이 붙어 있었다. 한쪽 귀를 뚫어 금색 링을 달고 있었는 데 하나는 위에 하나는 아래에 있었다. 두 링 사이에 걸린 가느 다란 금색 사슬이 이리저리 흔들렸다. 두 앞발 사이에도 은색 사슬이 이어져 있었다. 키가 크고 여윈 남자가 기다랗고 가는 막대기를 들고 뒤를 따랐다. 민머리에 땀이 나 번쩍거렸다.

코끼리는 멈춰 서서 관객을 바라보았고, 무언가를 찾는 듯 공중으로 코를 치켜들었다. 관객들은 '쉿'하고 입을 다물었다.

남자가 큰 소리로 명령하자 코끼리는 뒷발로 일어서 커다란 울음소리를 내고는 다시 앞발을 쿵 내렸다. 바닥이 진동했다. 나무 바닥에서 튀어 오른 파편들이 무대를 가로질러 여기저기 로 후두두 퍼졌다. 새뮤얼은 팔꿈치를 들어 얼굴을 가렸고, 비타는 오른쪽 눈 옆으로 파편이 스쳐 가는 느낌에 왼쪽으로 몸을 피했다.

아르카디가 숨죽인 소리로 무어라 중얼거려서 비타는 그게 의례적인 행동이 아니라는 걸 확실히 알 수 있었다.

무대 위의 남자가 다른 명령을 내렸지만, 코끼리는 움직이지 않았다. 남자가 다시 소리쳤다. 코끼리는 계속 그 자리에서 꼼짝도 하지 않았고, 홀 안을 유심히 살펴보았다. 페인트가 칠해진 천장, 줄지어 앉은 관객들의 눈, 기대에 가득 찬 얼굴들. 금빛이라기보다는 갈색에 가까운 코끼리의 두 눈이 감겼다.

불현듯 비타는 눈이 따끔거리고 콧등이 시큰해졌다. 눈물이 날 것만 같았다. 그래서 눈물이 흐르지 않게 하려고 자신의 왼발을 있는 힘껏 노려보았다. 지금 비타의 눈에 그려진 형상은 카네기 홀이 아니라, 비타가 알 수 없는 무언가에 의해 족쇄가 채워진 채 구부정하게 몸을 수그린 할아버지였다.

남자가 막대기를 잡고 길게 뻗었다. 조명을 받아 막대의 끝이 드러났다. 나무가 아니라 칼끝처럼 날카로운 쇳조각이 붙어 있었다. 비타의 가슴이 철렁 내려앉았다. 무슨 일이 있었는지 알 수 없었지만, 코끼리가 크게 울부짖으며 앞발을 들어 올렸다. 그리고 한쪽 뒷다리로 버티며 일어섰다.

관객들이 환호성을 질렀고 남자가 고개 숙여 인사를 했다. 코끼리는 요란한 조명을 뒤로 하고 등장했던 문으로 다시 끌려

나가 어둠 속으로 사라졌다.

객석에 조명이 들어오자 관객이 웅성거리는 소리가 커다랗게 들리기 시작했다. 비타는 자리에서 일어난 비단 치마들이 요란하게 펄럭거리는 모습을 보며 관객석을 구경하려고 그쪽으로 가는 문으로 나섰다. 코끼리를 볼 수 있을지 막 물어보려는 참이었는데, 갑자기 숨이 턱 막혔다.

칸막이가 있는 특별석 중 하나에서 어떤 남자가 칙칙한 분홍색 드레스를 입은 금발 여자에게 손을 내밀며 일어서고 있었다. 남자가 몸을 돌리면서 반은 무대에 반은 무대 밖에 걸쳐 있는 비타와 눈이 마주쳤다.

빅터 소로토어였다.

도망

분노와 혐오, 충격으로 한순간 일그러진 소로토어의 얼굴을 보기도 전에 공포에 사로잡힌 비타가 슬금슬금 뒷걸음을 쳤다. 소로토어가 서둘러 자리에서 빠져나갔다.

비타는 급히 조명이 없는 어두운 곳에 몸을 숨기고 아르카디와 새뮤얼에게 돌아갔다. 공포를 물리치려고, 불안을 이겨내려고 안간힘을 썼다. 그 감정들이 자신을 삼켜 버리게 가만히 내버려 둘 수는 없었다.

"우리, 나가야 해."

비타가 말했다.

"가다니? 어디로? 여기가 우리 집이야."

아르카디가 말했다.

"소로토어가 여기에 왔어. 나를 봤고, 그리고 만약에 나를 찾고 있다면……. 내가 그 남자 반지를 갖고 있거든."

아르카디가 인상을 썼다.

"무슨 반지?"

"내가 그 집 벽난로에서 반지를 가지고 왔어. 내 생각엔 그게 끔찍한 범죄의 증거인 것 같아. 누군가 우리 집에 그걸 찾으러 왔었어. 내 침대 밑을 뒤지고…."

"그런데…."

아르카디가 무슨 말을 하려는데 새뮤얼이 가로막았다. 비타의 두 눈에서 극심한 공황 상태라는 걸 읽어 냈기 때문이다.

"여기에 그냥 있을 순 없어. 부자 관객들은 무대 뒤로 들어오는 게 가능하거든. 뒷문으로 빠져나가자."

새뮤얼이 말했다.

셋은 무대 입구의 대기실에서 나가 복도를 따라 달렸다. 바닥이 미끄러워서 비타가 비틀대다 넘어졌다. 나무 거스러미에 긁혀 손바닥에 상처가 났지만, 비타는 아무 말도 하지 않고 얼른 다시 일어났다. 셋은 무대 출입구를 향해 달려갔다. 살짝 열린 문틈으로 밤공기가 불어 들어왔다. 새뮤얼이 앞장서서 잽싸게 문을 통과했다.

갑자기 아무 말 없이 몸을 획 돌린 새뮤얼이 다시 안으로 들어와 복도 끝의 다른 문을 잡아채 열고는 비타를 그 안으로 밀어 넣었다. 세 아이는 물건이 어지럽게 널린 소품 창고에 들어왔다. 가면, 망토, 당나귀 머리 같은 것들이 선반에 위태롭게 쌓여 있었다. 머리카락 뭉치처럼 보이는 것은 가짜 콧수염이었다.

"왜 그래? 지금이 액세서리로 치장할 때는 아니잖아?"

아르카디가 한껏 소리를 낮춰 물었다.

"어떤 남자가 바깥에서 기다리고 있었어."

새뮤얼이 말하자 비타가 물었다.

"어떻게 생겼어?"

새뮤얼이 고개를 저었다.

"잠깐, 그것도 힐끔 본 거라…. 어쨌든 키가 크고 머리가 검은 색이었어. 얼굴이 딱 보기에도 부자 같았고, 머릿기름을 잔뜩 발랐어."

"그 남자가 맞는 것 같아."

비타가 주위를 둘러보았다. 창문이 없는 방이었다.

"우리 갇힌 거야?"

"다른 길로 나갈 거야. 로비를 통과해서 정문으로. 다른 사람들처럼 그 속에 섞여서."

새뮤얼이 대답했다.

아르카디가 선반에 있던 아빠의 실크해트를 움켜쥐었다.

"이걸 써."

모자는 비타의 귀를 덮고 스르르 미끄러져 내려왔다. 아르카디는 콧수염을 하나 집어 들고 비타의 윗입술에 붙이려고 했다.

"딱 좋네. 콧수염에 실크해트를 쓴 여자아이라니. 사람들 속에 섞이기에 전혀 안 *튀는* 좋은 방법이다."

새뮤얼이 말하자 아르카디가 대꾸했다.

"그럼 어떻게 해?"

비타가 모자와 콧수염을 다시 선반에 올려놓았다. 새뮤얼이 옷걸이에 걸려 있던 짙은 갈색 트릴비(챙이 좁은 중절모)를 비타에게 건네주었다. 딱 맞았다. 비타는 그걸 눈 위까지 푹 눌러썼다.

"한결 낫네. 가자."

비타가 말했다.

셋은 다시 복도를 거슬러 달려갔다. 옆으로 난 문 두 개를 통과해 나가자 갑자기 불빛이 환한 로비로 나왔고, 아이들 앞으로 널찍한 중앙 계단이 보였다. 어른 둘에 아이가 넷, 모두 여섯인 어느 가족이 천천히 계단을 내려오고 있었다. 모두 우아하게 차려입었고, 세 살쯤 되어 보이는 아이가 재잘거리며 따라오고 있었다. 새뮤얼이 비타를 슬쩍 밀자 비타는 그 사람들 뒤에 일행인 척 따라붙었다.

계단 맨 아래에 칙칙한 분홍색 드레스를 입은 여자가 시계를 쳐다보며 서 있었다. 거기서 몇 발짝 떨어져 옅은 금발 머리를 땋아 내린 여자아이 하나가 얇은 코트를 어깨에 둘러 단단히 여미고 있었다.

"평범하게 보여야 해."

비타가 사람들을 훑어보며 혼잣말했다. 실제로 그 모자가 조금 독특한 취향으로 읽히기는 했지만, 지나가는 사람들에게 비타는 공연을 보러 온 다른 사람들과 별반 다르지 않았다.

열은 금발을 땋아 내린 여자아이가 돌아서자 비타는 심장이 덜컥 내려앉았다. 실크였다. 실크는 입이 말발굽처럼 벌어져 있었고, 두 눈은 비타 뒤쪽에 있는 무언가를 주시하고 있었다.

비타는 실크의 시선을 따라 몸을 돌려 보았다. 건물 모퉁이 옆으로 발 하나가 나타났고 곧 소로토어의 검은색 캐시미어 코트가 시야에 들어왔다.

소로토어가 지나갈 때 비타는 가장 키가 큰 아이의 뒤로 살짝 빠졌다.

모든 일은 순식간에 일어났다. 실크는 소로토어 앞으로 가 고개를 숙였다. 손이 가늘게 떨리고 있었다.

소로토어는 가난한 사람이라면 거들떠보지도 않도록 교육받은 부류의 사람이었다. 그는 실크를 쳐다보지 않고 분홍색 옷을 입은 여자를 큰 소리로 불렀다.

"정말 미안해, 자기야. 내가 기다리지 말라고 했잖아! 예전 동업자를 본 것 같아서 말이야."

여자의 팔을 잡고 돌아선 소로토어는 뒤를 돌아 계단을 한 번 더 살폈다. 비타는 그 가족들 사이로 더 파고들었고, 고개를 숙이고는 엄마인 여자의 등 뒤로 바짝 다가가 붙었다. 소로토어는 짜증이 섞인 쉭쉭 소리를 내며 왼쪽으로 돌아서 센트럴 파크 방향으로 여자와 함께 걷기 시작했다. 실크는 그 반대 방향으로 떠났다. 거의 달리는 듯한 걸음이었다. 비타는 한숨을 내쉬었다.

트릴비를 쓰고 붉은색 부츠를 신은 채 갑자기 자기들 사이로 끼어든 여자아이를 보고 그 가족은 동시에 눈을 치켜떴다. 하지만 비타의 혈관을 타고 솟구친 아드레날린이 당혹감으로부터 비타를 보호해 주었다. 아르카디와 새뮤얼이 계단을 뛰어 내려왔다.

"그 남자가 너를 봤어?"

아르카디가 물었다.

"괜찮아?"

새뮤얼도 물었다. 비타는 고개를 끄덕였다.

"뒤쫓아 가야 해."

림스키가 카네기 홀 지붕에서 파닥거리며 내려와 아르카디의 어깨에 앉았다.

"소로토어를 따라간다고? 미쳤어?"

비타의 말에 아르카디가 놀랐다.

"아니. 여자애를 따라갈 거야."

새뮤얼이 희미한 미소를 지으며 말했다.

"찾는 애가 있어? 아니면 누구든?"

"가면서 설명해 줄게. 그 애가 어디로 갈지 알 것 같아."

바워리 가

카네기 홀에서 바워리 가까지 걸어가는 길은 추웠다. 춥고, 멀고, 어두웠다. 하지만 저 멀리 별들이 떠 있었고, 아이들을 둘러싼 뉴욕은 환하게 빛나고 있었다. 아이들은 비타가 할 수 있는 만큼 빨리 걸었다. 얼음같이 찬 바람에 고개를 푹 숙일 수밖에 없었다. 아르카디의 어깨에는 림스키가 앉아 있었다. 비타가 생각하기에 적어도 뉴욕에서 길을 잃을 염려는 없었다. 거리가 대부분 정방형으로 배치되어 있었고, 이스트 22번가는 도미노처럼 깔끔하게 이스트 23번가로 이어졌기 때문이다.

걸어가면서, 비타는 실크에 대해 설명해 주었다. 소매치기 기술과 다코타, 자물쇠 따기에 대해서도 이야기했다.

"그런데 그 애는 도와주지 않겠대?"

새뮤얼이 물었다.

"응. 무슨 일이든 혼자서만 한대."

"그런데…"

새뮤얼이 말을 하다가 잠시 멈칫하자 침묵이 흘렀다. 약간 조심스러워하면서도 못마땅해하는 게 느껴졌다.

"우리가 왜 그 애를 찾아야 하지?"

비타는 주머니에서 스위스 칼을 꺼내 공중으로 던졌다가 등 뒤에서 받았다. 짜릿한 느낌이 혈관을 타고 흘렀다.

"물론, 이유가 있지! 그 애가 카네기 홀에 있었으니까. 소로 토어를 기다리고 있었어. 뒤쫓아 온 것 같아. 그러니까 그 이유 가 뭔지 물어보고 싶어."

"그냥 우연일 수도 있잖아."

"실크가 우연히 등장할 아이는 아니거든."

그 아일랜드 아이의 얼굴에는 운명이라는 개념을 모욕적으 로 여긴다고 쓰여 있었다.

남쪽으로 갈수록 거리는 점점 더 한산해졌고, 뒷골목은 더 험해졌다. 군데군데 페인트가 벗겨져 있었고, 지나쳐 가는 식당 들은 돼지 심장이나 양 발바닥처럼 이상하게 들리는 음식 이름 을 광고 중이었다. 아이들은 창문에 흰색 마커로 메뉴를 써 놓 은 식당을 지났다. 메뉴 위로 '바워리 바'라고 적혀 있었다.

"여기가 바워리 가야."

"그리고 우리가 여기에 온 이유는?"

아르카디의 목소리가 물음표에 가까워질수록 점점 작아졌다.

"왜냐하면 그 애가 이렇게 말했거든. '넌 바워리 가에서는 3

분도 버티기 어렵겠다!' 이제 흩어져서 찾아보자. 이 근처 어딘가에 있을 거야."

비타는 일부러 더 확신에 찬 목소리로 말했다.

아르카디는 바워리 가를 죽 따라가기로 했고, 새뮤얼은 프린스 가로, 비타는 크리스티 가로 향했다.

비타는 지나는 골목길들을 유심히 살폈다. 하지만 쓰레기통만 보였다. <데이지 존슨과 춤추는 친구들>을 광고하고 있는 뮤지컬 극장을 지났고, 꼬리가 없는 큰 고양이와 마주쳐 몸을 홱 돌려 나오기도 했고, 제법 커 보이는 쥐를 간신히 피하기도 했다. 추위가 무릎뼈와 팔꿈치까지 파고들고, 바람이 얼굴에서 핏기를 앗아가는 것만 같을 때, 헤스터 가의 어느 골목을 유심히 살피던 비타는 마침내 실크를 발견했다.

그러나 실크는 혼자가 아니었다. 벽에 등을 기대고 서 있었고, 그 앞에는 비타가 다코타 외곽에서 본 남자아이들이 있었다. 둘 다 10대 초반으로 보였지만, 몸은 어른만큼 컸다. 한 아이는 키가 크고 늘씬한 몸매였으며, 다른 아이는 키는 작았지만 팔과 다리의 근육이 단단해 보였다.

남자아이들의 목소리에는 비난하는 기색이 가득했다.

"거짓말하지 마. 우리는 좋은 정보를 입수했어. 네가 카네기 홀에 갔었다는 거 말이야. 거기서 생긴 거 다 내놔."

키 큰 남자애가 말했다.

"아무것도 없어. 내가 말했잖아. 그냥 좀 살펴보러 간 거야."

실크가 대꾸했다. 키 작은 남자애가 변호사 같은 얼굴로 말했다.

"그렇다 해도 그게 다가 아니잖아, 그렇지?"

"우리도 말썽을 일으키고 싶지는 않아. 하지만 어쩔 수 없다면 그럴 수밖에. 어서 내놔!"

키 큰 아이가 말했다.

"에잇, 나 좀 내버려 둬!"

실크가 손가락으로 욕을 하며 말했다. 목소리는 아무렇지 않은 듯했지만, 가로등 불빛에 비친 얼굴은 완전히 창백했다.

작은 애가 실크의 팔뚝을 붙잡자 실크가 뿌리쳤다.

"나한테 손대지 마."

"여자애라고 우리가 못 때릴 것 같아? 그런 매너 따윈 우리랑은 완전 거리가 멀지."

큰 애가 말했다.

비타는 하늘을 한 번 쳐다보고는 모퉁이를 돌아 나가며 말했다.

"그 애를 풀어 줘."

두 남자애들은 처음엔 깜짝 놀라서 휘둥그레진 눈으로 돌아섰다가 곧 짜증을 냈다.

"누구신지? 네 친구야?"

"그런데 발이 왜 저 모양이야?"

"거기다 저 사립 탐정 같은 옷차림은 뭐야?"

비타는 빌려 쓴 트릴비에 손을 갖다 대고는 얼굴을 붉혔다가 다시 소리쳤다.

"말했지. 그 애를 놔 주라고!"

실크의 얼굴이 당혹감에 잔뜩 구겨졌다.

"저리 가. 나는 괜찮아."

실크가 비타에게 속삭이듯 말했다.

비타는 뭔가 던질 것을 찾으려고 주머니 깊숙이 손을 넣었다. 빨간 수첩과 스위스 칼은 한쪽으로 밀어 놓았다. 이 물건들은 소중했다. 겨우 이런 일에 쓰고 싶지 않았다. 뭔가 다른 게 느껴졌다. 카네기 홀에서 받은 전단지였다. 전단지는 작은 튜브 모양으로 단단하게 말려 있었고, 보풀도 살짝 일어나 있었다.

작은 애가 실크를 향해 돌아서더니 실크의 두 주먹을 자신의 한 손에 넣고 꽉 쥐었다.

"지갑들 넘겨. 그럼 놔 줄게."

그러더니 갑자기 실크의 팔 하나를 낚아채 등 뒤로 비틀어 돌리고 위아래로 흔들었다.

비타는 너무나 화가 치밀어 심장이 터질 것만 같았다. 무작정 작은 아이에게 돌진하는 와중에도 어떻게 하면 좋을지 계속 생각했다.

남자애가 벽돌만 한 주먹을 휘둘렀고, 비타는 관자놀이를 맞고 뒤로 넘어졌다. 눈에서 빨간 불꽃이 번쩍 터지는 듯했지만, 그 바람에 실크가 남자애한테서 풀려났다. 실크는 골목길을 쏜살같이 달려갔지만 막다른 곳이었다. 실크는 헐떡이며 급하게 숨을 삼켰다.

헐떡이는 숨소리를 듣자 비타는 참을 수 없을 정도로 분노가 폭발했다. 사람들은 작은 여자아이가 기꺼이 고통을 감수하거나 타인에게 위해를 가할 수 있다고는 생각하지 못한다. 놀랍게도 비타는 자기편이 오로지 자신밖에 없다는 걸 잘 알고 있었다. 비타는 다시 몸을 일으켜 세운 뒤 넘어지지 않으려고 벽을 손으로 짚은 다음 오른발로 작은 남자애의 정강이를 세게 찼다. 비타는 여우같은 적갈색 머리털에 키가 150센티미터도 안 되는 아이에게 공격을 당하면 그 충격이 사라지는 데 걸리는 시간은 딱 5초 정도일 거라고 예상했다. 남자애가 고통스러워하며 앞으로 몸을 수그리자 비타는 무릎으로 사타구니를 가격했다.

"달려!"

비타가 실크에게 소리쳤다.

실크는 달리지 않았다. 대신 키 큰 아이를 향해 돌아서 얼굴을 빤히 쳐다보며 다가가더니 쇄골을 물어뜯었다. 깜짝 놀란 남자애가 소리를 질렀고, 그 둘은 서로 발길질을 하고 침을 뱉으며 맞붙어 싸웠다.

작은 남자애가 몸을 똑바로 세우고 무릎의 먼지를 털더니 제대로 해 보겠다는 듯 주먹을 꽉 쥐었다. 비타가 옆쪽으로 휙 몸을 피했지만, 주먹은 비타의 어깨를 내리쳤고 몹시 고통스러웠다. 남자애가 비타의 팔을 꽉 잡았다. 비타는 몸부림을 치면서 반대편 손을 주머니에 넣어 단단하게 말린 전단지를 꼭 그러쥐었다. 그러고는 그걸 남자아이의 콧구멍에 끝까지 밀어 넣었다.

남자애가 눈물을 뚝뚝 흘리며 고함을 질러댔고, 비타는 자신의 팔을 움켜쥔 손을 물어 버렸다. 남자애가 벗어나려고 발버둥을 쳤다. 그러고는 핏발이 잔뜩 선 눈으로 비타를 노려보았다.

"너는 *대체 왜* 이러는 거야?"

곧 발자국 소리가 골목을 향해 쿵쿵거리며 다가왔다. 비타는 엄지손가락을 주먹 안으로 넣어 꽉 말아쥐고, 다음을 준비한 상태에서 눈 위로 흘러내린 머리칼과 땀을 닦았다. 모퉁이를 돌아 새뮤얼이 나타났고 아르카디가 뒤따랐다. 림스키가 아르카디의 머리 위에서 퍼덕거렸다. 아르카디는 팔을 들어 올려 싸울 준비를 했고 새뮤얼의 눈은 분노로 이글거렸다.

둘은 멈칫하더니 상황을 보고는 골목길을 질주해 쏜살같이 달려왔다. 아르카디가 커다랗게 고함을 내지르며 남자애들을 향해 똑바로 달려왔다.

작은 남자애가 겁을 먹었는지 아르카디를 지나쳐 허겁지겁 달아났다. 큰 아이도 두려움에 질려 입을 크게 벌린 채 뒤따라갔다. 림스키가 도망가는 두 녀석을 따라가 급강하하면서 쪼아댔다.

"괜찮아?"

아르카디가 물었다.

비타는 숨이 차서 말도 제대로 못하고 고개만 끄덕였다. 실크가 벽에 대고 입안에 고인 피를 뱉고, 비타는 자기 부츠를 손질하고 매만지느라 한동안 침묵이 흘렀다.

실크가 먼저 입을 열었다.

"그럴 필요까진 없었어."

"걱정 마. 나는⋯."

"아니, 내 말은⋯. 나는 괜찮았어. 도움 따윈 필요 없었다고."

비타의 상상 속에서 온갖 반박의 말이 터져 나왔다. 그중에 고운 말은 아무것도 없었다. 하지만 비타는 엄청난 자제력으로 그 모든 말을 억누르고 입 밖에 내지 않았다. 대신 이렇게 말했다.

"걔들이 너를 또 쫓아올까?"

"나도 몰라. 아마 오겠지. 내가 계속 걔네 구역에서 일을 하면."

실크가 말했다. 그리고 나서 비타의 얼굴이 구겨지는 걸 보더니 퉁명스럽게 덧붙였다.

"아닐 수도 있고. 시간 낭비라고 생각할 수도 있어. 그럴 가능성이 높아."

"림스키를 빌려줄까? 필요하다면 그렇게 해. 걔는 꼭 경비견 같거든."

아르카디가 말했다.

"너, 피가 나."

새뮤얼이 말했다.

"누구? 나?"

비타가 물었다.

"둘 다."

비타는 팔을 비틀어 들고는 팔꿈치 쪽을 살펴보았다. 구멍이 난 곳에 피가 나고 있었는데, 넘어질 때 코트가 찢어진 모양이었다.

"괜찮아."

비타가 실크를 쳐다보았다.

"너도 좀 난다. 머리 이쪽에."

실크가 관자놀이 쪽을 더듬거렸고, 손가락에 피가 묻는 걸 보고는 잔뜩 인상을 찌푸렸다.

"윽."

아르카디가 손수건을 꺼내 실크에게 건네주었다. 청결이라는 말과는 아득히 거리가 먼 손수건이었지만, 어쨌든 실크는 그걸 받아서 머리에 톡톡 가볍게 댔다. 숨을 헐떡이던 실크가 인상을 쓰고 있는 아르카디부터 손을 툭툭 털고 있는 새뮤얼, 눈도 깜빡이지 않고 자신을 쳐다보고 있는 비타에게까지 차례로 시선을 옮겼다.

그러더니 입을 실룩거리며 아주 천천히 말하기 시작했다.

"좋아."

실크가 말했다.

"뭐가 좋다는 말이야?"

비타가 물었다.

"좋아. 그렇게 한다고. 나도 같이할게. 네 팀의 한 명이 될 거라고. 무조건 할게."

밤의 추위 따위는 아랑곳없이 비타의 가슴에 온기가 피어올랐다. 하지만 비타는 말했다.

"네가 절대 같이하지 않을 거라 생각했어."

실크가 어깨를 으쓱했다.

"이건 예외로 하지 뭐."

그리고 아이들은 서로를 바라보며 갑자기 미소를 지었다. 서로의 얼굴에 떠오른 놀라움을 거울처럼 비춰 본 듯했다.

"너한테 돈도 줄게. 에메랄드를 팔기만 하면 바로. 비싸게 받을 수 있을 거야. 맹세해."

비타가 말했다. 실크가 한쪽 어깨를 으쓱하며 대답했다.

"돈은 안 받는 게 좋을 것 같아. 이번에는 그럴래."

비타의 얼굴에 빗방울이 떨어졌다. 비가 내리기 시작했다.

"이야기를 할 수 있는 다른 곳으로 가자."

비타가 말했다.

"햄버거 같은 거 좀 가져가면 안 돼? 나는 부엌이라도 통째로 먹을 수 있을 것 같아."

아르카디가 말했다.

길모퉁이의 식당은 자리가 꽉 차서 몹시 북적거렸지만 아르카디는 들어가 보려고 했다. 실크가 고개를 저었다.

"여기는 나를 들여보내 주지 않을 거야. 대부분 그럴걸. 여기 근처는."

"왜 안 돼?"

아르카디가 물었다. 실크가 인상을 썼다.

"왜 그럴 것 같니? 내 꼴을 좀 봐. 이쪽 골목으로 가자."

비타는 과감하게 그냥 물어보기로 했다.

"왜 거기에 있었어? 카네기 홀 말이야."

실크는 다시 고개를 저었다.

"여기서는 이야기하면 안 돼. 좀 기다려."

그러고는 실크가 앞장을 서더니 거의 달리다시피 하며 골목을 두 군데 더 지나 어느 가게 문 앞으로 아이들을 데려갔다.

"여기야. 어서 들어가, 젖기 전에."

아르카디가 얼굴을 붉히며 멈칫하더니 말했다.

"우리는 여기 들어가면 안 돼!"

"왜?"

"여기서 파는 게……. 브래지어잖아."

비타는 창문을 보았다. 아르카디의 말이 맞았다. 가게 입구는 온통 레이스와 새틴으로 덕지덕지 장식되어 있었고, 장군 같은 눈을 한 마네킹이 코르셋을 입고 있었다.

"네가 음식을 먹을 수 있다고 하지 않았어? 나는 팬티는 안 먹어. '우정이라는 이름으로' 같은 것도 물론 안 먹고."

새뮤얼이 말했다.

"오, 제발, 좀! 지하에 주류 밀매점이 있어."

실크가 말했다.

"주류 밀매점이라고? 네 말은…, 술집 말이야? 하지만 불법 아닌가?"

비타가 말했다.

"확실히 그렇지! 그런데 기억하고 있는지 모르겠는데, 너는 지금 범죄에 대해 의논할 장소를 찾고 있는 거 아니었니?"

"우릴 들여보내 줄까? 스물한 살은 되어야 하지 않나?"

아르카디가 물었다.

"나는 들여보내 줄 거야. 그리고 너희는 나랑 같이 있으면 되고."

실크가 말했다.

비타가 의심스럽다는 듯 실크를 바라보고는, 자기 코트 팔꿈치의 찢어진 부분과 거기에 묻은 피를 내려다보았다. 그러나 실크의 말이 맞았다. 실크는 가게 안으로 걸어 들어가 한 줄로 늘어선 여성용 속바지를 지나 계산대 뒤에 있는 할머니에게 고개를 까딱하며 인사했다. 저절로 존경심이 우러날 것만 같은 인상이었다.

"안녕하세요, 베트 할머니. 장사는 잘되나요?"

실크가 물었다.

"안녕, 수전. 그냥저냥 좋지도 나쁘지도 않아."

할머니는 웃지 않고 고개만 까딱했다.

실크와 마찬가지로 아일랜드 쪽 억양이 강하게 느껴졌다. 할머니가 계산대 아래에 있는 버튼을 눌렀다. 계산대 뒤쪽 벽에서 철컥 소리가 나며 경첩이 뒤로 젖혀지더니 거칠게 대충 만들어 놓은 듯한 나무 계단이 나타났다. 아래로 내려가는 구조였다.

"얼른 내려가. 경찰이 너희를 쫓아와서 내 코르셋들을 헤집기 전에."

실크가 앞장서 계단을 내려가니 입구엔 두꺼운 검은 커튼이 드리워져 있었고, 그 사이로 음악이 흘러나왔다.

"수전이 누구야?"

아르카디가 물었다.

"솔직히 말하자면, 나. 하지만 몇 년 동안은 아니었어. 그냥 실크야."

실크가 말하며 커튼을 걷었고, 비타는 금빛으로 빛나는 댄스 플로어(클럽이나 무도장 따위에서 쇼를 하거나 손님이 춤을 출 수 있도록 만들어 놓은 마루)에 발을 내디뎠다.

4인조 밴드가 작은 무대에서 연주를 하고 있었고, 대리석으로 된 플로어에서는 커플 여럿이 춤을 추고 있었다. 비타가 아는 춤이 아니었다. 팔다리를 휙휙 세차게 움직이며 더 빠르게 기교를 많이 발휘해야 하는 춤이었다. 작고 동그란 테이블에 앉아 식사를 하고 술을 마시는 사람은 훨씬 더 많았다. 또 한 커플은 너무 열정적으로 키스하고 있어서, 비타는 둘이 꼭 하나로 용접된 것 같다고 생각했다. 커다란 대리석 벽난로에서 불이 이글거리며 타올라 방안은 더할 나위 없이 따뜻했다.

아이들이 다가오자 계산대 뒤에 있던 남자가 깜짝 놀라 고개를 들고 쳐다봤다.

"실크, 요 꼬맹이! 어쩐 일이야? 너는 일을 관두는 게 좋을 거라고 했잖아."

"여기서는 안 할 거예요. 아시잖아요. 어쨌든, 저는 거의 포기했어요. 저희가 배가 고픈데, 먹을 것 좀 있어요?"

"아, 실크. 지금은 안 돼! 나는 한창 근무 중이야. 게다가 경찰이라도 들이닥쳐서 꼬마애들이 여기 있는 걸 보면, 나는 아마……."

실크의 목덜미와 뺨이 붉게 물들었다.

"토니 아저씨, 나한테 빚을 갚아야죠. 내가 그 애들한테서 아저씨 할머니의 유골함을 다시 훔쳐서 돌려줬잖아요. 아저씨가 직접 그렇게 말씀하셨어요."

토니가 한숨을 쉬며 말했다.

"배가 얼마나 고파?"

"몹시요!"

새뮤얼이 말하자 아르카디도 보탰다.

"말 한 마리도 몽땅 먹을 수 있어요."

"정말? 그렇단 말이지?"

별안간 토니의 눈빛에 발명가의 번뜩임이 스치고 지나갔다.

"나한테 말은 없고…. 바다거북 심장이랑 버섯 그레이비(육류를 철판에 구울 때 생기는 국물에 후추, 소금, 캐러멜 따위를 넣어 조미한 소스. 쇠고기나 닭고기의 로스트에 곁들임)를 시험 삼아 해보는 중인데 먹어볼래?"

"음……."

아르카디가 소리를 냈다.

"아니면 생선 꼬리 프리카세(잘게 다진 고기와 야채를 넣은 요리)를 해 줄까?"

침묵이 흘렀다. 너무나 무겁고도 정중한 침묵이 흘러 벽난로를 가득 채운 뒤 굴뚝을 타고 올라갔다.

"이거 싫다는 뜻이지?"

토니가 말했다.

"혹시 가지고 계신 것 중에 좀……."

새뮤얼이 망설이자, 아르카디가 덧붙였다.

"평범한 건 없나요?"

토니는 한숨을 쉬더니 왼쪽에 있는 문을 가리키며 말했다.

"저 안으로 들어가. 떠들지 말고. 금방 해 줄게."

그 방은 사람이 없었고, 훨씬 더 조용했다. 바닥은 번쩍거리는 타일 대신 톱밥을 깔았고, 커다란 나무 상자 여러 개를 엎어 놓았다. 테이블 대신 맥주 통이 있었고, 등유 램프 냄새가 조금 풍겼다. 따뜻했다. 비타는 어깨가 풀리는 것을 느끼며 숨을 크게 들이쉬었다.

"여기는 웨이터들이 휴식 시간에 오는 곳이야. 하지만 교대 근무를 시작한 지 얼마 안 되어서 몇 시간은 아무도 안 올 거야. 여기서 얘기하자. 아무도 못 들을 거야."

실크가 말하며 상자 중 하나에 걸터앉았다.

"잘됐다."

비타가 말했다.

"말해 봐. 오늘 저녁에 왜 서커스에 왔어? 우연은 아니지, 그렇지?"

"그래, 아니야."

실크가 말을 하며 주머니에 손을 넣더니 페이퍼백(종이 한 장으로 표지를 장정한, 싸고 간편한 책)만 한 갈색 가죽 지갑을 꺼냈다.

"이것 때문에 갔어."

"소로토어 거야?"

비타는 이미 알고 있었지만 물어보았다. 가죽에서 돈을 의미하는 듯한 광택이 흘렀다.

"응. 다코타에서 카네기 홀까지 따라와서 밖에서 기다렸어."

"진짜 추웠겠다."

새뮤얼이 말했다. 실크가 어깨를 으쓱했다.

"내가 이걸 갖고 싶었으니까."

실크가 거꾸로 놓인 맥주 통 위에 지갑을 놓으며 말했다.

"그러니까 네가 그 남자 지갑을 가져왔다는 말인데, 왜?"

새뮤얼이 물었다.

"나한테 돈을 주지 않아서. 저번에 그 남자 파티에서 일했는데, 거기서 준 유니폼에 얼룩이 졌어. 그랬더니 소로토어가 그걸 물어내라고 했어. 그날 밤 내 시급보다 비싸다고 그러면서."

"너는 조각상도 깼잖아. 비타가 우리한테 말해 줬어. 그리고 다른 손님 물건도 훔쳤다며."

아르카디가 지적했다.

"그래."

실크가 날카로운 눈빛으로 아르카디를 쏘아보며 말했다.

"하지만 그건 소로토어는 모르는 일이야. 그러니까 나한테 세탁비를 물어내라며 돈을 주지 않은 건 부당한 거야. 게다가…."

"또 뭐가 있어?"

비타가 물었다.

"그런 인간들은 지갑에 돈이 많아. 그리고 그때, 네가 말했던 거 말이야. 그 인간이 한 짓. 나는 그 일이 계속 생각났어. 소로토어 같은 인간들이 언제나 원하는 걸 손에 넣는 방법에 대해서 말이야."

비타는 고개를 끄덕였고, 둘의 눈이 마주쳤다. 둘 사이에 공감의 빛이 반짝이는 듯했다.

"그래서 내가 한번 보고, 뭐라도 도움 될 만한 게 있다면 너를 찾아야겠다고 생각했어. 그런데…, 네가 날 찾았네."

그러더니 실크는 지갑을 집어 들어 비타에게 건네주었다.

비타는 조심스럽게 지갑을 받아들었다. 가죽은 손을 대기가 부담스러울 정도로 부드러웠다. 아주 비싸 보였고, 주인처럼 번

드르르했다. 비타는 문득 방을 뛰쳐나가 그걸 불 속에 던져버리고 싶었다. 뜻밖의 충동이었다.

하지만 그러는 대신, 속에서 지폐들을 꺼내 실크에게 주었다. 영수증도 몇 장 있었고, 아직 뜯지 않은 봉투도 있었다. *'다코타의 소로토어 씨에게'*라고 적혀 있었다.

막 봉투 안을 살펴보려는데 갑자기 문이 열렸다. 비타는 토니가 방 안으로 들이닥치기 전에 겨우 지갑을 코트 속에 감췄다.

"자, 여기."

토니는 쟁반을 하나 가지고 와 맥주 통 위에 쿵 하며 내려놓았다.

"너희는 음식에 대한 탐구심이라고는 전혀 없는 녀석들이구나. 너희들, 그건 문제야. 진부한 인간들! 나는 너희 같은 부류를 그렇게 부른다."

토니는 잘난 척을 하며 방에서 나가 문을 쾅 닫았다.

쟁반 위에는 커다랗고 뜨거운 고기가 덩어리째 쌓여 있었고, 그 옆에는 빵 반 덩어리, 사과 몇 개, 캘리포니아 오렌지 두 개, 커다란 버터 한 조각, 그리고 얇게 자른 치즈도 몇 조각 있었다. 모두 비타의 손바닥보다 넉넉하게 컸다. 한가운데에는 케첩도 한 병 놓여 있었다.

"소고기 스테이크야! 진짜 근사하다."

새뮤얼이 말했다.

잼 병 네 개엔 거품이 떠 있는 하얀 액체가 담겨 있었다. 비타가 조심스럽게 냄새를 맡더니 안심하며 말했다.

"우유야."

비타는 우유를 깊게 들이켰다. 너무 추워서 머리가 띵할 지경이었는데, 우유가 배 속에서부터 머리끝까지 용기를 채워 주는 기분이었다.

아이들은 손으로 음식을 먹었다. 빵칼로 버터를 펴 바르고, 새뮤얼이 주머니에서 찾은 연필로 병에서 케첩도 땄다. 비타는 입을 크게 벌리고 게걸스럽게 먹었다. 너무 좋아서 정신을 차릴 수가 없었다. 스위스 칼로 치즈를 잘라서 먹어보니 약간 짜긴 했지만, 풍미가 있었다.

먹는 속도들이 점점 느려졌지만 아르카디만은 계속 먹었다. 새뮤얼은 기다리기 지쳤는지 한쪽 발을 벽에 기대고 물구나무를 섰다. 아르카디는 여덟 번째 빵 조각을 집어 드는 참이었다.

"아크, 아직도 배가 고플 수가 있는 거야?"

거꾸로 선 채 새뮤얼이 물었다.

"나는 먹은 게 목구멍으로 삐져나올 때까지 먹어야 한다고 생각하는 사람이야. 그게 요리한 사람에 대한 예의야."

아르카디는 작은 버터 조각을 또 입에 넣고 있었다. 마침내 아르카디가 먹는 걸 멈추고 비타를 쳐다보았다. 기대에 차 기다리고 있던 두 시선도 그 뒤를 따랐다.

비타는 코트 주머니에 손을 넣어 빨간 수첩을 꺼내다가 잠시 머뭇거렸다. 믿음직스러운 두 눈을 마주하고 또 그 옆의 눈빛들을 보니 가슴속에서 심장이 요란하게 고동치는 게 느껴졌다. 마침내 비타가 수첩을 펼쳤다.

"이거야. 우리가 해야 할 일."

비타가 말했다.

"이걸 다 네가 썼다고?"

실크가 말하더니 수첩을 받아들고 한 장씩 넘겨 보았다. 도면, 기차 시간표, 처리할 일들 목록이 있었다.

"이렇게 해 놔도 괜찮을까? 누가 보면 어떡하지?"

"나는 실명을 쓰지 않고 이니셜만 썼어. 게다가 그 수첩은 언제나 가지고 다녀. 아무도 그걸 볼 수 없어."

비타가 대답하고는 재빨리 전체적인 계획을 설명했다. 셋 다이미 들은 적이 있었지만, 모두 바짝 긴장한 듯 눈살을 찌푸린 채 귀를 기울였다.

"이니셜 대신 암호명을 쓰는 건 어때? 그러면 나는 '미스터 붉은 손'으로 할래."

아르카디가 제안했다.

"안 돼."

실크가 딱 잘랐다.

"그러면 우리가 파야 할 분수는 정확히 어디에 있어?"

새뮤얼이 물었다.

"담장으로 둘러싸인 정원."

"그게 어디 있는데?"

비타가 다음 장으로 넘기자 청사진을 베껴 놓은 그림이 나왔다.

"여기야."

비타가 가리켰다. 그러고는 새뮤얼의 연필로 동그라미를 쳤다.

"'X'자로 해. 보물 지도는 언제나 X자로 표시하잖아."

비타는 X자를 힘주어 눌러 썼다. '에메랄드 목걸이'라고도 적었다.

그러고 있는데 바텐더 토니가 방으로 다시 들어와서, 비타는 얼른 수첩을 무릎 안으로 끌어당겼다. 토니는 거의 비어 있는 쟁반과 아르카디의 얼굴에 제멋대로 묻어 있는 버터 자국들을 보더니 고개를 끄덕였다.

"잘했어. 나는 음식물 쓰레기를 좋아하지 않거든."

그런데 비타는 토니가 잼 병을 집으려고 허리를 굽힐 때, 그 사람의 눈이 아이들을 위아래로 쓱 훑는 것을 눈치챘고, 인상을 찌푸리는 것도 보았다. 토니는 뭔가 말하려고 입을 벌렸다가 못마땅한 듯 티 나지 않게 투덜거리더니 밖으로 나갔다.

새뮤얼도 그 모습을 보고 실크를 쳐다보았다.

"저 사람이 우리를 신고하진 않겠지? 그렇지?"

실크 역시 토니의 행동을 눈여겨보고 있었다.

"그러진 않을 거야. 하지만 그 얼굴이 자꾸 마음에 걸려. 우리가 이상해 보이나 봐."

비타는 남자아이 둘과 실크를 쳐다보며 이 아이들이 다른 사람 눈에 어떻게 비칠지 상상해 보았다.

아르카디는 아주 밝은 빨간색 울 스웨터를 입고 있어서 몇십 미터 밖에서도 눈에 띌 것 같았다. 밝은 남색인 비타의 목도리를 아직 돌려주지 않고 계속 두르고 있었는데, 덕분에 꼭 전쟁터의 깃발 같아 보였다. 새뮤얼은 코트 속이 온통 검은색이었는데, 움직임에 방해되지 않도록 디자인된, 반들반들 윤이 나는 곡예용 의상이었다. 실크는 너무 작은 듯한 모직 치마와 두꺼운 털실로 짠 스웨터를 입고 있어서 비교적 나아 보였지만, 다 해진 상태라 실크가 좋은 환경에서 보살핌을 받고 있는 아이는 아니라는 증거이기도 했다.

비타는 가난 자체가 전염될까 두려운 대상인 것처럼 깔끔하지 않은 모습도 사람들에게 공포를 느끼게 한다는 사실을 알고 있었다. 그리고 바로 자신, 비타야말로 안쪽으로 휘어진 발에 밝은색 비단을 덧댄 부츠를 신은 탓에 누구보다 가장 눈에 띄었다.

새뮤얼도 비타와 비슷한 생각을 한 모양이었다.

"우리에게 필요한 건, 변장이야."

새뮤얼이 말했다.

"맞아!"

비타가 말했다. 비타에게는 왼쪽 다리를 가려줄 더 긴 치마가 필요했다.

"변장? 왜?"

아르카디가 말했다.

"네가 어떤 옷을 입느냐에 따라 널 대하는 태도가 달라지거든. 너도 알고 있을 거야. 어떤 옷은 사람들에게 이렇게 말하는 것처럼 보여. '나를 사랑해 주세요.' 또 다른 옷은 이렇게 말하지. '나를 믿어요.' 이렇게 말하는 옷도 있어. '오, 그냥 날 무시해도 좋아요.'"

새뮤얼이 말했다.

"우리는 '살면서 한 번도 위험하거나 불법적인 생각을 해 본 적이 없어요.'라고 말하는 옷이 필요해. 우리가 성으로 가는 동안 누군가를 마주친다면, 그 사람이 우리를 그냥 그런가 보다 생각하고, 그런 다음 완전히 잊어버리게 만들어야 하거든."

비타가 덧붙였다.

"그런 옷이 어떤 옷일까?"

실크가 맨살이 그대로 드러난 자기 무릎을 걱정스러운 듯 내려다보며 물었다.

비타에게 어떤 그림이 떠올랐다. 왕실의 아이들이 집에서 입는 옷을 그린 그림이었다.

"비싼 옷이어야 할 것 같아. 아무도 부자를 의심하지는 않잖아. '내 성은 은행 이름이랑 똑같은데, 우연히 그런 건 아니랍니다.'라고 말하는 옷. 그런 옷이어야 해."

비타가 말했다.

"회색. 회색이나 갈색은 뭔가 점잖아 보이잖아. 진흙 색 같은 게 좋겠어. 남자들은 회색 바지에 재킷을 입고 우리는 치마를 입자."

실크가 말했다.

"맞아. 그런데 어떻게 구하지?"

새뮤얼이 물었다.

"진흙 색이면 꼭 성직자 같지 않을까?"

아르카디가 말하자 비타가 째려보았다. 모든 시선이 실크에게 향했다.

실크가 얼굴을 붉히며 말했다.

"나는 소매치기야. 입은 옷까지 몽땅 훔치는 건 아니라고."

"우리가 새 옷을 살 수 있을 만큼 돈을 훔칠 수 있을까?"

아르카디가 말하자 실크의 얼굴이 무표정하고 딱딱하게 굳었다.

"못 해. 아니, 할 수는 있지만 그러기 싫어."

"하지만…."

아르카디가 다시 시작했다.

"나는 그게 지긋지긋하다고. 알아듣겠어?"

실크가 어깨를 치켜올리고 거칠게 말을 뱉었다.

"나는 훔치고 사기 치고 거짓말하고 도망치는 거 싫다고! 너희들은 그게 얼마나 끔찍한지 몰라. 만날 닭 뼈가 쑤셔 박힌 것처럼 심장이 목구멍을 틀어막는 느낌이 어떤지 알기나 하냐고. 나도 너희 셋처럼 되고 싶어. 그냥 평범한 아이가 되고 싶다고!"

"우리 중 누구도 그저 평범하다고 할 수는 없어."

아르카디가 말했다. 실크의 말이 모욕적이라 느낀 것 같았다.

"내 말은 누군가가 너를 먹여 살린다는 뜻이야. 안 그래? 누군가 너를 보살피고, 너에게 샌드위치를 만들어 주고, 네 옷을 세탁하고, 네 손이 닿지 않는 곳의 단추를 채워 주잖아. 나한테는 그렇게 해 주는 사람이 아무도 없어."

실크의 날카로운 팔꿈치와 턱에서는 강인함이 느껴졌다. 그런데도 그 아이가 갑자기 깨지기 쉬운 도자기처럼 보였다. 실크는 자신의 지저분한 손톱을 노려보며 말했다.

"그러니까, 싫어. 나는 그러기 싫다고."

침묵이 흘렀다. 비타는 온몸이 저리는 걸 느끼며, 뭔가 위로

가 될 말을 찾으려고 애를 썼다. 비타가 실크가 앉아 있는 쪽으로 몸을 기울여 손끝으로 실크의 발목을 짧게 어루만졌다. 세상이 온통 불공평하고 정상이 아니라고 느껴졌다.

그런데 갑자기 전기가 들어온 것처럼 새뮤얼의 얼굴이 환해지며 생기가 돌았다. 새뮤얼이 외쳤다.

"그래, 바로 그거야!"

"뭐가?"

"말해 봐."

아르카디와 비타가 재촉했다. 새뮤얼의 희망이 아이들에게 전해졌다.

"분실물 보관소! 사실 이 도시에는 어디에나 분실물 보관소가 있어. 모든 영화관, 기차역, 식당, 심지어 자유의 여신상 입장권을 파는 곳에도 있지."

실크가 가느다란 금색 눈썹을 치켜올렸다.

"*아무리 그래도 바지*를 잃어버리는 사람은 없잖아."

"호텔에는 있을걸! 그 모든 서랍 속에 말이야! 우리가 해야 할 일은 우선 몸을 씻고 깨끗하게 보이도록 하는 거야. 그런 다음 호텔마다 찾아가서 친구가 호텔 방에 옷을 놓고 갔다고 말하는 거지. 재킷이든 치마든 뭐라도 상관없어. 그런 다음 그게 분실물 보관소에 있는지 물어보는 거야."

새뮤얼이 말했다.

"진짜 멋진 생각이다!"

비타가 감탄했다.

"언제 하지?"

실크가 묻자 비타가 대답했다.

"내일! 가능한 빨리."

"그런 다음에는?"

아르카디가 물었다.

"그러면 우리는 출발할 준비가 다 된 거야."

"맞아."

실크가 말하며 고개를 돌려 비타의 가느다란 손과 피투성이가 된 팔꿈치를 보았다.

"그렇게 해서 얘는 담에 올라가고, 누군가가 개를 길들이면 나는 담장 정원의 자물쇠를 딸 거야. 너는 뭘 할 거야?"

새뮤얼과 아르카디는 마치 그 질문이 자기들과는 아무 상관이 없는 것처럼 비타에게 눈길을 돌렸다.

"글쎄…. 그건 우리 가족의 에메랄드잖아."

비타가 충분한 이유가 된다는 듯 말했다.

"그러니까 너는 무엇을 할 수 있어?"

실크가 물었다.

비타는 머릿속이 백지장처럼 하얘지는 느낌이었다. 주머니에 손을 찔러 넣고 손가락으로 스위스 칼을 더듬었다. 비타는 라비니아 부인이, 그 날카로운 눈에 담긴 신중함이 떠올랐다.

"잠깐만."

거의 다 먹어 치운 빵 덩어리가 맥주 통 위에 놓여 있었다. 그 옆에는 빵칼도 있었다. 비타는 그 빵과 사과 하나, 오렌지 하나를 가져다가 벽난로 위에 나란히 놓았다.

"할아버지가 이런 걸 가르쳐 주셨어."

비타는 한 손에 빵칼과 스테이크 칼, 자신의 스위스 칼을 잡고 벽난로 반대쪽 끝으로 방을 가로질러 갔다. 그러고는 다른 아이들이 자기를 보고 있는지 잠깐 멈춰 확인하지도 않은 채 벽난로를 향해, 아이들의 머리 위로 칼을 던졌다. 아이들은 비명을 지르며 몸을 푹 숙이더니 어떻게 됐는지 보려고 고개를 살짝 들었다.

빵칼은 사과의 일부분을 잘라 내 작은 조각이 바닥에 떨어져 있었고, 스테이크 칼은 빵에 꽂혀 있었다. 그리고 비타의 스위스 칼은 오렌지 한가운데에 정확하게 꽂혀 방 안을 온통 머나먼 태양의 향기로 가득 채웠다. 사실 비타는 라비니아 부인처럼 사과를 정확히 두 조각으로 자르려고 했지만, 그걸 털어놓진 않았다.

"나는 이런 걸 할 수 있어. 나는 *만약의 경우*를 맡을게."

아이들은 한 줄로 늘어서 조용히 나왔다. 아이들이 들어온 이후로 술집은 가득 찼고, 몇몇 남자가 제각각 취해서는 바의 의자에 앉아 있었다.

"이봐! 꼬맹이…. 이름이 뭐더라? 잭 웰스의 손녀딸!"

비타가 홱 돌아섰다. 바의 의자 하나에 딜린저가 앉아 있었다. 지금은 공원에서보다 더 지저분해 보였다. 셔츠를 풀어 헤치고서 침에 축축하게 젖은 담배를 입에 물고 있었다.

새뮤얼이 앞으로 나서고, 실크가 주먹을 꽉 쥐자 비타가 고개를 저었다.

"내가 할게."

비타가 말했다. 가까이서 보니 남자는 피부가 거무죽죽했고, 마치 방이 흔들리기라도 하는 듯 손으로 바의 가장자리를 붙잡고 있었다.

"불장난을 좋아하는 그 여자애로구나."

딜린저가 웅얼거리며 말했다. '불'이라고 말할 때 입에서 침방울이 튀어서 비타가 움찔했다.

"다리를 저는 어린애가 돌아다니기엔 너무 늦은 시간 아닌가?"

비타는 주춤하며 뒤로 물러섰다가 숨을 가다듬고 앞으로 나섰다.

"원하는 게 뭐예요?"

"원하는 게 뭐냐고?"

남자가 웃음을 터뜨렸다.

"나는 아무것도 원하지 않아. 뭔가를 원하는 건 너잖아. 할아버지 집을 되찾고 싶지, 안 그래?"

비타는 꼼짝도 하지 않았다.

"그러니까…. 너는 그걸 되찾지 못할 거야. 그리고 아마 되찾고 싶다는 생각도 안 하게 될걸. 조만간 소로토어가 그 일을 끝내면 말이야."

"무슨 말이에요?"

그러나 딜린저는 더러운 마음 한구석에서 떠오른 어떤 생각이 재미있는지 다시 웃음을 터뜨렸다.

"곧 알게 될 거야. 소로토어는 네가 말한 그 목걸이를 찾고 있어. 알고 있니? 네가 소로토에게 큰 도움을 줬어. 좋은 정보를 넘겼지 뭐야."

비타는 그저 서서 딜린저의 말을 기다렸다.

"하지만 이제 보물찾기가 싫증 난다고 했어. 그리고 조사를 받을까 봐 걱정하고 있지. 그런데 소로토어는 걱정을 하면 더 악랄해져. 사업도 예전만큼 쉽지 않고. 그래서 날을 잡았대."

딜린저가 트림을 하느라 잠시 움찔했다.

"다음 주에."

"무슨 날이요?"

딜린저는 비타를 뚫어지게 쳐다보았다.

"소로토어는 너한테 뭔가 감정이 많아. 네가 그 반지를 가져갔기 때문만은 아니야. 물론 그것 때문이라도 너를 잡겠지만 말이야. 그런데 나는 소로토어가 이러는 걸 처음 본다. 어린애를 이렇게까지 싫어하는 걸 본 적이 없단 말이야. 너는 진짜로 그 사람을 짜증 나게 만들었어. 알고 있기나 해?"

"다음 주에 뭐요?"

비타가 다시 물었다. 하지만 딜린저는 바텐더를 향해 돌아앉았다.

"스카치위스키 한 잔 더. 얼음 넣어서."

딜린저가 다시 말했다.

"그리고 그걸로 부끄러워하진 마."

딜린저는 바 테이블을 쾅 내려쳤다. 술에 잔뜩 취해서 눈이 풀린 탓에 잠시 흰자위만 뒤룩거렸다.

비타가 돌아섰지만, 딜린저가 다시 불렀다.

"내가 하는 말 잘 들었지, 꼬맹이? 너는 지금 불장난을 하고 있어. 불에 데지 않게 조심해!"

기사

집에 들어가니 엄마가 기다리고 있었다. 비타의 엄마는 두려움과 분노로 새하얗게 질려 있었다. 충분히 예상했던 일이었다. 이어진 대화도 상황이 몹시 나빴다. 엄청난 뇌우와 대재앙의 축소판 사이 어딘가에 있는 느낌이었다고, 비타는 나중에 다 울고 난 뒤 생각했다.

"지금은 집에서처럼 너를 지켜볼 수가 없는 상황이잖아!"

엄마가 말했다. 눈에 눈물이 고여 있었다.

"게다가 네가 아주 튼튼하지 않다는 건 너도 알잖아!"

"저는 튼튼해요!"

엄마는 입술을 깨물었다. 두려움이 가시지 않아 아직도 얼굴이 일그러져 있었다.

"너는 아직 *어린애야*! 엄마가 말했잖아. 너와 할아버지가 말썽을 일으키지 않을 거라 믿는다고. 제발, 비타, 내가 그렇게 한 걸 후회하게 만들지 마! 정말 견딜 수가 없을 거야!"

마침내 폭풍우가 조금 누그러졌다.

"다시는 그러지 않겠다고 약속할 수 있지?"

엄마는 일단 비타의 상처부터 씻겨 주며 말했다.

"약속해요."

비타가 말했다. 그러고 나서 엄마에게 키스한 뒤, 약속의 내용이 무엇인지 구체적으로 설명해 보라고 할까 봐 얼른 자기 방으로 달아났다.

비타는 빨간 수첩을 베개 밑에 넣고 침대에서 얼핏 잠이 들었다. 그러다 소로토어의 지갑이 문득 생각나 벌떡 일어나 앉아서는 바깥에서 무슨 소리가 나나 귀를 기울였다.

조용했다. 창밖의 도시가 윙윙거리는 소리뿐이었다. 비타는 현관으로 살금살금 기어가서 옷걸이에 걸린 코트를 낚아챘다. 주머니에서 꺼내든 지갑에는 희미한 향기가 배어 있었다. 가죽과 향수, 그리고 권력의 냄새였다.

비타는 반으로 접힌 봉투와 영수증 몇 장을 꺼냈다.

영수증에서는 소로토어가 값비싼 취향을 가졌다는 사실 외에 어떤 것도 알 수 없었다. 하나는 1904년산 페리에 주에 샴페인 열두 병이었다. 그래서 비타는 남은 봉투를 뜯었다.

신문에서 오려낸 기사 몇 장이 이름과 주소가 적힌 종이에 싸여 있었다.

모두 화재에 대한 기사였다. 도시 곳곳의 건물들이 무너졌다고 했다.

종이에는 이렇게 적혀 있었다.

빅터 씨,

여러 프로젝트의 진행 상황은 동봉된 내용을 참조하십시오. 새로운 소식이 있으면 계속 알려 주시고, 시간 낭비하지 맙시다. 저희 페어홈스는 허드슨 성을 호텔로 재탄생 시키는 일에 착수 하기를 기다리고 있습니다.

성급한 마음을 담아서
웨스터웍

비타는 신문 기사들을 펼쳐 보았다. 기사들은 소로토어와도 또 서로서로와도 아무런 관련이 없는 듯 보였다. 모두 오래된 건물이었고, 오래된 건물에서는 불이 나는 경우도 많으니까. 계 속 읽어가던 비타는 한 가지 공통점을 발견했다. 화재 후 완전 히 타 버린 빈터에 새로 건물을 짓고 있는 것이 모두 한 회사인 듯했다. 페어홈스건설.

신문 기사에 따르면, 페어홈스는 '열심히 일하는 뉴욕 시민 들을 위한 합리적인 가격의 주택'을 건설한다고 내세웠다. 기 사를 계속 읽던 비타는 인상을 찌푸렸다. 그 회사에서 지은 건물들은 모두 수위가 있고, 도금으로 장식한 수영장을 갖춘 호화로운 고급 아파트였다. 가난한 삶에서 어떻게 해서든 탈출해야만 한다고 암시하는 건물들이었다.

비타는 더 자세히 읽어 보았다. 기사는 오래된 교회와 극장처럼 앞으로도 도시의 역사를 이루어 가야 할, 보호 받던 건축물들이 화재로 소실된 것을 안타까워했다. 모두가 가치를 가장 높게 평가하는 지역의 중심부, 그중에서도 노른자위 공간을 차지하고 있던 건축물들이었다.

비타는 내용을 자세히 읽어 보았다. 이스트 23번가의 한 아파트에 밤새 불이 나서 한 명이 다쳤고, 그 뒤 연기를 흡입한 노인이 한 명 숨졌다. 거리 이름이 낯설지 않았다. 걸었던 적이 있었나, 떠올려 보았다. 비타는 계속해서 읽었다. 콜럼버스 가의 올드 호텔은 수리가 불가능할 정도로 불탔다.

비타는 그 이름을 들어본 듯해서 뜨끔했다. 스위스 칼을 손에 쥐고 엄지손가락으로 핀셋을 튕겨 올렸다 내렸다 하면서 기억을 더듬어 보았다. 그러자 그 장면이 떠올랐다.

소로토어의 책상 위에 있던 서류들.

올드 호텔은 200달러에 팔렸다. 그리고 이제 그 건물은 사라졌다.

비타는 신문 기사들을 다시 살펴보았고, 천천히 정보를 조합하기 시작했다. 소로토어는 오래된 건축물을 각각 서로 다른 회사 이름으로 사들였고, 거기에 불을 질렀다. 그러고 나면 웨스터윅이 새 건물을 지었다.

소로토어가 살려 보겠다고 약속한 건물은 얼마나 많을까? 할아버지의 집을 지키겠다고 약속한 것과 똑같은 방식이었겠지? 비타는 소로토어와 웨스터윅이 도대체 얼마나 많은 돈을 벌고 있을지 궁금했다. 팔과 손은 시렸지만, 비타의 심장은 뜨거워졌다. 딜린저가 자신이 내뱉은 말에 재미있어하던 모습이 생각났다. '너는 지금 불장난을 하고 있어.'

말장난하는 주정뱅이. 그리고 또 무슨 말을 했던가? '그래서 날을 잡았대. 다음 주에.'

그렇다면 바로 그거라는 생각이 들었다. 소로토어가 허드슨성을 원했던 이유. 그 남자는 성을 불태워 무너뜨릴 작정이었다. 이제 남은 시간이 얼마 없었다. '다음 주에.' 그건 월요일부터 일요일 중 어느 때라도 될 수 있다는 말이다. 오늘은 수요일이다.

비타는 빨간 수첩을 가슴에 꼭 품은 채 잠이 들었다. 소로토어는 비타의 꿈에까지 따라와 얼굴을 커다랗게 들이댔다. 으스스하고 불쾌한 꿈이었다.

지하도

다음 날 뉴욕의 분실물 보관소 수색이 시작되었다.

"서둘러야 해."

비타는 아이들에게 신문 기사에 대해, 그리고 계획 실행을 부추기는 새로운 긴급 상황에 대해 가능한 한 간략하게 설명했다.

"그렇다면 소로토어가 실제로 하고 있는 짓은 뭐야?"

아르카디가 물었다.

"잘은 모르지만, 내 생각엔 사람들을 위협하고 사기를 쳐서 오래된 건물을 팔게 만드는 것 같아. 아주 좋은 위치에 있는 아름다운 건축물을, 말도 안 되는 싼값에 말이야. 그런 건물들은 보호하도록 지정되어 있기 때문에 함부로 무너뜨리는 건 불법일 거야. 그러니까 불을 질러서 완전히 없애고, 새로 건물을 지을 수 있게 만드는 거지."

"너희 할아버지도 그렇게 집을 팔았어?"

실크가 물었다.

"아니. 절대 팔지 않았어! 하지만 상황은 비슷하다고 볼 수 있어. 소로토어가 불을 지르려고 해. 이제 시간이 없어."

비타는 마음속에 밀려 오는 공포를 억지로 밀어내리려고 안간힘을 썼다.

"흩어지자. 오늘 밤 여기서 다시 만나는 거야."

아이들은 뉴욕의 거의 모든 거리를 달리며 샅샅이 뒤졌다. 이 도시를 가장 잘 아는 실크가 비타의 지도로 지역을 배분했다. 비타의 발을 보지는 않았지만, 비타에게는 카네기 홀에서 가장 가까운 지역을 맡으라고 했다.

실크는 그리니치 빌리지의 어느 무허가 술집에서 크기가 작은 성인용 회색 재킷을 구했는데, 아르카디에게 거의 딱 맞았다. 비타는 대리석과 도금 장식이 끔찍한 월도프 호텔에서 발목까지 내려오는 푸른색 벨벳 원피스를 찾았다. 모양이 괴상하고 꽉 끼기는 했지만 달콤한 향기와 잠자리 동요 같은 걸 떠오르게 했다. 무엇보다도 치마가 땅바닥까지 내려와 비타의 왼쪽 종아리와 발목을 가려줬다. 새뮤얼은 알곤퀸 호텔에서 진한 갈색 원단으로 만든 소년용 정장 한 벌을 발견했다.

새뮤얼은 원하는 것을 얻었지만, 화가 난 얼굴이었다.

"처음엔 주지 않으려고 했어. 그래서 내가 그 집 하인이라고 말했더니 조금도 의심하지 않고 바로 내주더라."

아르카디가 자기 친구를 바라보았다. 눈빛에서 분노와 상처가 엿보였다.

"치요르트(Chyort). 녀석들에게 침이라도 뱉어 주지 그랬어."

아르카디가 말했다. 새뮤얼은 억지로라도 웃어보려고 했다.

"그러는 게 도움이 되진 않았을 거야."

새뮤얼이 중얼거렸다.

마지막으로 남은 실크가 절망감에 사로잡히려고 할 즈음, 문득 라이시엄 극장에 가서 지난달에 누가 휴대품 보관소에 코트를 두고 가지 않았는지 확인해야겠다는 생각이 들었다. 결국 실크는 후드가 달린 흰색 망토를 구해 왔는데, 가장자리는 백조 깃털로 장식된 데다가 거의 땅에 닿을 만큼 길었다. 소매와 목덜미에 약간 때가 타고 깃털 장식이 조금 과하다 싶긴 했지만, 누가 봐도 아주 훌륭하다는 사실만큼은 부정할 수 없었다.

"아주 근사한 데에 가는 거야! 시험 삼아서! 사람들이 우리를 쳐다보지 않는다면, 제대로 입었다는 걸 확인할 수 있겠지."

비타가 말했다.

"'플라자 호텔' 어때? 센트럴 파크 끝에 있어. 뉴욕의 최고급 호텔이야."

실크가 말했다. 실크는 비타의 주머니칼로 소맷부리의 백조 깃털을 다듬고 있었다.

"거기에 차를 마시러 가는 나이 든 여자들은 재채기하는 모습만 보고도 그 사람이 얼마나 부자인지 맞힐 수 있대. 거기서 우릴 쳐다보는 사람이 없다면, 이제 아무도 우릴 의심하지 않을 거야."

새뮤얼이 잠시 머뭇거리다 말했다.

"사람들은 계속 쳐다볼 거야."

"무슨 말이야?"

비타가 물었다.

"사람들이 계속 쳐다볼 거라고. 특히 나를. 우리가 어디든 호화로운 곳에 간다면 말이야. 내가 아무리 잘 차려입어도, 사람들은 나를 쳐다볼 거야."

비타는 볼이 달아오르는 게 느껴졌다.

"정말 미안해. 그 생각은 미처 못했어. 그러면⋯."

"아니야."

새뮤얼이 갈색 재킷을 손끝으로 만지작거리며 말했다. 조금은 불안해 보였지만, 다른 게 느껴졌다. 그 옛날 네 살짜리 어린애가 칠흑같이 어두운 침실을 가로질러 몰래 공중 뒤돌기를 연습하던 때, 바로 그때와 똑같은 결의였다.

새뮤얼은 이를 악물고 턱짓을 했다.

"어쨌든 우린 갈 거야. 나도 가고 싶어. 만약에 누가 나를 쳐다본다면, 나도 똑같이 노려볼 거야."

플라자 호텔에는 벨벳 옷에 백조 깃털로 치장한 채 목소리는 잔뜩 낮추고 눈썹은 치켜올리는 사람들이 많았다. 걸어 다니는 것이 아니라 쓸고 *다니는* 사람들을 위한 장소였다.

비타는 웅장한 입구에서부터 쓸고 가려고 애를 썼다. 턱을 최대한 치켜들고 도어맨에게 고개를 까딱하며 안으로 들어섰다.

한 남자가 비타의 뒤를 따라왔다. 비타가 고개를 돌려 남자의 눈을 보았는데, 뭔가 미심쩍어하는 눈빛이었다. 남자는 비타의 얼굴뿐만 아니라 바닥에 닿을 듯 길게 내려온 원피스로 가려진 발까지 살피고 있었다. 손에 침을 뱉는 고양이 문신이 있었다.

"이쪽이야!"

아르카디가 불렀다. 셋은 로비의 식당 옆 팜코트(야자수가 있는 대형 아트리움. 아트리움은 유리 지붕을 씌운 실내 공간을 가리킴) 안에 서 있었다. 거기에는 그리스 신화 속 헤르메스의 거대한 황금 동상이 있었다. 천장을 가로지르는 튼튼한 밧줄에 가을 느낌이 물씬 나는 커다란 단풍 화환과 나뭇가지를 풍성하게 걸어 식당인 듯, 아름다운 숲인 듯 보였다. 비타가 사람들을 가만히 쳐다보았다. 거기에 있는 모든 사람의 얼굴에서 돈이 빛나고 있었다.

구운 닭고기 요리와 맛있는 젤리를 먹고 있던 어느 가족이 새뮤얼을 힐끗 쳐다보더니 다시 눈길을 돌렸다. 새뮤얼은 턱을 치켜들고 그 사람들을 노려보았다. 얼음도 녹일 수 있을 것 같은 눈빛이라고, 비타는 생각했다.

"실내에 나무와 단풍이라니. 그래도 새는 없네. 정말 꼴불견이야."

아르카디가 로비에 가득한 야자수 나무 화분을 보며 인상을 썼다. 그러고는 비타에게 보란 듯이 자기 재킷을 내밀었다.

"어떤 것 같아?"

비타는 남자애들을 아래위로 훑어보았다. 둘 다 넥타이를 매고 있었다. 아이들 넷 모두 씻어서 깨끗해 보였다.

"순진해 보이는 게 범죄라면, 우리는 체포될지도 몰라."

비타는 가슴속에서부터 흥분이 북받쳐 올랐다.

"준비는 끝났어. 내일 가자! 계획을 실행하는 거야."

그러면서 비타는 몸을 획 돌렸고, 그 바람에 치마가 너울거리며 비타의 정강이와 밝은 붉은색 부츠가 슬쩍 드러나 보였다.

식당 건너편에서 고양이 문신을 한 남자가 혼자 고개를 끄덕이며 조용히 밖으로 나갔다.

"애들아. 우리 나가야 할 것 같아."

새뮤얼이 입을 다물고 웅얼거리며 말했다.

"왜? 사람들이 쳐다봐? 누군지 알려줘. 그럼 내가⋯."

실크가 말했다.

"아니. 누군가 우리를 지켜본 것 같아."

"우리를?"

"비타를 감시했겠지. 나가자."

아이들이 거리로 나가는 거대한 유리문 입구를 향해 나서는데, 그 남자가 다시 들어왔다. 회색 양복을 입은 남자 둘이 뒤를 따르고 있었다. 남자들의 시선이 비타에게 쏠려 있었다. 비타는 온몸이 옥죄이는 느낌이었다.

새뮤얼은 비타의 얼굴과 남자들, 그리고 뒤쪽을 잇달아 살폈다.

"뛰어!"

새뮤얼이 속삭였다.

"좋은 생각이 있어. 아크, 네가 좀 도와줘."

"하지만⋯."

실크가 입을 열었다.

"그냥 뛰어!"

새뮤얼은 한밤중에 창문에서 뛰어내리던 순간, 비타가 보았던 그 날카롭고 확신에 찬 표정이었다.

"가!"

새뮤얼이 다시 외쳤다. 새뮤얼은 세 아이를 옆으로 밀치고는, 공중그네를 타고 날아오를 준비를 하는 것처럼 팔꿈치 안쪽을 주무르고 어깨를 돌리며 몸을 풀었다. 아르카디는 새뮤얼의 뒤를 따랐다.

실크가 속삭이듯 말했다.

"자, 가자. 내가 출구를 알고 있어."

그러더니 실크는 왼쪽으로 몸을 틀어 조리실 입구를 향해 돌진했다. 비타는 오른쪽 발로 체중을 감당하며 있는 힘껏 달렸지만, 세 남자는 테이블 사이로 최대한 눈에 띄지 않게 움직이며 실크와 비타를 쫓아왔다.

아르카디가 새뮤얼을 향해 돌아섰다. 3초 정도 속삭인 뒤, 둘의 시선이 남자들에게 꽂혔다.

"리스토, 샘?"

"준비."

새뮤얼이 대답했다.

"헵!"

아르카디가 단단히 깍지 낀 두 손을 내밀며 말했다. 새뮤얼은 입을 굳게 다물고 아르카디의 손깍지 사이에 발을 넣은 뒤, 마치 발레 무용수처럼 힘차게 디디며 공중을 향해 뛰어올랐다.

헤르메스 동상의 어깨에 내려앉은 새뮤얼은 다리를 들어 올려 몸을 웅크리더니 다시 뛰어올라 단풍잎 화환이 걸려 있는 밧줄 하나를 낚아챘다. 식당 전체에 단풍잎이 쏟아져 내렸다. 진주가 알알이 박힌 베레모를 쓴 여자가 차를 마시다 사레가 들려 컥컥거렸고, 어린아이 하나는 환호성을 질렀다. 털이 복슬복슬한 흰색 푸들이 왈왈 짖었다.

새뮤얼은 몸무게를 앞뒤로 실어 가며 밧줄을 힘차게 흔들다 툭 놓고는 식당을 가로질러 몸을 던졌다. 새뮤얼이 발끝을 세우고 양팔을 죽 뻗어 야자수 꼭대기에 내려앉자 충격에 야자수 잎이 아래로 떨어졌다. 테이블 두 개와 러시아 대사가 자빠졌고, 그러면서 회색 양복을 입은 남자 중 하나와 어깨가 세게 부딪혔다.

웨이터 몇 명이 욕을 하며 고함을 질렀고 호텔 직원들은 대체 무슨 소동인지 알아보려고 조리실에서 뛰쳐나왔다. 사람들이 모여들었지만, 새뮤얼은 곧장 몸을 일으켜 야자수에서 뛰어내린 뒤 자기를 붙잡으려는 손들을 요리조리 재빨리 피해 조리실로 달려갔다. 문신을 한 남자는 소리치는 웨이터를 밀어젖히며 새뮤얼의 등을 잡아채려고 손을 뻗었다. 아르카디가 휘파람을 불자 조그만 푸들이 짖기 시작했다. 아르카디가 그 남자를 가리켰고, 남자는 곧 이빨이 난 조그만 털 뭉치가 자신의 허벅지로 날아와 박히는 걸 지켜볼 수밖에 없었다.

새뮤얼과 아르카디는 서로 다른 방향에서 몰려드는 직원들을 피해 조리실로 질주했다. 그런 다음 골목으로 나가는 뒷문을 향해 몸을 내던졌다.

막 골목 끝에 다다른 비타와 실크는 뒤를 돌아 남자아이들을 기다렸다.

"아무래도 그놈들한테 우리까지 감시할 이유를 준 것 같다."

가쁜 숨을 몰아쉬는 새뮤얼의 눈빛이 생기로 반짝였다.

길 건너편으로 어둠에 잠긴 센트럴 파크가 광대하게 펼쳐져 있었다.

"저쪽으로 가자!"

비타가 말했다.

"약속 하나 하자. 다음번에 우리 중 누군가가 도망치라고 하면 무조건 도망가는 거야. 알겠지?"

달려가는 도중에 새뮤얼이 말했다.

비가 오기 시작해서 땅이 미끄러웠다. 길을 반쯤 건너고 있을 때 조리실 뒷문이 휙 열리더니 남자들이 나왔다.

"이봐! 천천히 가! 해치지 않을게!"

그중 한 명이 말했다.

실크는 몸을 확 틀었고, 비타는 자기 발에 걸려 길 한복판에 넘어져 버렸다. 비타의 입에서 욕이 튀어나왔다. 차들이 고작 몇 센티 옆에서 세차게 스쳐 갔다. 간신히 몸을 일으킨 비타는 차들 사이를 이리저리 빠져나와 길 건너편으로 허겁지겁 달렸다. 다른 아이들이 기다리고 있다가 센트럴 파크의 어둠 속으로 함께 몸을 숨겼다.

비타와 할아버지가 함께 걸었던 그때, 가을빛이 찬연했던 때와는 딴판이었다. 만약 지금 할아버지가 비타를 본다면 몹시 화를 낼 것 같았다. 비타가 약속을 어겼다고 생각할 것이다. 하지만 비타는 그런 생각들을 떨쳐 버렸다. 칠흑같이 어두웠다. 비타는 앞장서서 달려갔다. 딜린저가 팔을 붙잡았던 곳을 지나 나무들이 줄지어 늘어선 텅 빈 오솔길을 따라가는데, 뒤에서 쫓아오는 발자국 소리가 점점 가까워졌다. 비타는 물방울이 뚝 뚝 떨어지는 젖은 덤불 뒤로 몸을 숨겼고, 다른 아이들도 숨을 헐떡이며 그대로 따랐다.

발자국 소리가 아이들 가까이 다가왔다가 덤불을 지나쳐서 는 공원 저 안쪽을 향해 갔다.

"나와, 꼬맹이들! 지금 이거 장난 아니야!"

비타는 완전히 숨을 죽인 채 꼼짝 않고 웅크렸다. 얼굴에서 빗방울이 뚝뚝 떨어졌다. 이게 장난이 아니라는 건 비타도 잘 알고 있었다.

목소리가 다시 들려왔다. 정확히 어느 쪽인지는 알 수가 없 었다.

"그 반지만 내놔. 그러면 다들 집에 갈 수 있어."

아이들은 덤불 속에서 서로 마주 보았다.

"이제 어떡하지? 도저히 도망치기 어렵겠는데."

실크가 가쁜 숨을 몰아쉬며 말했다. 목소리에 극심한 공포가 가득했다.

"아니. 너는 할 수 있어."

비타가 속삭였다. 남자들은 근육질이긴 하지만 속도가 빨라

보이진 않았다.

"나는 못하지만. 너희들은 가! 저 사람들은 나만 있으면 돼."

그 말에 아르카디가 코웃음을 쳤다.

"말도 안 되는 소리 하지 마."

비타는 필사적인 눈빛으로 공원을 둘러보았다. 오솔길은 바로 앞에서 갈라져 한쪽은 넓은 길로, 다른 쪽은 좁은 길로 이어졌다. 겹겹이 쌓인 낙엽 탓에 좁은 길 한가운데 있는 맨홀 뚜껑이 거의 보이지 않았다.

딜린저가 숨어들었던 바로 그 맨홀 뚜껑이었다.

"지금 나오는 게 좋을걸. 나중에 나오는 것보다 훨씬 기분 좋게 봐줄게."

나무 뒤 어둠 속에서 목소리가 들려왔다.

"버릇없는 녀석들은 혼쭐을 내줘야 해."

발자국 소리가 아이들 쪽으로 돌아오기 시작했다.

비타는 다시 맨홀 뚜껑을 바라보았다. 왼발이 웅덩이에 잠겨 붉은색 비단 부츠에 물이 스며들어도 아랑곳하지 않고 살금살금 기어갔다. 뚜껑 가장자리를 잡은 비타가 힘을 주며 몸을 일으켰지만, 뚜껑은 1센티도 들리지 않았다.

"이 안으로!"

비타가 최대한 작은 소리로 속삭였다. 아르카디가 비타를 빤히 쳐다보며 말했다.

"비타! 거긴 하수구야!"

"아니야!"

비타가 둥그런 맨홀 뚜껑을 잡고 씨름했다. 무게가 성인 남자만큼 나가는 듯했다.

"괜찮아. 어서 와!"

비타가 맨홀 뚜껑을 잡고 다시 들어 올렸다.

"어떻게 알아?"

"누가 들어가는 걸 봤어. 그 남자, 딜린저 말이야."

너무 놀란 탓에 아이들 얼굴에서 한순간 긴장감이 사라졌다.

"아무나 와서 나 좀 도와줘! 혼자서는 못 들어."

아이들 셋 다 재빨리 비타 곁으로 기어가서 함께 뚜껑을 들어 올렸다.

"빨리!"

비타가 어깨 너머로 뒤돌아보며 말했다. 확 트인 장소라 들키기 쉬웠다.

실크는 자기 발밑에 놓인 차가운 암흑을 내려다보며 질색했다. 하지만 웅얼거리는 소리가 점점 더 가까워지고 있었다. 실크가 사다리에 발을 올렸고 곧 어둠 속으로 사라졌다. 아르카디도 재빨리 손발을 놀리며 뒤를 따랐다. 새뮤얼이 비타를 떠밀었다.

"가."

비타도 나름대로는 최대한 빨리 내려가려고 했지만, 잘되지 않았다. 뒤틀린 왼쪽 발이 벽에 설치된 금속 사다리의 가로장에서 자꾸만 제멋대로 미끄러졌다. 극심한 통증이 무릎까지 치밀었다.

비타가 반쯤 내려가자 위에 있던 새뮤얼이 숨을 몰아쉬었다. 그러더니 뚜껑이 철컹 소리를 내며 닫혔고, 아이들 모두 암흑 속에 갇혔다. 새뮤얼은 비타를 뒤따라 사다리를 타지 않고 어둠 속으로 뛰어내렸다. 그렇게 휙 비타를 지나친 새뮤얼은 오랜 연습으로 몸에 익은 웅크린 자세로 바닥에 착지했다. 새뮤얼이 밑에서 다시 사다리를 타고 비타를 향해 올라왔다.

"도와줄까?"

새뮤얼이 낮은 소리로 물었다.

"괜찮아."

비타가 말했다. 하지만 사다리 아래쪽에 새뮤얼이 있어 만약 자기가 미끄러지면 잡아줄 걸 알게 되니 한결 도움이 되었다. 비타는 더 빨리 움직이려고 이를 악물었다.

사다리 끝 바닥에 네 아이가 섰다. 비타는 벽이 보이지 않고, 바로 앞에 있는 자신의 손도 볼 수가 없었다.

"자, 누군가 횃불 정도는 있겠지?"

실크가 말했다. 새뮤얼이 주머니 속을 더듬어 보더니 말했다.

"나한테 성냥이 있어."

새뮤얼은 성냥을 하나 켰고, 어른거리는 불빛에 자신들이 어떤 터널 입구에 서 있다는 걸 알게 되었다. 왼쪽으로는 검고 축축하게 젖은 벽이 있었다.

"쉿. 들어 봐!"

실크가 말했다.

물방울이 뚝 떨어졌다. 그리고 다음 순간 위에서 목소리가 들려왔다.

"말도 안 되는 소리야. 그냥 가자."

누군가 코웃음 치는 소리가 났다. 아주 냉정하면서도 겁에 질린 목소리였다.

"그 반지 없이는 돌아가지 않을 거야. 원한다면 넌 그렇게 해. 걔들이 멀리 갔을 리가 없어. 그 여자애는 절름발이라고!"

비타는 휘둥그레진 눈으로 소리 없이 어두운 터널 속을 가리켰다. 만약 저 남자들이 맨홀 뚜껑을 들어 올린다 해도 저들의 눈에 보이는 건 오직 어둠뿐이어야 했다.

"어떻게 나가지?"

터널 속을 걸어가며 아르카디가 속삭였다.

"뉴욕 전역에 맨홀은 수백 개가 넘어."

비타가 말했다. 새뮤얼이 성냥불을 들고 고개를 끄덕였다.

"다른 사다리가 나올 때까지 계속 가야 해."

"어떤 건 빗장에 막혀 있을 거야."

실크가 말했다.

"그래도 전부 다는 아니겠지. 그렇지 않은 걸 찾을 때까지 계속 가는 거야."

새뮤얼이 손가락 끝까지 타들어오는 성냥불을 치켜들고 앞장을 섰다.

"이제 다섯 개밖에 안 남았어. 나머지는 아껴두는 게 좋을 것 같아."

몇 분 후에 새뮤얼이 말했다.

아이들은 계속 나아갔다. 새뮤얼과 비타는 왼쪽 벽을, 실크와 아르카디는 오른쪽 벽을 더듬으며 위로 올라가는 사다리가 있는지 살폈다.

완벽한 어둠은 때때로 이상한 일을 일으킨다. 비타가 걷는 걸음걸음은 바로 그 전의 걸음과 다를 것이 없는데, 어둠을 뚫고 침묵 속에서 조금씩 움직이자 길몽이 되기도 하고 악몽이 되기도 했다. 옆에서 아르카디의 숨소리, 실크의 발소리, 새뮤얼의 코트 소맷자락이 벽을 스치는 소리가 나지 않았다면, 비타는 앞으로 나아가고 있다는 사실을 결코 믿지 못했을 것이다. 또 다른 소리라고는 물방울이 떨어지는 소리와 터널 앞쪽에서 들려오는 뭔가 긁는 소리뿐이었다. 비타는 두 주먹을 꽉 쥐고 그게 쥐가 아니기를 기도했다. 하지만 곧 다른 생각이 떠올랐고, 그것이 그냥 쥐이기를 기도했다.

아이들은 계속 걸었다. 터널은 점점 더 좁아져서 팔을 뻗으면 양쪽 벽에 동시에 손이 닿을 정도였다. 겨우 몇 분 아니면 훨씬 더 긴 시간이었을지도 모른다. 지하 공간에서 휘어진 길을 돌던 새뮤얼이 갑자기 멈추는 바람에 뒤를 따라가던 비타가 등에 부딪혔다.

"왜 멈춰?"

비타가 속삭였다. 어둠 속에서 침묵이 흘렀다.

"앞에 뭔가 있어."

"뭐가?"

아르카디가 물었다.

"빛."

"하느님 감사합니다."

실크가 안도의 한숨을 내쉬었다. 그러나 비타는 이미 싸늘했던 손이 점점 더 차가워졌다.

"햇빛일 리가 없잖아. 지금 밖은 어두워. 기억 안 나?"

비타가 말했다.

다른 아이들의 얼굴은 보이지 않았지만, 들려오는 신음 소리가 아르카디라는 건 알 수 있었다. 몸을 덜덜 떨지 않으려고 애쓰면서 비타는 모퉁이를 돌아 발걸음을 옮겼고, 계속 왼쪽 벽을 더듬어 가며 사다리가 있는지 확인했다.

통로는 서른 걸음 정도 이어지다가 다시 휘어졌다. 굴곡 저 너머에서 노란 빛이 비쳤다.

"이제 어떻게 하지?"

아르카디가 물었다.

"되돌아갈 수도 있어. 그놈들이 갔기만을 바라야지."

비타가 말했다.

"이러지 말 걸 그랬어! 혼자였다면, 내가 이런 데로 내려오는 일은 절대 없었을 거야! 이래서 다른 사람들을 믿으면 안 돼! 이렇게 결국 땅속에 묻혀 끝나 버리는 거잖아."

실크가 말했다. 목소리에 눈물이 어려 있었지만, 억지로 삼키는 듯했다.

"쉿. 들릴지도 몰라!"

아르카디가 말했다.

"그래도 상관없어!"

하지만 실크는 목소리를 조금 낮추었다.

"계속 가자."

비타가 움직이며 말했다. 땅바닥을 뚫고 가라앉을 만큼 온몸이 천근만근 무거웠지만, 비타는 앞장을 섰다.

비타는 가능한 한 조용히 걸었다. 고통을 참아가며 조심스럽게 왼발을 들어 올렸다가 신음이 새어 나오는 걸 틀어막으며 내려놓기를 반복했다. 새뮤얼은 깃털처럼 가볍게 춤을 추는 듯한 곡예사의 걸음걸이로 뒤를 따랐고, 그 뒤로 동물 조련사와 소매치기가 따라왔다. 다들 고요하게 움직이는 데 익숙한 아이들이었다. 그래서 남자들은 아이들이 오는 소리를 듣지 못했다.

모퉁이를 돌아서던 비타는 공포로 숨이 턱 막혔다. 그 터널은 장정 여섯 정도는 나란히 지나갈 수 있을 정도로 넓었다. 허리케인 램프(바람이 불어도 불꽃이 꺼지지 않게 유리 갓을 두른 램프)가 바닥에 세워져 있었고, 휴대용 전등 몇 개가 천장에 매달려 흔들리고 있었다.

한쪽 벽에는 탁자들이 죽 이어져 붙어 있고, 남자 열 명이 거기에 서서 맑은 액체를 유리병에 붓고 있었다. 다른 사람들은 유리병에 *러시아 보드카*라고 쓰인 라벨을 붙였다. 어두운색 옷을 입은 더 많은 남자가 커다란 나무 상자에 그 병을 채워 넣었다. 몇몇은 흐물흐물해진 담배를 입에 문 채 일하고 있었다. 공기가 탁하고 싸늘했다.

하지만 비타를 숨 막히게 한 건 따로 있었다. 구석에 있는 커다란 나무 상자 위에는 아무렇게나 내던져진 서류 가방이 있었는데, 그 옆에 터널 바닥의 잔모래에 젖은 소총 두 자루와 권총이 놓여 있었다. 그리고 누군가 서류 가방에 비스듬히 기대 지폐 다발을 세어 넣고 있었다. 딜린저였다.

비타는 총을 노려보았다. 총의 차갑고 사실적인 존재감은 그 공간을 가득 채우고도 남았다. 딜린저가 가방을 닫고 몸을 일으켜 세우다 비틀거리며 뒤쪽 벽에 기댔다. 얼굴이 일그러지면서 정수리의 모래색 머리털이 물에 젖은 축축한 벽에 눌렸다.

"딜린저는 지금도 많이 취했어."

비타 뒤에서 실크가 숨을 내쉬었다. 비타가 몸을 수그리고 다시 모퉁이 뒤로 되돌아갔다.

"우리는 갇혔어."

실크가 나지막이 말했다. 새뮤얼이 고개를 저었다.

"저쪽에 밖으로 나가는 사다리가 하나 있어. 봤어?"

비타도 보았다. 저들이 바삐 움직이고 있는 작업 공간 너머에 터널이 다시 좁아지는 곳이 있는데, 거기에 위로 올라가는 사다리가 불빛에 보였다.

"기다리면 돼. 언젠가는 다들 나가겠지."

새뮤얼이 말했다. 하지만 도중에 목소리가 턱 막히더니, 흠칫하며 몇 걸음 뒤로 물러섰다.

"누가 내려오고 있어."

새뮤얼이 숨을 삼켰다.

비타는 어둠이 자신을 가려주리라 믿으며 모퉁이를 돌아 고개를 살짝 내밀고 한쪽 눈으로 상황을 지켜보았다. 번들거리는 가죽 구두가 사다리 위로 나타났고, 곧 종아리까지 오는 캐시미어 코트가 보였다.

소토로어가 쿵 소리를 내며 터널 바닥에 내려섰다. 그러고는 작업을 하고 있는 남자들을 쓱 둘러보았다. 비타는 심장이 뒤틀리는 듯했다. 남자들은 소로토어와 눈도 마주치지 않았지만, 작업 속도가 갑자기 빨라졌다.

소로토어가 윽박질렀다.

"딜린저! 어떻게 된 거야? 4분 전에 올리기로 했잖아. 화물차는 기다릴 수가 없다고. 더 이상 이런 실수하면 안 돼!"

소로토어의 눈이 파티에서보다 더 매서웠다. 심리적으로 불안한 상태인지 피부도 생기 없이 창백했다.

딜린저는 여전히 터널 벽에 기대어 있었다. 눈은 떴지만, 고개를 수그린 채 제대로 들지 못해 입이 거의 목에 닿을 지경이었다.

"더 빨리하라고 했는데 말을 안 들어요. 죽여버린다고 협박해 볼까요? 보통은 그게 잘 먹혀드는데."

딜린저가 쉰 목소리로 천천히 말했다. 그러고는 다시 눈을 감았다.

소로토어가 성큼 다가갔다. 비타는 소로토어가 딜린저를 공격할 것이라 예상했지만, 소로토어는 서류 가방만 집어 들었다.

"켈리!"

소로토어가 부르자 현관문만큼이나 덩치가 큰 남자가 소로토어 옆으로 다가왔다.

"딜린저는 도대체 요즘 왜 이러는 거야?"

"계속 술을 마십니다."

"고맙지만, 그건 나도 알아. 왜 그러냐고. 언제부터야?"

켈리는 어깨를 으쓱했다.

"허드슨 성에 대해 계속 이야기했습니다. 자기는 어린애를 괴롭히는 건 좋아하지 않는다고, 게다가 절름발이라 더 그렇다고 했습니다."

"이놈들 앞에서 그렇게 징징댔다고?"

소로토어의 목소리가 험상궂었다. 켈리는 자신의 말이 불러일으킨 파장에 깜짝 놀란 듯했다.

"아니, 그랬다는 말이 아닙니다! 무슨 뜻이냐면, 딜린저가 몇 달 동안 술을 너무 많이 마셨고, 지난 며칠 동안은 더 심해졌어요. 술독에 빠져서 깨어나지 못한 게 아마…, 한 72시간 정도 된 것 같습니다."

"자기 시간에 취하는 거야 내 알 바 아니지만, 내 시간에는 그러면 안 돼. 나는 빈털터리로 시작해 15년 동안 이 모든 걸 이뤄냈다고! 그러는 동안 멍청이들에게 일을 맡긴 적은 없어. 이 녀석은 루이 저백 일도 망쳐 놨어. 경찰에서 냄새를 맡고 그 사건을 캐고 있어. 내가 다른 쪽으로 다 알아봤다고. 이 녀석, 치워 버려."

켈리가 흠칫했다. 끔찍하다는 듯 도무지 믿을 수 없다는 표정이었다.

"무슨 말씀이신지?"

소로토어가 어깨를 으쓱했다.

"너는 내 말이 무슨 뜻인지 정확히 알고 있잖아."

소로토어가 나머지 작업자들에게 돌아서서 소리쳤다.

"좋아. 이것들을 모조리 정리해. 2분 주겠다."

좁은 공간이 견디기 힘들 정도로 어수선하고 소란스러워졌다. 유리병이 담긴 상자를 쌓아 올리면서 덜커덕거리는 소리가 빨라졌고, 남자들은 사다리를 타고 상자를 땅 위로 나르기 시작했다.

네 아이는 모퉁이 뒤 암흑 속에서 잔뜩 웅크리고는 숨도 제대로 쉬지 못한 채 기다렸다.

놀랄 만큼 짧은 시간에 그곳이 깨끗하게 치워졌다. 보드카가 쏟아진 자국이 몇 군데 있는 탁자와 전등 아래 커다란 나무 상자 하나만 남았다.

소로토어는 나무 상자로 성큼성큼 걸어가 뚜껑을 열었다. 안으로 손을 뻗어 작은 거북을 꺼내 바닥에 툭 던져 놓았다. 그리고 끙끙거리며 긁는 소리가 나더니 소로토어가 더 큰 거북을 들어 올렸다.

"켈리."

소로토어가 손가락을 튕기며 부르자 남자가 왔다.

"요즘 내가 현금이 좀 부족해. 뭐, 일시적인 거야."

순간적으로 켈리의 눈에 의심이 스쳤다.

"그래서 말인데 거북이 등에 있는 보석을 빼내야겠어. 일이 끝나면 저것들은 터널 어딘가에 던져버려."

"그럼 딜린저는 어떻게 할까요?"

딜린저는 여전히 벽에 기대어 축 늘어져 있었다. 켈리가 육중한 팔을 이러지도 저러지도 못한 채 불안하게 서성거리는 동안 소로토어가 딜린저에게 돌아섰다. 가장 작은 총을 집어 들더니 공이치기(격발 장치의 하나. 방아쇠를 당기면 용수철이 늘어나 공이를 쳐서 뇌관을 폭발하게 하는 부분)를 당겼다.

비타는 도저히 참을 수가 없었다. 구역질이 치미는 바람에 절망적이고 희미한 소리가 불쑥 새어 나와 고요한 공기 속에 울려 퍼졌다.

소로토어의 눈이 가늘어졌다. 소로토어는 터널 모퉁이를 향해 세 걸음 정도 내디뎠고, 코를 훌쩍이며 벌름거렸다. 비타 옆의 아르카디는 긴장에 온몸이 뻣뻣해진 채, 만약의 경우 튀어나갈 준비를 하고 있었다.

사다리 위 열린 구멍에서 누가 외쳤다.

"트럭들이 이제 출발합니다."

소로토어는 투덜거리며 한숨을 내쉬고는 성큼성큼 사다리 쪽으로 갔다. 켈리가 소로토어를 뒤따라가자, 소로토어가 불쾌하다는 표정으로 돌아섰다.

"어디 가려고? 내가 거북이들 처리하고, 딜린저 녀석 좀 보살피라고 얘기했을 텐데."

"그걸, 지금이요?"

켈리가 물었다.

"지금."

소로토어가 그렇게 말하고는 사다리 위로 사라졌다. 맨홀 뚜껑 닫히는 소리가 터널 속으로 울려 퍼졌다.

켈리는 비참한 얼굴로 딜린저를 향해 갔다. 첫 번째 주먹에 딜린저가 바닥에 고꾸라졌다. 세 번째부터는 더 이상 신음 소리도 나지 않았다. 켈리가 한숨을 내쉬었다. 켈리는 총을 집어 들고는 장전이 되어 있는지 확인했다.

타고난 계획자인 비타가, 아무런 계획 없이 행동했다. 비타는 코트 주머니에 손을 넣어 스위스 칼을 꺼내서는 어둠 속에서 바로 던졌다. 하지만 두려움과 긴장감에 몸이 굳고 균형을 잃은 탓인지 칼은 켈리의 관자놀이를 정확히 맞히지 못하고 콧대 옆을 때렸다. 켈리가 비틀거리다 무릎을 꿇고 어린아이 같이 울부짖었다. 그러고는 아이들이 있는 방향을 쳐다보았다.

새뮤얼이 앞으로 나서려고 했지만, 실크가 이미 튀어 나간 뒤였다. 실크는 신음과 포효, 그 사이 어딘가에서 나오는 듯한 소리를 지르며 마치 총알처럼 어둠을 뚫고 뛰쳐나갔다. 무릎을 꿇고 있는 켈리를 휙 피한 실크가 바닥에 떨어진 총을 낚아채고는 아주 잠깐 멈칫했지만, 곧 켈리의 뒤통수를 가격하기 시작했다. 그러는 내내 실크의 입은 아무 소리 없이 떡 벌어져 있었다. 남자는 정면을 향해 바닥에 푹 고꾸라졌다.

실크는 숨을 헐떡거리며 휘둥그레진 눈으로 자기가 한 일을 내려다보았다.

"자가 경악이라는 단어가 있어?"

실크가 물었다.

"혹시 없다 해도, 지금 딱 나한테 필요한 단어야."

5분 뒤, 눈을 뜬 딜린저는 자기 얼굴 위에 모여든 얼굴 넷과 마주했다.

"이게 무슨 일이지? 뭐 하는 녀석들이야? 저리 꺼져."

딜린저가 중얼거렸다. 그리고 나서 새뮤얼을 올려다보더니 한마디 더 했다. 절대 입에 담아서는 안 되는 말이었다. 아르카디가 고개를 홱 쳐들었고, 실크가 욕을 했다. 비타는 화가 치밀어 탄식하다 새뮤얼을 쳐다보았다. 새뮤얼만이 꼼짝도 하지 않았다. 분노에 차 눈만 부릅뜨고 있었다. 딜린저가 앓는 소리를 내며 다시 눈을 감았다.

"가자."

아르카디가 말했다. 그리고는 등딱지 속으로 완전히 숨어든 큰 거북을 잡으려고 달려갔다.

비타는 작은 거북을 들어 올렸다. 거북은 어두운 공간을 응시하며 미친 듯이 머리를 흔들었다.

"이 사람은 어떻게 하지?"

비타가 딜린저를 향해 고개를 돌리며 말했다.

"내버려 둬."

실크가 말했다.

"안 돼! 그러면 우리도 똑같이 나쁜 놈이 되는 거야."

새뮤얼이 말했다.

"아니야!"

실크의 목소리가 날카로웠다. 여전히 잔뜩 흥분한 채 신경이 곤두서 있었다.

"이놈이 뭐라고 했는지 들었잖아, 샘. 도와줄 필요 없어."

분노에 가득 차 굳은 얼굴로 아르카디가 말했다.

"우리가 그냥 가면, 그놈들이 다시 와서 죽일지도 몰라."

새뮤얼이 말했다.

"그걸 왜 *네가 신경 써?* 이 남자는 우릴 죽이려고 들지도 몰라!"

실크가 말했다. 비타의 윗입술에 땀방울이 맺혔다.

"나도 새뮤얼과 같은 생각이야. 우리가 데리고 나가는 게 좋겠어."

비타가 말했다.

"그래, 말로 하기는 쉽지. 저 빌어먹을 사다리 위로 이 남자를 옮기는 건 네가 아니니까 말이야."

실크가 말했다. 손이 덜덜 떨리고 있었다.

비타는 무엇에 쏘인 것처럼 벌떡 몸을 일으켰다. 눈이 시큰 거려서 꾹 참으려고 애를 썼다. 지금 우는 건 정말 끔찍할 것 같 았다.

실크가 멈칫했다.

"내 말은 그런 뜻이 아니라……."

"괜찮아. 알았어."

대답한 비타는 실크가 자기 얼굴을 보지 못하게 돌아섰다.

"아크와 내가 옮길 거야. 아크, 이리 와."

새뮤얼이 말했다.

아르카디는 한숨을 내쉬고는 친구 곁으로 갔다. 새뮤얼과 아 르카디는 허리를 숙이고 잠시 안간힘을 쓰더니 둘 사이에 남자 를 들고 몸을 일으켜 세웠다.

"사다리 위로 어떻게 끌어 올리지?"

아르카디가 말했다.

비타가 먼저 올라갔다. 비타는 몸을 잘 가누지 못했고, 온 신 경을 집중해 간신히 길 위로 올라왔다. 그러고는 구멍 앞에 쭈 그리고 앉아 망을 보았다.

나머지 세 아이들이 딜린저를 가운데 두고 함께 옮겼다. 새 뮤얼은 한 손으로 사다리를 잡고, 다른 쪽 팔을 딜린저의 겨드랑이 밑에 끼워 끌고 올라갔다. 아르카디와 실크는 남자의 무릎과 발을 밀어 올렸다. 한순간 거의 떨어뜨릴 뻔해서 딜린저의 이마가 벽에 긁히기도 했다.

아이들은 거북을 데리러 재빨리 다시 내려갔다. 남자아이들이 큰 거북을 같이 옮겼고, 실크가 작은 거북을 팔에 안고 왔다. 맨 꼭대기 가로장에서 거북을 비타에게 건넨 실크는 허둥지둥 땅 위로 올라왔다. 비타의 이름을 이루고 있는 거북 등의 루비들이 가로등 불빛을 받아 반짝거렸다.

아이들은 딜린저를 반은 끌고 반은 들고 하면서 두 블록을 간 다음 어느 골목에 털썩 내던졌다.

"이게 만약 동화책이라면 말이야, 딜린저가 깨어나서 우리에게 은혜를 갚아야 하는데."

아르카디가 말했다.

"그런 일은 절대 없을걸."

새뮤얼이 말했다. 완전히 확신에 찬 말투였다.

딜린저가 몸을 꿈지럭거리기 시작했다. 새뮤얼은 몸을 숙여 딜린저의 손목에서 근사한 은색 시계를 빼냈다. 그러고는 발을 구르며 짓밟아서 유리면을 산산조각 낸 다음에 돌아섰다.

"잠깐만."

비타가 말했다. 비타는 아픈 왼발을 시계 위에 가져다 놓고 발뒤꿈치로 할 수 있는 한 세게 으깨듯 짓눌렀다. 실크는 은으로 된 시계 고리에 침을 뱉었다. 마지막으로 아르카디는 친구를 바라보며 그걸 가장 세게 짓이겼다.

새뮤얼이 길가의 열린 배수구 틈으로 시계를 차 버렸다. 조금 덜 지쳐 보였다.

"가자."

새뮤얼이 말했다.

카네기 홀까지 반쯤 갔을 즈음, 아이들은 누군가가 따라오고 있다는 사실을 눈치챘다. 아르카디와 새뮤얼은 큰 거북 임페리움을, 비타는 *비타*를 데리고 있었다. 실크가 어두컴컴하게 그늘진 곳, 가장 조용한 거리를 골라가며 앞장서서 걷고 있는데, 발자국 소리가 들렸다.

그 발소리는 회색 옷을 입은 남자들의 가볍고도 교활하게 느린 발걸음과 달랐다. 공식적인 느낌이었고, 합법적인 권위를 지닌 듯 당당하고 무게감 있는 발걸음이었다.

"그냥 계속 걸어."

비타가 낮게 속삭였다.

"이봐! 애들아! 잠깐만! 너희들 거기 뭘 가지고 있는 거니?"

길게 이어진 길의 끝에 짙은 파란색 옷을 입고 한 손에 나무로 된 경찰봉을 든 형체가 서 있었다.

"우리는 플라자 호텔을 엉망으로 만든 아이 둘을 찾고 있어.

너희들은 별로 아는 게 없겠지, 그렇지?"

아이들은 돌아서지 않았다. 가로등 아래를 지나가는데, 그 빛에 임페리움의 다이아몬드가 반짝하고 빛났다. 보석을 본 경찰이 달려오기 시작했다.

"거기 서! 이봐, 너희들!"

새뮤얼이 눈을 부릅뜨고 뒤돌아봤다.

"도망가! 약속했잖아! 도망가!"

실크가 외쳤다. 그러자 아이들은 달리기 시작했고, 아르카디와 새뮤얼은 둘 사이에 거북을 꽉 껴안고 모퉁이를 돌아 사라졌다.

비타의 머리칼이 바람에 제멋대로 날려 거리가 흐릿하게 보였다. 실크는 비타의 앞에 있었고, 지금은 훨씬 더 앞서 달리고 있었다. 땋아 내린 머리가 등에 툭툭 부딪혔다. 비타는 경찰의 발소리를 들을 수 있었다. 점점 더 가까워지고 있었다. 죽을힘을 다해 내달렸지만, 도저히 빨리 달릴 수가 없었다.

실크가 갑자기 뒤로 홱 돌아 다시 달려왔을 때, 경찰은 겨우 3미터 정도 밖에 떨어져 있지 않았다. 실크는 비타의 손에서 거북을 잡아 빼며 말했다.

"가! 어서 도망가!"

비타는 거북을 주지 않으려고 다시 끌어당겼지만, 실크가 세게 밀어내는 바람에 비틀거렸다. 어쩔 수 없다는 걸 깨달은 비타는 재빨리 모퉁이 쪽으로 달려가 경찰의 시야에서 벗어났다. 새뮤얼과 아르카디가 쓰레기통 뒤에 웅크리고 앉아서 기다리고 있었다. 얼굴이 공포에 질려 완전히 굳어 있었다.

경찰이 고함을 지르자 실크가 뭐라고 대답했다. 잠깐 요란한 소리가 들렸지만, 바람이 다시 세차게 부는 바람에 비타는 쿵쾅거리는 심장 소리 말고는 아무것도 들리지 않았다. 비타가 위험을 감수하고 모퉁이를 빼꼼히 내다보았다.

한 번도 잡힌 적이 없었던, 앞으로도 그럴 작정이었던 실크가 경찰에게 어깨를 잡힌 채 서 있었다. 경찰의 다른 손은 수갑을 꺼내는 중이었다. 실크의 손에는 등딱지에 '비타'라는 단어가 보석으로 박힌 작은 거북이 들려 있었다.

펀셋

아르카디는 기를 쓰고 있었다. 넷 중에 실크가 가장 강인한 아이여야만 했다. 잔뜩 긴장한 아르카디의 목소리는 평소보다 3옥타브는 높게 나와서 오히려 명랑하게 들릴 정도였다.

"실크는 괜찮을 거야! 내 말은, 걔는 어떤 자물쇠든 딸 수 있잖아! 그러니까 괜찮을 거야, 그렇지?"

더 이상 그 자리에 있는 것이 아무 소용 없는 일이라는 게 명백해지자 세 아이는 함께 달아났다. 실크를 법의 심판에 넘겨 버린 셈이었다. 아이들은 카네기 홀 앞에서 멈췄다. 고통스럽고 수치스러워서, 또 숨이 가빠서 비타의 얼굴은 완전히 주홍색이었다. 비타가 결국 아르카디에게 돌아서서 쏘아붙였다.

"실크가 어떻게 괜찮을 수가 있어? 그렇게 멍청한 소리를 하면 네 기분이 좀 나아지니?"

"나한테 멍청하다고 하지 마. 친구가 무사하길 바라는 거잖아!"

"그만들 해. 지금 싸울 시간이 어디 있어? 우리한테는 남은 시간도 거의 없잖아. 비타 말은 실크에게 아무런 도구도 없다는 뜻이야."

새뮤얼이 조용히 말했다.

"바로 그거야! 실크는 그 멍청한 코트를 입고 있어. 머리핀조차 가지고 있지 않다고. 실크가 손가락만 가지고 자물쇠를 딸 수 있는 건 아니잖아."

"좋아. 그러면 우리가 도구를 가져다주면 되겠네. 간단하잖아!"

아르카디가 인상을 쓰고 비타를 노려보며 말했다.

"무슨 수로? 실크가 지금 어디에 있는지도 모르는데! 실크가 있을 만한 경찰서 유치장이 수십 개는 넘을 거라고!"

"실크가 어디에 있는지는 내가 알아."

새뮤얼이 말했다.

"어떻게?"

"그 경찰 배지에 적힌 일련번호를 봤어. 어느 경찰서에 소속된 경찰인지 알아."

"대체 네가 그걸 어떻게 알아?"

"삼촌은 내가 아주 어렸을 때부터 경찰이 어떤 방식으로 돌아가는지 알아두면 좋을 거라고 항상 말했어. 실크는 지금 브루클린에 있을 거야."

"그럼 당장 가자! 뭘 기다리는 거야?"

아르카디가 말했다.

"계획을 세워야지. 이건 서커스가 아니야. 상황이 심각하다고. 이건 현실이야."

비타가 말하자 아르카디가 노려보았다. 하지만 비타는 도로 경계석에 앉아 손가락으로 스위스 칼을 돌리기 시작했다. 화가나서 이를 악물고 집중해야만 했다.

"알아. 나도 상황을 진지하게 생각하고 있어. 그 애도 진지하게 생각하고."

아르카디가 비타의 옆에 앉아 어깨를 움츠리고 소매로 얼굴을 닦았다.

아르카디를 힐끗 돌아본 비타는 그 얼굴이 너무 성숙해 보여서 깜짝 놀랐다. 초췌하고 나이 들어 보이고 지쳐 있었다. 비타는 마음 깊은 곳에서부터 갖은 애를 써 힘겹게 살짝 웃었다.

"미안해. 알겠어."

비타가 말했다.

몇 분이 흘렀다. 그리고 천천히, 아주 천천히, 아르카디의 얼굴이 변하기 시작하더니 다시 열세 살로 돌아왔다.

"내가 한마디 해도 될까?"

아르카디가 입을 열었다.

비타가 움찔하고 놀라서 말했다.

"물어보지 않아도 돼. 미안해. 나는….."

아르카디가 끼어들었다.

"그럼 들어 봐. 질문이 있어."

"뭔데?"

"네 스위스 칼에 있는 핀셋, 그거 반짝거리지?"

다음 날 아침, 마치 분실된 소포를 신고하러 온 것처럼 경찰서 정문을 통해 까마귀 한 마리가 조용히 날아들었다.

트램을 타고 브루클린 다리를 건너는 동안, 줄곧 까마귀가 날아가지 않도록 쓰다듬고 얼러 준 아르카디는 경찰서 안으로 까마귀를 날려 보내며 속삭였다.

"행운을 빈다! *이다치(Ydachi)!*"

그러고는 슬쩍 빠져나왔다.

새는 책상 위에 내려앉았고, 잠시 아무 일도 일어나지 않았다. 그러다 누군가가 비명을 지르기 시작했다.

"내보내! 내보내라고, 재수 없게!"

"멍청한 소리! 저건 까치야!"

"뭐든 무슨 상관이야. 더럽잖아! 저런 것들은 병을 옮긴단 말이야."

책상 뒤에 있던 경찰관이 세게 후려치자 새가 날아올랐다. 당황한 까마귀는 곧 마음의 상처를 입었다. 까마귀는 모욕감을 느끼면 가장 가까이 있는 생물을 공격하는 성향이 있기 때문에, 그곳은 금세 아수라장이 되었다.

실크는 이불도 베개도 없는 침대에 앉아 있었다. 이곳 유치장에서 하룻밤을 보냈다. 깊은 절망에 빠져 있는데, 날카로운 비명이 들려 고개를 쳐드니 새가 보였다.

검은색 깃털이 기억을 뒤흔들었고, 실크의 눈이 휘둥그레졌다.

실크는 팔다리 허우적대는 소리와 비명으로 소란스러운 내부를 살피며 천천히 쇠창살 가까이 다가갔다. 한 번 본 것은 모두 기억하고, 거리에서 본 얼굴도 다 기억해 한 사람을 두 번 소매치기 하는 일이 없는 실크가, 까마귀의 이름을 기억해 냈다.

"림스키!"

실크가 소리쳤다. 그러자 곤경에 처해 몹시 당황한 상태였던 까마귀가 허둥지둥 실크를 향해 날아왔다. 부리로는 여전히 자신이 보상으로 받은 것을 꽉 문 채였다. 실크는 유치장 창살 사이로 팔을 길게 뻗었다. 까마귀는 팔에 내려앉더니 엄지발톱에 움켜쥐고 있던 물건을 툭 떨어뜨리고는 다시 날아올랐다.

실크는 흠칫 놀랐다. 새가 주는 애정을 받는 일은 꽤나 고통스러웠다.

마침내 대혼란은 진정되었고, 림스키는 마른 행주에 감싸인 채 굴욕적으로 길거리로 추방되었다.

실크가 은회색의 어떤 물건을 자기 스타킹에 슬쩍 집어넣는 걸 본 사람은 아무도 없었다. 실크는 다시 유치장 구석 자리로 돌아가 잔뜩 풀이 죽은 듯 조용히 웅크리고 앉았다. 땋았던 머리를 풀자 머리칼이 커튼처럼 드리워져 실크의 눈을 가려주었다.

아무도 실크의 얼굴을 볼 수 없어서 다행이었다. 실크가 숨기려고 애를 쓰긴 했지만, 어쩔 수 없이 얼굴에서 희망의 빛이 드러났기 때문이다. 금요일 오후부터 밤까지 실크는 내내 기다렸고, 침묵했고, 속으로 초읽기에 들어갔다.

마침내 시계가 새벽 3시를 가리키자, 당직자가 몰래 쪽잠을 자려고 책상에 엎드렸다.

실크는 모직 스타킹에서 핀셋을 끄집어내 자물쇠에 넣고 네 번, 다섯 번, 여섯 번 비틀더니 소리 하나 내지 않고 나와 출입문을 향해 살금살금 걸어갔다.

유치장 바로 옆 칸에는 이제 거의 모든 일이 전직이 된 전직 군인이 있었다. 손톱에 검은 때가 덕지덕지 낀 채 개를 줄에 묶어 달고 다니는 그 남자는 실크가 탈출하는 걸 눈치챘다. 남자는 벌떡 일어서서 재빨리 차렷 자세를 한 뒤 한쪽 손을 들어 올렸다. 아주 오랫동안 하지 않았던 경례였다. 그러자 몰래 뉴욕의 밤으로 스며들던 실크도 답례로 경례를 했다.

*

그날 밤 도시는 때 이른 겨울 날씨에 휩싸였다. 갑작스러운 한파로 수도관의 물이 얼어붙었다. 진눈깨비가 도시를 휩쓸어 흙먼지와 오래된 신문지, 그리고 성난 고양이들이 어두운 뒷골목에서 큰길로 쏟아져 나왔다.

그런데 우박과 진눈깨비를 뚫고 날씨 따위는 아랑곳없다는 듯 도전적인 눈빛을 한 누군가가 나타났다. 그 사람은 추위에 어깨를 움츠린 채 카네기 홀을 향해 걸어가고 있었다.

새뮤얼과 아르카디, 비타는 비타의 방에 앉아 시계만 바라보며 기다리고 있었다. 비타의 엄마는 남자아이 둘을 보고 놀라 눈을 끔뻑였지만, 어두운 밤길에 집으로 돌려보내기보다는 거실에서 하룻밤 보내도 좋다고 허락해 주었다.

"너한테 친구가 생겨서 좋구나. 하지만 다음번엔 나한테 미리 좀 알려주면 좋겠다."

엄마가 비타에게 말했다.

비타가 희망 따윈 버리겠다고 막 포기하려는 순간, 문득 창문이 비타의 의식을 파고들었다. 열려 있지도 않고, 바깥이 더 어두워진 것도 아닌데 마치 어둠이 비타를 지켜보고 있는 듯했다. 불현듯 그런 느낌이 들었다.

비타는 창 쪽으로 가 밖을 내다보았다. 저 아래 누군가가 길에 서 있었다. 길게 땋아 내린 금발이 비에 흠뻑 젖어 회색으로 보였다.

누군가가 저 위의 비타를 향해 활짝 웃었다.

"네 핀셋을 돌려주려고 잠깐 들렀어."

실크가 외쳤다.

10분 뒤 네 명의 아이들은 모두 비타의 침대에 앉아 있었다. 실크는 버터, 땅콩버터, 꿀, 초콜릿 부스러기, 그리고 얇게 썬 바나나까지 비타가 찾을 수 있었던 단것이라는 단것은 몽땅 넣어 만든 샌드위치를 먹고 있었다. 비타가 케첩도 권했지만 실크는 싫다고 했다.

"그러니까, 내일이 토요일이잖아. 우리, 아직 진행 중인 거지? 내일 가는 거야?"

실크가 물었다.

"나는 아직 진행 중."

새뮤얼이 말했다.

"나도 그래. 당연하지!"

아르카디가 말했다.

아이들은 생기가 넘치는 얼굴로 비타를 바라보았다. 공장 하나쯤은 넉넉히 돌릴 수 있을 만한 전력을 가진 듯 다들 환하게 빛이 났다.

비타가 손에 쥐고 있는 빨간 수첩을 내려다보았다. 원래 종이의 무게보다 훨씬 더 무겁게 느껴졌다. 비타는 실크를 만난 이후로 늘 가슴에 품고 있었던 비밀의 무게를 따져 보았다. 그리고 결심했다.

"들어 봐. 너희들에게 얘기하지 않은 것이 있는데……."

비타가 말했다. 그러고는 수첩을 아이들 앞에 펴 놓고 계획의 마지막 부분을 신중하고도 세세하게 설명하기 시작했다.

빨간 수첩

"그러니까 오후 10시 45분 그랜드 센트럴 역, 커피 가판대 근처지?"

실크가 말했다. 여느 때와 같이 무슨 생각을 하는지 알 수 없는 얼굴이었지만, 평소보다 훨씬 호흡이 가빴다. 두 아이는 비타의 좁은 침대에서 푹 자고 다음 날 아침 일찍 일어났다.

"꼭 자매 같아."

실크가 말했다. 발이 이렇게 깨끗했던 적이 없었고, 머릿속 역시 마찬가지였다.

"맞아. 막차는 11시 2분에 출발해. 그런데 나는 마지막으로 해야 할 일이 하나 남았어."

비타가 말했다.

"알아. 나중에 역에서 보자."

실크가 고개를 끄덕이고는 새뮤얼과 아르카디를 깨우러 거실로 갔다.

목구멍으로 신물이 넘어왔지만 억지로 삼켰다. *지금은 두려워할 때가 아니야,* 비타는 혼잣말을 했다. *다 끝났을 때, 걱정은 그때 하자.*

그날 저녁, 비타는 천천히 다코타로 갔다. 코트를 단단히 여몄지만 추위를 막기는 역부족이었고, 두려움을 막는 데도 전혀 도움이 되지 않았다.

비타는 자신이 미행당할 줄 알고 있었고, 그렇게 되도록 했다. 오히려 그러기를 바라고 있었다.

어슴푸레한 형체가 길을 따라 자신을 뒤쫓고 있다는 사실을 눈치챘지만, 누구인지 알아보려고 돌아서지는 않았다. 단지 불빛이 가장 환한 거리, 사람들이 가장 많이 몰려 있는 곳을 골라 움직였다. 그렇게 눈에 띄는 장소에서 자신을 어떻게 하지 못할 것이라 생각했다.

밤 9시. 소로토어의 아파트는 불이 꺼져 있었다. 비타는 턱을 치켜들고 머리칼을 쓸어 귀 뒤로 넘겼다. 코트 주머니 속에는 빨간 수첩이 둘둘 말려 있었다. 모종삽 몇 개가 든 헝겊 가방을 어깨에 메고 있어서 가방이 등에 부딪힐 때마다 절거덕절거덕 소리가 났다. 입고 있는 푸른색 원피스는 익숙하지 않아 불편하고 어깨가 꽉 꼈다. 비타는 준비가 되어 있었다.

비타는 자신의 발로 갈 수 있는 딱 그만큼의 속도로 움직였다. 다코타의 데스크 직원은 자기 앞에 선 여자아이를 무심하게 올려다보았다.

"실례합니다. 지금 빅터 소로토어 씨가 계신가요?"

비타가 물었다.

"소로토어 씨는 록펠러 가 분들과 저녁 식사 중입니다. 메시지를 남기시겠습니까?"

비타는 고개를 저었다. 그러니까 소로토어는 분명히 뉴욕에 있었다. 허드슨 강에 있지 않은 게 확실했다.

비타는 날카로운 눈초리로 눈에 들어오는 모든 얼굴을 자세히 살피며 건물 바깥으로 천천히 걸어 나와 거리에 섰다. 길을 건너려는데 갑자기 손 하나가 비타의 어깨를 잡아채더니 휙 돌려세웠다. 얼굴을 마주한 남자는 갈색 양복에 모자를 쓰고 파란 넥타이를 하고 있었다.

"이봐, 너."

딜린저였다.

비타가 비명을 질렀다. 명치를 걷어차인 것처럼 어떤 생각을 할 겨를도 없이 본능적으로 입에서 터져 나온 소리였다. 비타는 그 소리가 날카롭긴 해도 너무 작아서 또 놀랐다. 비타는 다시 비명을 질렀다. 이번에는 일부러 낸 소리였다. 머리에 커다란 두건을 쓰고 큼지막한 녹색 가방을 든 사람이 멈춰 서더니 돌아보았다.

"입 닥쳐! 나는 너를 해치지 않을 거야. 소로토어에게 그 도장이 새겨진 반지만 돌려주면 돼."

딜린저가 소곤거렸다. 간절하게 애원하는 눈빛이었다. 딜린저의 손가락이 비타의 쇄골을 파고들었다.

"자, 꼬맹이. 그것만 줘."

비타는 빠져나오려고 몸부림을 쳤다.

"이거 놔요!"

딜린저는 힘을 풀지 않았다. 눈빛이 이글거렸다.

"소로토어가 나를 용서해 줄 거야! 내가 그 반지만 준다면, 그럴 거라고! 너는 이해하기 어렵겠지만……."

비타가 고개를 푹 숙여 딜린저의 손을 있는 힘껏 물었다. 그러고는 오른쪽에서 빨간색 가이드북을 들고 다가오는 관광객 무리 속으로 돌진했다. 그 사람들 덕분에 딜린저는 쫓아오는 속도가 늦어졌고, 비타는 왼쪽 다리가 허락하는 한 최대한 빨리 달려갔다.

"잡아라! 저 여자애, 도둑이야!"

딜린저가 소리 질렀다.

비타가 힐끗 뒤돌아보았다. 딜린저는 비타를 뒤쫓아 오고 있었고, 말쑥한 양복과 고상한 모자를 본 사람들은 딜린저가 지나갈 수 있도록 길을 비켜 주었다.

비타는 급히 왼쪽으로 틀어 몹시 붐비는 번화가로 향했다.

처음에는 걸으면서 신문을 보는 데 열중하고 있는 한 남자에게 바짝 따라붙었다.

줄지어 늘어서 환하게 빛나고 있는 근사한 백화점 중 하나로 뛰어들까 하는 생각도 했지만, 그런 곳은 도망가는 아이라면 금세 눈에 띄는 장소일 것 같았다. 건널목의 신호등이 녹색 불로 바뀌자, 비타는 성큼성큼 길을 건너는 인파 한가운데를 애써 파고들었다.

비타는 멀찍이 떨어져서 좌우를 살피며 잠시 머뭇거렸다. 그러다 크게 숨을 들이마시고는 다시 움직였다.

점점 숨이 가빠졌고, 왼발은 불에 타는 듯 통증이 심해져 몸 왼쪽 전체가 욱신거리고 아팠다. 비타는 늘어서 있는 가로등을 붙잡고 자신의 몸을 앞으로 떠밀며 나아갔다. 달리면서도 생각을 멈추지 않으려고 노력했다.

비타가 절뚝거리며 표지판 옆을 지났다. *지하철.* 그러다 갑작스럽게 떠올랐다. 사람들이 티켓을 넣고 지나가는 지하철 개찰구는 회전문처럼 작동하지만 아래쪽이 뚫려 있다. 그 공간은 아이들에게는 충분히 넓고, 어른에게는 너무 좁았다.

비타는 어깨 너머로 딜린저가 쫓아오는지 살피면서 비틀비틀 계단을 내려갔다. 계단이 젖어서 하마터면 미끄러질 뻔했다. 어떤 여자의 팔을 붙잡았더니, 여자의 곁에 함께 있던 아이 둘이 비타를 빤히 쳐다보았다.

"잠자리 이야기 시간에 늦어서 서두르고 있나 봐."

엄마가 말하자 아이들이 웃음을 터뜨렸다.

뒤에서 우레 같은 발소리가 들려왔다. 비타는 머릿속으로 계속 생각하고 또 생각하면서, 개찰구와 바닥 사이 간격도 가늠해 보았다. 비타는 머리가 하얗게 센 남자가 '어이쿠, 맙소사!' 외치는 고함과 성난 헛기침 소리를 무시하고 사람들을 밀치며 앞으로 나아갔다. 그리고 축축하게 젖어 진흙이 질퍽거리는 바닥에 몸을 던져 미끄러운 개찰구 바닥에 머리부터 들이밀었고, 지하철 역무원 중 하나가 비타의 부츠를 막 붙잡으려는 순간 왼발까지 끌어당겨 개찰구를 통과했다. 넘어지다 쓸린 손바닥에서 피가 나 아팠지만, 비타는 아랑곳없이 비틀거리며 일어선 뒤 허둥지둥 계단을 뛰어 내려갔다. 넘치는 인파에 둘러싸여 비타는 곧 보이지 않게 되었다.

승강장으로 기차가 들어오고 있었다. 비타는 지하철에 올라 탔고, 심장이 쿵쾅거리는 걸 느끼며 가만히 멈춰 섰다. 뒤를 돌아보지도 않았다. 터질듯한 심장으로 두 손을 주머니에 찔러 넣고 똑바로 앞을 향해 서 있는 것만으로도 온몸의 의지력을 모두 쥐어짜야 했다.

만약 비타가 뒤를 돌아봤다면, 자신이 떨어뜨린 것을 집어 올리려고 허리를 구부리는 딜린저를 보았을 것이다. 수첩을 손에 쥐고 넘겨 보는 행동도, 수첩의 부드러운 빨간 커버가 깊어

가는 밤의 잿빛과 대비되어 반짝거리는 모습도 볼 수 있었을
것이다.

저 별을 따라

그랜드 센트럴 역은 거의 비어 있었다. 혼잡한 퇴근 시간은 지났고, 비옷과 엎질러진 커피 냄새만 남았다. 별자리가 가득 그려진 천장이 축축한 바닥 구석구석에 앉아 떨고 있는 노숙자들을 비추고 있었다.

비타는 오리온자리의 세 별 아래, 불빛이 환하게 비치는 곳에 서서 기다렸다. 구겨진 원피스를 펴서 매만지고 엉덩이 쪽에 묻은 흙을 닦아냈으며, 손가락으로 머리칼을 빗어 정돈했다. 발소리가 들릴 때마다 비타는 심장이 쿵쾅거렸다. 자기 쪽으로 다가오는 머리가 보일 때마다 움찔 놀랐다. 헝겊 가방은 한쪽 어깨에 걸치고 있었다.

째깍째깍, 시간은 속절없이 흘렀다. 비타는 무심한 표정의 젊은 매표소 직원에게서 산 티켓 네 장을 더 꽉 움켜쥐었다. 코트 주머니 속의 다른 손은 최선을 다해 모아 온 달러 뭉치를 단단히 쥐고 있었다. 역에서 허드슨 성까지 갔다가 다시 돌아올

수 있을 정도는 되었다.

"11시 8분 전. 기차가 출발할 때까지 10분 남았어. 한참 남았어."

비타는 혼잣말을 했다.

비타는 다시 시계를 보았다. 10시 54분, 그리고 10시 55분, 또 10시 58분. 4분이 남았다. 애들은 무얼 *하고 있는* 걸까? 추위가 뼛속까지 파고들었다. 비타는 다시 스스로에게 속삭였다.

"딱 1분만 더 기다리자."

말이 끝남과 동시에 비타의 가슴을 두근거리게 하는 소리가 들려왔다. 거의 텅 빈 중앙 홀에 쿵쾅거리는 발자국 소리가 울려 퍼지며, 뒤로 땋은 머리칼이 거의 수평으로 휘날리는 여자애 하나와 남자애 둘이 반들반들한 대리석 바닥을 질주해 왔다.

"우리 왔어!"

마치 비타가 자기들을 알아보지 못할 수도 있다는 듯 아르카디가 외쳤다.

"거의……, 잡힐 뻔했어."

실크가 숨을 헐떡거렸다.

"아빠한테……, 들킬 뻔했어."

아르카디가 허리도 못 펴고 말했다.

"나중에 얘기해! 2분 남았어!"

새뮤얼이 말하며 한쪽 어깨에 가방을 걸쳐 맸다.

"7번 승강장!"

비타가 말했다.

비타의 발은 저녁 일찍부터 내달린 탓에 계속 욱신거려서 다른 아이들을 따라가기 버거웠다. 역 안 카페를 지나가는데 갑자기 심야 통근자들이 무리를 지어 나왔고, 비타는 반대편으로 달려가던 키 큰 남자아이와 부딪혔다. 비타가 옆으로 몸을 피했지만, 남자아이도 같은 쪽으로 걸음을 옮겼고, 그래서 다시 부딪혔다. 그 애는 짜증이 난다는 듯 쉭쉭 이상한 소리를 내며 다른 쪽으로 움직이더니 비타를 가운데 놓고 빙빙 맴돌다 가버렸다. 모자를 깊게 눌러써 거의 눈까지 가려져 있었지만, 잽싸게 자리를 피하면서 히죽 웃는 모습이 낯이 익었다.

비타가 비척비척 승강장으로 올라가는데, 기차가 이미 *준비,* *땅,* 하는 기적 소리를 내고 있었다. 절룩거리며 달려간 비타의 손이 반짝거리는 검은색 차체에 막 닿으려는 순간, 기차가 움직이기 시작했다. 다른 아이들은 이미 기차에 타고 있었다. 차창 속 아르카디의 얼굴은 공포 그 자체였다.

비타는 아무것도, 절망조차 느낄 겨를이 없었다. 새뮤얼의 얼굴이 차창에서 사라졌다. 그리고 갑자기 기차의 맨 마지막 칸 문이 열리더니 긴 팔이 뻗어 나왔다.

승강장에 있던 짐꾼이 소리를 질렀다.

"야! 그만둬! 하지 마!"

비타는 몸을 날렸다. 펄쩍 뛰어오르는 것 같기도 하고 휘청

넘어지는 것 같기도 했다.

비타의 손이 새뮤얼의 손에 닿았고, 새뮤얼이 외쳤다.

"헵!"

다음 순간, 비타가 기차 바닥에 나뒹굴었다. 비타의 뒤에서 문이 쾅 닫혔다. 턱수염을 기르다 실패한 자국이 희미하게 남아 있는 승강장의 젊은 짐꾼이 둘을 보며 혀를 내둘렀고, 손가락으로 욕을 날렸다.

"고마워."

비타가 말하자 새뮤얼이 활짝 웃었다.

"너 없이 갈 수는 없지. 너는 *만약의 경우를 위한 대비책*이잖아."

아르카디와 실크는 작은 칸막이 방의 긴 좌석에 나란히 앉아 있었다. 새뮤얼과 비타도 맞은편의 폭신한 좌석에 앉았다. 비타는 세 아이가 나름대로 위장한 모습을 바라보았다.

티켓을 받으러 온 승무원은 실크의 다정한 미소와 말쑥하고 평범해 보이는 아이들의 모습에 고개를 까딱하고 인사하고는 다른 칸으로 갔다.

기차는 깊은 밤을 가로질러 도시로부터 미지의 장소를 향해 우르릉거리며 질주했다.

새카만 밤, 기차가 역에 섰다. 안개가 땅바닥까지 드리워져 낮게 떠돌고 있었다. 아이들은 정신을 차리려고 발을 구르며 불빛이 어슴푸레한 승강장에 내려섰다.

내리는 사람은 아무도 없었고, 짐꾼도 하나 없었다. 승강장 하나와 역장의 숙소만 있는 작은 역이었고, 사방 천지가 짙은 어둠에 잠긴 곳이었다. 근처에서 말 한 마리가 기침을 하며 우는 소리가 들렸다.

"이제 어디로 가?"

아르카디가 물었다.

비타는 돌아가는 티켓을 새뮤얼의 손에 쥐여 주었다.

"네가 이걸 맡아 줘. 괜찮지? 우리는 역의 택시를 타고 갈 거야. 할아버지가 택시 기사에 대해 말씀해 주신 적이 몇 번 있어. 아주 나이가 많고 역에서 잠을 잔대."

"지금 깨워도 괜찮을까?"

"돈을 두 배로 내면 괜찮을 거야. 내가 가지고 있던 돈을 모두 모아 왔어. 거기까지 가자고 하지 말고, 근처에 가서 내리자. 조금 걸으면 될 것 같아."

비타는 아이들의 눈이 일제히 자신의 다리를 슬쩍 내려다보는 걸 느꼈다.

"나는 괜찮아."

비타가 코트 주머니에 손을 넣었다.

아무것도 없었다.

다른 쪽 주머니 속도 더듬어 보았다.

"돈이……."

비타가 웅얼거리며 주머니를 뒤지기 시작했다. 실크는 곧 상황이 심상치 않다는 걸 눈치챘다.

"무슨 돈?"

"택시 탈 돈!"

"코트 주머니에 넣어둔 게 확실해?"

"확실해!"

그러다 비타에게 어떤 장면이 퍼뜩 떠올랐다.

"그 애였어! 역에서 어떤 남자애가 나를 세게 밀쳤는데, 걔가 그 남자애 중 하나인 것 같아. 그날 골목에서 봤던 애들 있잖아!"

"오른쪽 왼쪽으로 오락가락했어? 꼭 네가 잘못해서 그런 것처럼 인상을 팍 쓰고?"

"맞아!"

비타가 말했다. 그러고는 곧 그 사실이 무엇을 의미하는지 깨닫고 완전히 공포에 휩싸였다.

"그러면, 그 애가 소매치기야?"

"퍼거스야. 양심이라고는 눈곱만큼도 없는 자식. 돌아가면 죽여버리겠어!"

"걸어갈 수 있을까?"

새뮤얼이 물었다.

"해 뜨기 전까진 안 될 거야. 몇 시간 걸릴 텐데, 절대 제시간에 도착할 수 없어."

비타가 말했다.

"그러면 어떻게 하지?"

아르카디의 시선이 비타를 향했다. 그 눈에 담긴 믿음이 너무 부담스러워서 마주 보기가 힘들었다.

비타는 몸이 떨렸다. 문득 자신이 외딴곳에서 한낱 이야기책의 망상에 빠져 지내는 그저 그런 아이처럼 너무 작고, 너무 어리고, 어리석게 느껴졌다.

말 울음소리가 다시 들렸다. 마치 비웃음 같았다.

그런데 아르카디가 갑자기 환하게 웃었다.

"말이다! 저 소리 들리지?"

아르카디가 새뮤얼을 보며 말했다.

새뮤얼은 아르카디가 한 말의 뜻을 금세 알아차렸는지 돌아서서 귀를 기울였다.

"두 마리야!"

아르카디가 말 소리가 나는 곳을 향해 달리기 시작했다.

"암말인 것 같아. 울음소리를 들어보니 꽤 나이가 많은 것 같은데, 타기에 너무 늙은 말은 아니길 바라야지!"

아이들은 불이 환하게 켜진 역에서 빠져나와 출발했다. 캄캄한 어둠 속을 달리기도 하고 더듬어 가기도 하며 나아갔다. 비타가 코트에서 손전등을 꺼내 가는 길을 비추었다. 길은 포장이 되어 있긴 했지만, 오랜 시간 비바람에 시달린 탓에 발목이 빠지면 접질릴 정도로 깊이 패인 곳도 많았다.

어둠 속에서 뿌연 형체 둘이 어른거렸다. 말들은 들판에서 길을 바라보고 있었다. 많이 녹슨 울타리 문에 가시철사를 엄청나게 감아 두었지만 아르카디와 실크, 새뮤얼은 그걸 가볍게 뛰어넘었다. 비타는 아이들을 뒤따라 조심스럽게 올라타서 넘었다.

아이들의 냄새를 맡은 말들이 겁에 질려 높고 불안한 울음소리를 내며 들판 저쪽 구석으로 피했다. 새뮤얼과 아르카디가 눈짓을 주고받았다.

"도와줄까?"

새뮤얼이 물었다. 아르카디가 고개를 저었다.

"나만 있는 게 더 나을 거야."

아르카디는 손전등이 비치는 공간에서 벗어나 풀밭 위로 한 걸음씩 듬직하게 내디디며 울음소리와 냄새를 따라갔다. 비타는 바람결에 아르카디가 속삭이는 소리를 들었다.

"네 보이샤(Ne boisya). 겁먹지 마."

나머지 세 아이는 풀밭 한구석에 웅크리고 앉아 기다렸다. 서로 가까이 있긴 해도 꼭 붙어 있진 않았다. 머리 위 시커먼 나무들이 버석거리며 내는 이상한 소리에 신경을 쓰지 않으려 애

를 썼다. 점점 추워졌다. 비타는 살갗의 모공 하나하나에 추위
가 파고드는 것만 같았다. 어둠 속에서 갑자기 날카로운 말 울
음소리와 뭔가 대답하는 듯 러시아 말로 중얼거리는 소리가 들
려왔다.

그러더니 기뻐하는 웃음소리와 털썩하는 소리가 들렸고, 손
전등이 비치는 공간 속으로 한 소년이 검은색 말 위에 우뚝 앉
은 모습이 들어왔다. 그 뒤로 암갈색 암말도 따라왔다. 안장이
나 고삐 같은 마구는 아무것도 없었지만, 말들은 아르카디의
지시와 손길에 순순히 따랐다.

"가자. 누가 오기 전에."

아르카디가 말했다.

새뮤얼이 암말 가까이 다가가 쓰다듬어 주며 감탄했다.

"정말 건강하다. 아주 잘 달릴 거야."

실크는 겁을 먹은 듯 말들을 쳐다보며 말했다.

"말이 이렇게 큰 줄 몰랐어!"

"말을 처음 봐?"

아르카디가 물었다. 어둠 속이라 표정이 보이진 않았지만 있
을 수 없는 일이라는 듯 깜짝 놀란 목소리였다.

"당연히 본 적은 있지! 하지만 이렇게 가까이에서 보는 건 처
음이야!"

실크의 목소리가 날카로웠다.

"그럼 왜 무서워해? 알레르기가 있어?"

실크는 크게 심호흡을 했다. 원래의 빈정대는 말투로 힘을 내 보려고 작정한 듯 대꾸했다.

"보통 사람들은 자기가 말 알레르기가 있는지 확인해 볼 정도로 부자가 아니거든. 얘들이 그냥…, 너무 커서 그래. 그게 다야."

아르카디는 말 옆구리 쪽으로 두 손을 뻗어 컵 모양으로 동그랗게 모아 쥐었다.

"발을 여기에 놓고 올라타. 맨홀 속에서 기어 나오는 것보다 훨씬 쉬워."

"맨홀이 사람을 물지는 않잖아."

실크는 그렇게 말했지만 자기 발을 아르카디의 손에 올려놓았고, 아르카디는 조금 허둥대긴 했지만 곧 실크를 힘껏 밀어 올려서 암말의 등에 태웠다. 실크가 등을 잔뜩 구부리고 앉아서 깃털로 장식한 코트 앞부분이 불룩하게 튀어나왔다.

비타가 다른 말의 등에 올라탈 때는 비타의 노력이 조금, 그리고 아르카디의 도움이 많이 필요했지만, 어쨌든 비타도 무사히 탈 수 있었다. 아르카디가 뛰어올라 비타의 앞에 앉았다. 가볍게 흔들려 버석거리는 소리가 나자 갑자기 임무에 대한 희망이 솟구치면서 비타는 피가 뜨거워지는 느낌이었다. 새뮤얼이 암말에 올라탔고, 아이들은 이제 길과 경계 지어진 울타리를 마주하고 섰다.

"누가 먼저 갈까?"

아르카디가 물었다.

"같이 가자."

새뮤얼이 말했다. 그러자 아무런 기색도 없던 말들이 갑자기 울타리를 향해 돌진하기 시작했다.

"무릎에 힘을 꽉 줘!"

아르카디가 소리쳤다. 비타는 울타리 위를 날고 있었고, 다음 순간 땅이 거의 직각으로 기울어지는가 싶더니, 말들이 따가닥거리며 황량한 시골길에 착지했다.

"어느 쪽이야?"

아르카디가 낮은 소리로 물었다.

"저쪽이야."

비타가 코트 주머니에서 지도를 꺼내 손전등을 비춰 보며 말했다. 하지만 사실 비타는 이미 다 외우고 있었다. 천 번도 넘게 본 지도였다.

"저 별을 따라가."

비타가 말했다.

허드슨 성

비타의 손전등이 나무들 사이에 그림자를 드리워 팔꿈치며 손, 총 같은 여러 가지 실루엣을 만들었다. 아르카디는 휘파람을 불다가 금세 그만두었다. 소리가 너무 높고 가냘프게 들려 머리 위 숲의 무게에 짓눌리는 느낌이었다. 아르카디의 시선은 실크를 향해 있었다. 비타는 코트 깃을 세웠고, 아이들은 음산한 침묵 속에 길을 재촉했다.

마침내 나무들이 드문드문 적어지기 시작했다. 숲 저편으로 경작되거나 사람의 손을 타지 않은 초원이 펼쳐졌고, 그 너머로 진흙투성이 모래톱과 강물 소리가 들렸다.

"말들은 이 숲에 두는 게 좋겠어. 눈에 띌지도 모르니까."

비타가 말했다.

비타는 휙 몸을 던져 땅에 내렸다. 생각했던 것보다 바닥이 멀어서 세게 떨어지는 바람에 무릎이 까졌다. 어렸을 때 상처가 나면 붕대를 감아 주던 할아버지의 길고 단단한 손가락이 생각났다. 비타는 얼른 일어섰다.

아르카디는 침대에서 일어나는 것처럼 편안하게 땅으로 미끄러져 내려와 실크에게 손을 내밀었다. 실크가 순순히 그 손을 받아들여서 모두가 놀랐다. 실크의 표정을 보니 스스로도 놀란 것 같았다.

아르카디는 말들을 이끌고 숲속으로 몇 미터 되돌아가서 풀을 뜯을 수 있는 곳을 찾았다. 말들은 아르카디가 쭛쭛 혀 차는 소리를 내자 잘 따랐다.

"묶어 놓지 않아도 괜찮을까?"

실크가 물었다.

"뭘로?"

"나는 잘 모르지만, 목에 뭔가를 묶어 둘 수 있지 않아?"

"우리를 기다릴 거야. 이제 이 아이들을 잘 알아."

아르카디가 대답했다.

"어느 쪽으로 가야 해?"

새뮤얼이 묻자 셋의 시선이 비타를 향했다.

"이쪽이야."

비타가 숲 바깥으로 나서며 말했다.

"잠깐만. 구름 뒤에 가렸던 달이 나온다. 저기야! 허드슨 성!"

아이들의 눈이 비타의 손을 따라갔다.

"와, '성'이라길래 네가 과장을 좀 했으려니 생각했는데, 아니었구나."

실크가 말했다.

허드슨 성은 실제 성보다 동화 속 성을 훨씬 더 많이 접한 사람이 설계한 것처럼 보였다. 성이란 어떤 모습이어야 하는지 그 본질을 추구한 것 같았다.

검푸른 물빛의 호수는 풍치를 더했고, 가장자리에 나무가 줄지어 서 있었다. 호수 한가운데 쌓은 돌기초 위로 성벽이 솟아 있었고, 성벽 너머에는 커다란 벽돌과 석재 블록으로 삼면이 둘러싸인 정원이 있었다.

작은 탑 하나와 성가퀴(성 위에 낮게 쌓은 담. 여기에 몸을 숨기고 적을 감시하거나 공격함)로 이루어진 성의 꼭대기는 달빛 아래 은흑색으로 빛나고, 호수 속에 잠겨 있는 한쪽 성벽과 물에 비친 그림자는 마치 동화처럼 가물거리며 은은하게 반짝거렸다. 마침내 성을 마주한 비타는 온몸이 떨리며 전율에 휩싸었다. 허드슨 성은 진짜였다.

비타가 말했다.

"우리 오대조 할아버지가 프랑스에서 이 성을 발견했어. 거기서 해체한 뒤 여기로 가져와 다시 지은 거야. 사실 약간 불안정하긴 해. 저 작은 탑은 무너지고 있거든. 사람들은 모두 오대조 할아버지에게 미쳤다고 했대. 하지만 할아버지는 이렇게 말씀하셨지. 적어도 자신은 성에 대해서만 미친 거고, 사람들은 집에 대해서만 제정신이라고."

"배는 어디 있어?"

새뮤얼이 물었다.

"호숫가 서쪽, 버드나무 아래에 숨겨져 있어. 배 이름이 *리지*야. 우리 할머니 이름을 따서 지었어."

"소로토어가 그 배를 찾아서 팔았으면 어쩌지?"

실크가 말했다.

"그건 값어치가 전혀 없을 거야. 너무 낡았거든."

비타가 말했다.

"그럼, 배가 새면 어떡하지?"

"있는지 없는지도 모르는 배에 대해 쓸데없이 입씨름하지 말고 일단 가서 찾아보자."

새뮤얼이 말했다.

아이들은 한 줄로 늘어서 호수를 향해 달려갔다. 길게 자란 풀이 원피스를 뚫고 들어와 비타의 무릎을 쿡쿡 찔렀다. 아이들 때문에 깜짝 놀란 토끼 두 마리가 들판을 가로질러 도망쳤다.

"너무 조용해. 살면서 이렇게 조용한 곳은 처음이야."

실크가 말했다.

그런데 실크가 말하는 동안, 어떤 소리가 허공을 가르고 울려 퍼졌다. 거칠고 날카로운 데다 잔뜩 화가 나서 울부짖는 소리였다.

"경비견일 거야."

비타가 말하며 눈을 가느다랗게 뜨고 집중하는 아르카디를 바라보았다.

"독일셰퍼드야. 두 살, 아니면 두 살 반 정도 됐겠다. 둘 다 수컷인 것 같아."

아르카디가 말했다. 짖는 소리가 다시 들렸다.

"제대로 보살피지 않았어. 두 번째 울음소리에서 긁는 소리가 들리지? 병에 걸렸는데 제대로 치료받지 못해서 그런 거야. 그러니까, 아마 둘 다 배도 고플 거야."

할아버지가 언제나 '있다'고 말했던 바로 그곳에, 배가 있었다.

아이들은 혹시 사람의 목소리가 들리는지 귀를 기울이며 호숫가에 이르렀다. 비타는 어둠 속에서 가시덤불을 피하며 호숫가 진창을 따라 자란 관목을 뚫고 기어가 나무로 만든 배를 찾았다.

할아버지는 배가 리지 할머니의 눈동자 색깔과 같은 밝은 녹색이라고 했다. 페인트가 너무 많이 벗겨져서 대부분 회갈색이었지만, 원래 색이 남아 있는 부분도 있었다. 비타는 페인트 조각을 하나 떼어 내 주머니에 넣었다.

나머지 세 아이는 땅에 닿을 정도로 몸을 완전히 웅크린 채 달려왔다. 아이들은 마치 곡예사와 도둑 무리처럼 움직였고, 진흙탕을 밟고 달리면서도 어떤 소리도 내지 않았다. 아이들은 배를 빙 둘러서서 물속으로 밀어 넣었다.

실크가 어깨 너머를 흘깃 돌아보며 말했다.

"그런데 야간 경비원이 없는 건 확실해?"

비타가 고개를 가로저었다.

"아마도 그런 것 같아."

"*아마도* 그렇다고?"

"있을 이유가 없어. 경비가 있긴 하지만, 호수 반대편 숙소에서 잘 거야. 밤에는 개들만 있어."

낮고 거칠게 짖는 개의 울음소리가 또 들려왔다.

"아, 잘됐네."

실크가 말했다.

누가 노를 저을지 결정하느라 잠깐 실랑이가 벌어졌다. 실크는 노를 잡고 칼처럼 휘둘렀고, 비타는 노를 거꾸로 잡았다.

안타깝게도 처음에는 둘 다 물만 잔뜩 튀겼다.

"쉿!"

아르카디가 소리를 냈다. 곧 둘은 박자를 맞췄고, 유리처럼 매끄러운 호수 표면을 가로질러 조용히 노를 저었다.

성에 점점 더 가까이 다가가자 배 뒷부분에 앉은 새뮤얼이 거대한 성벽을 올려다보았다. 지도에 따르면 호수 반대편에 작은 선착장이 있었지만, 관리인 숙소에서 너무 잘 보이는 곳이었다. 그래서 아이들은 선착장 대신 물에서 바로 솟아오른, 어렴풋이 보이는 정원 쪽 성벽을 향해 똑바로 노를 저어갔다.

비타가 말했다.

"오대조 할아버지는 분명히 베네치아에서 수로 위에 바로 지어진 집들을 보셨을 거야. 그 집들이 마치 호수에서 솟아오르는 여신 같았고, 이제까지 본 것 중에 가장 아름답다고 생각하셨대. 그래서 설계자들을 시켜서……."

"건축의 역사는 돌아가는 기차에서 들으면 안 될까?"

실크가 이를 악물고 노를 저으며 말했다.

아이들은 이제 성벽 가까이에 있었다. 성벽은 커다란 회색 벽돌을 쌓은 뒤 거칠고 탄탄하게 시멘트를 발라 마무리한 모양이었다.

"여기지?"

새뮤얼이 물었다.

"그럴 거야."

비타가 말했다. 그런 다음, 좀 더 확신을 주고 싶어서 다시 말했다.

"맞아. 정확히 여기야."

새뮤얼은 배가 조금도 흔들거리지 않게 조용히 자리에서 일어섰다. 새뮤얼이 세상을 향해 내보이던 신중함과 공손함은 사라지고 없었다. 눈빛이 거칠고 사나워졌으며 앙다문 입가가 조금씩 씰룩거리기 시작했다.

아르카디가 고개를 돌려 새뮤얼을 쳐다보았다.

"어떻게 할 거야? 뾰족한 방법은 안 떠오르는데…."

그러나 새뮤얼은 조용히 하라는 듯 손을 들고 고개를 저었다. 새뮤얼의 눈빛 뒤로 온갖 궁리가 오고 가는 듯했다. 숨죽인 소리로 입술을 움직거리며 뭐라고 중얼거렸고, 옆구리에 걸친 손가락은 가늘게 떨렸다. 새뮤얼이 가방에 손을 집어넣어 둘둘 감긴 커다랗고 무거운 밧줄을 꺼냈다.

"갈고리가 없네? 네가 끝에 갈고리가 달린 밧줄을 가져온 줄 알았는데?"

아르카디가 묻자 새뮤얼이 대답했다.

"벽이 너무 두꺼워서 갈고리를 걸 수 없어. 내 방식대로 해 보려고."

새뮤얼은 신발을 벗고 밧줄을 허리에 두 번 둘러 묶은 다음, 나머지 밧줄은 둥글게 감아 어깨에 걸쳤다. 배가 새뮤얼의 움직임에 따라 조금씩 흔들렸다. 비타는 팔을 뻗어 성벽을 잡아 보려고 했지만, 손으로 붙잡고 있을 만한 데가 없었다.

"좋아. 배가 흔들리지 않게 해 줘."

새뮤얼이 말했다. 그러더니 몸을 앞으로 기울여 성벽에 팔을 뻗고 두 벽돌 사이의 틈새에 손가락을 밀어 넣었다.

"새뮤얼!"

아르카디가 질겁하며 불렀다. 공포에 휩싸인 목소리였다.

"하지 마! 수직으로 서 있는 성벽을 맨손으로 오르는 건 불가능해!"

수직으로 서 있는 성벽을 맨손으로 오르는 건 불가능하다. 자라는 동안 하늘에 좀 더 가까이 다가가려고 꾸준히 연습해 오지 않았다면, 또한 다섯 살 때 날기로 작정한 뒤 그 방법을 찾는 데 살아온 시간의 대부분을 쏟지 않았다면 불가능한 일이었을지도 모른다.

새뮤얼은 더 높이 손을 뻗어 손가락으로 또 다른 틈새를 찾아 모르타르(회나 시멘트에 모래를 섞고 물로 갠 것. 얼마 지나면 물기가 없어지고 단단하게 되는데, 주로 벽돌이나 석재 따위를 쌓는 데 쓰임)를 파고들었다. 돌벽에 발바닥을 밀어붙이고 조금씩 움직여 갔다. 흔들림 없이 조용히, 새뮤얼은 올라갔다.

비타는 새뮤얼의 기술에 감탄하며 그 자리에 얼어붙은 듯 꼼짝도 하지 않고 앉아 있었다. 눈을 깜빡일 수도 숨을 쉴 수도 없었다. 아르카디가 휘청거리며 일어서더니 친구 아래쪽에서 팔을 반쯤 뻗었다. 비타와 실크도 아르카디처럼 팔을 뻗었다. 혹시나 새뮤얼이 떨어지면 받을 수 있도록, 꼭 그럴 것만 같아서 준비를 하고 함께 서서 기다렸다.

그러나 새뮤얼은 점점 꼭대기에 가까워졌고, 심지어 속도도 빨라졌다. 정말 놀랄 만큼 빨랐다. 한쪽 팔이 성벽 꼭대기를 휘감으며 올라가자, 숨을 헐떡이며 몸을 힘껏 들어 올리는 소리가 났다. 깔끔한 회색 바지를 입고 귀족 같은 차림새를 한 남자아이가 마침내 성벽 꼭대기에 걸터앉았다. 새뮤얼은 양쪽으로 다리를 늘어뜨린 채 성벽 꼭대기에 가슴을 평평하게 대고 엎드렸다. 그런 다음 배를 향해 밧줄을 늘어뜨렸다.

"어서 올라와! 비타 먼저. 비타 가족의 성이니까."

새뮤얼이 속삭이듯 말했다.

비타는 고개를 가로저었다. 얼굴이 화끈거렸다. 비타는 속으로 이 순간을 두려워하고 있었다. 어둠 속이라 캄캄하다 해도, 비타는 자기가 밧줄에 매달려 버둥거리는 모습을 아이들에게 보여 주기 싫었다.

"마지막으로 갈게. 내가 제일 오래 걸릴 거야."

비타의 말에 실크가 어둠 속에서 차분하게 대답했다. 전혀 빈정거리는 말투가 아니었다.

"우리가 기다릴게."

비타의 손은 땀에 젖어 있었다. 밧줄을 움켜쥐자 손이 미끄러져 불안했다. 이 상태로는 도저히 마음을 놓을 수가 없었다.

비타는 오른발에 밧줄을 감고, 왼발로 벽을 눌러 버렸다. 아킬레스건이 고통스럽게 비명을 내질렀지만 무시했다. 비타는 손을 뻗어 머리 위 밧줄의 한 지점을 잡고 자신의 몸을 몇 센티씩 위로 끌어올렸다.

"좋아. 오른발을 풀고 다시 해 봐. 15센티씩만. 몇 미터인지 생각하지 말고, 몇 센티씩만 해 보는 거야."

새뮤얼이 말했다.

머리칼이 바람에 날려 비타의 눈과 입에 들러붙었다. 비타는 아래를 내려다보지 않았다. 위만, 간절히 새뮤얼의 얼굴만 올려다보았다. 마지막에는 새뮤얼이 끌어당겨 올렸고, 마침내 비타는 성벽 꼭대기에 똑바로 앉았다.

"이제 실크."

새뮤얼이 말했다.

실크는 손은 빨랐지만, 다리가 길고 서툴렀다. 아래에 있던 아르카디가 도와주자 실크가 눈을 흘겼다. 거의 꼭대기에 이르러 비타와 새뮤얼이 실크를 끌어올리고 옆에 나란히 앉혔을 때였다. 허공을 뚫고 개 짖는 소리가 울려 펴졌다.

검은 그림자가 잔디밭을 가로질러 쏜살같이 달려왔다.

정원

밧줄이 팽팽해지더니 장난감 상자에서 인형이 튀어나오듯 성벽 위로 아르카디의 머리가 쑥 올라왔다. 아르카디는 새뮤얼에게 고개를 끄덕였다. 둘은 말 없이도 서로를 이해하는 사이였다. 아르카디는 성벽 바깥의 밧줄을 위로 끌어올려 성안으로 늘어뜨렸다. 새뮤얼이 안간힘을 쓰며 버티는 동안, 아르카디는 뜨거워지는 손바닥에 움찔 놀라며 밧줄을 붙잡고 아래로 죽 미끄러져 내려갔다.

개들이 아르카디를 덮치려고 달려왔다. 독일셰퍼드였고 하나는 갈색과 회색, 다른 하나는 온통 검은색이었다. 둘 다 아르카디의 어깨에 닿을 정도로 컸고 움직임도 재빨랐다. 검은 개가 더 빨리 다가왔다. 이빨이 너무 하얗고 많아서 개보다 이빨이 먼저 공중에 붕 떠오르는 것처럼 보였다.

아르카디가 침을 삼켰다. 순간적으로 멈칫하며 얼굴에서 미소가 사라졌다. 하지만 곧 애써 웃음 띤 표정을 다시 지으며 단호하게 몇 발짝 나선 뒤 크게 벌린 주둥이를 향해 한 손을 뻗었다. 아르카디는 개들에게 다가가면서 러시아 말로 속삭였다.

개들이 멈췄다. 검은 개는 아르카디로부터 두 걸음 정도 떨어진 곳에 서서 으르렁거렸다. 목덜미 털이 잔뜩 곤두서 있었다. 아르카디는 끊임없이 말했다. 그리고 이웃집 옥상에서 까마귀도 불러낼 수 있는 그 휘파람을 불었다. 갈색 개는 낑낑거리기 시작했고, 검은 개는 으르렁대는 소리가 확연히 작아졌다. 아르카디는 손바닥을 위로 들어 보이며 더 가까이 다가갔다.

너무 가까웠는지 검은 개가 갑자기 맹렬하게 짖어대며 달려들었다. 길고도 절망적이었던 그 순간, 공포에 질린 비타는 눈을 질끈 감아 버렸다.

"니예트(Nyet)! 안 돼! 야 즈나유, 티 네 타코이(Ya znayu, ty ne takoi). 네가 더 착하게 굴 수 있는 걸 다 알아."

아르카디가 단호하게 말했다. 그리고 다시 휘파람을 길고 낮게 불면서 양손으로 개들의 주둥이를 쓰다듬었다.

비타가 눈을 떴을 때 검은 개는 배를 드러낸 채 옆으로 누워 있었고, 아르카디는 개의 머리 쪽에 무릎을 꿇고 앉아 양쪽 귀 사이를 문질러 주고 있었다. 다른 개는 아르카디의 소매 안쪽을 핥으려고 했다.

아르카디가 개들의 목걸이를 살펴보았다.

"애는 이름이 바이킹이고, 이쪽은 헌터야. 이제 내려와도 돼.

내려올 때 밧줄이 뜨거워지니까 손 데지 않게 조심해."

아이들은 덤불 속에 웅크린 채 숨어 정원을 살펴보았다. 지금은 관리가 잘 되지 않는 탓에 식물이 제멋대로 자랐지만, 규모가 큰 데다 잘 꾸며진 정원이었다. 눈길이 닿는 모든 곳에 담쟁이덩굴이 자라고 있었다. 뒷문에서 사방으로 여러 갈래 길이 뻗어 나왔는데, 몇몇은 화단을 굽이도는 좁다란 길이었고, 자갈이 깔린 길도 더러 있었다. 담장으로 둘러싸인 작은 정원은 잔디밭 서쪽에 있었고, 동쪽에는 장미 화단이 모여 있었다. 아직 지지 않고 가지에 매달려 있는 크리스마스로즈가 눈에 들어왔다. 한창 예쁠 때가 지나긴 했지만, 달빛에 기묘한 핏빛 암적색을 발하며 덩굴 식물과 뒤섞여 있었다.

"분수가 안 보여."

실크가 속삭였다.

"아니, 그건 담장으로 둘러싸인 정원 안에 있어. 저쪽에, 보여?"

비타가 말했다.

아이들은 잔디밭을 가로질러 갔다. 바이킹은 아르카디에게 홀딱 반해 졸졸 따라오고, 헌터는 아르카디의 다리에 대고 꼬리를 흔들었다.

실크는 잔디밭 저쪽의 뒷문을 힐끗 보았다.

"저게 절대로 딸 수 없는 자물쇠가 달린 문이야?"

실크가 속삭이듯 물었다.

"응."

비타가 대답했다. 비타는 집을 바라보다가 시선을 점점 더 위로 향해 밤하늘을 올려다보았다.

"모든 문이 다 그래. 이 집은 요새거든."

비타는 다른 아이들보다 먼저 담장 정원에 도착했다.

청사진에서 본 것처럼 담장에 작고 검은 나무 문이 있었다. 비타가 밀어 보았지만, 문은 잠겨 있었다.

손 하나가 비타의 옆에서 움직였다.

"내가 해 볼게."

실크가 속삭였다. 실크는 철사 한 가닥을 자물쇠에 살짝 집어넣었다.

"쉽진 않겠어. 잠깐만 기다려 줘."

일 분도 채 걸리지 않았지만 일 초가 마치 일주일처럼 느껴졌다. 자물쇠가 찰칵 열리자 실크가 안도의 한숨을 내쉬었다.

아이들은 줄을 지어 들어갔다. 헌터와 바이킹이 아이들 사이로 불쑥 끼어들었고, 그 뒤로 문을 닫았다.

비타는 깊은 안도감에 한숨이 절로 나왔다.

"이제 어떻게 해?"

아르카디가 물었다.

비타는 분수를 손짓으로 가리켰다. 물도 없이 메말라 있었지만, 장미 덩굴이 분수를 감싸고 무성하게 자라 있었다. 비록 오랜 세월에 조금 퇴색되었다 해도, 그 아름다움은 여전했다. 미소를 짓는 소년의 조각상도 있었다. 비타는 한때 할아버지가 이 소년과 비슷한 모습이었을 것이라고 생각했다. 비타가 가방에서 모종삽을 꺼내며 말했다.

"이제 파자."

아이들이 본격적으로 땅을 파기 시작했다. 땅은 얼음처럼 차가웠고, 곧 비타의 손에서 감각이 사라졌다. 그러나 삽질을 멈출 수 없었다. 비타의 삽이 때때로 실크의 삽과 부딪혔고, 아이들은 모두 금세 팔꿈치까지 더러워졌다.

구멍이 점점 깊어졌다. 깊이 15센티에서 30센티로…….

비타는 온몸의 피가 점점 더 빨리 도는 느낌이었다. *이 일이 성공할 수 있을까? 계획이 제대로 실행될까?*

달려오는 발소리가 들렸다. 다른 아이들은 삽을 내팽개치고 벌떡 일어섰지만, 비타는 계속 삽을 든 채 친구들 앞쪽에서 일어났다.

담장의 나무 문이 벌컥 열렸다. 땀을 뻘뻘 흘리며 숨을 헐떡이는, 분노로 잔뜩 일그러진 얼굴을 한 남자가 달려 들어왔다.

"뭐 하는 것들이야?"

경비는 키가 크고 우람한 체격에, 다정함이라고는 전혀 찾아볼 수 없는 얼굴이었다.

비타는 머뭇거리지 않았다. 삽을 총검처럼 앞으로 겨누고 남자를 향해 똑바로 돌진했다. 비타는 남자의 팔이 자기 어깨를 가로지르는 것이 느껴지자 남자의 가슴을 가격하기 위해 몸을 휙 돌리다 옆으로 넘어졌다. 남자의 두 손이 비타의 팔뚝에 닿았다.

"도망가!"

비타가 소리쳤다. 돌아보니 아이들 셋 다 주먹을 꽉 쥐고 똑바로 버티고 선 채 지켜보고 있었다.

"제발, 가라고!"

비타가 고함을 질렀다. 갑자기 맹렬한 공포가 비타를 덮쳐왔다.

저 아이들은 도망을 갔어야만 했다.

"뭐 하는 거야? 도망치겠다고 맹세했잖아!"

그러나 아이들은 도망가지 않았다.

경비는 비타의 손목을 고통스럽게 틀어쥐고서 꼼짝 않고 거기에 서 있는 새뮤얼을 붙잡으려고 팔을 뻗었다.

"안 돼! 이건 계획에 없었어. *도망가! 약속했잖아. 도망가라고!*"

비타가 소리쳤다.

두 번째 남자가 문 앞에 나타났다.

"꼼짝 마. 움직이지 마. 안 그러면 큰 사고가 생길 테니까."

남자가 실크의 심장에 라이플총을 겨누었다.

아이들은 한 줄로 끌려갔다. 정원에서 나와 잔디밭을 가로질러 뒷문으로 들어갔다. 맨 뒤에 라이플총이 붙어 왔다. 창문은 모두 굵고 흉물스러운 검은색 쇠창살로 막혀 있었다.

부엌문은 안쪽에서 빗장이 걸려 있었다. 경비가 건물을 돌아 들어가서 빗장을 풀고 문을 열었다. 비타는 실크가 자물쇠를 곁눈질하는 것을 보았다.

실크가 고개를 가로저으며 속삭였다.

"여기는 진짜 요새야."

비타는 코트 속에 있는 가방을 단단히 붙잡았다. 아직 아무도 가방을 내놓으라고 하지 않았다.

아이들은 밝은 코발트블루로 칠해진 텅 빈 부엌을 통과해 복도를 따라 어느 나무 문에 이르렀다. 문이 열려 있었고, 커다란 지하 와인 저장고로 내려가는 돌계단이 이어졌다.

계단을 내려가 지하실에 들어섰다. 통로 양쪽으로 선반이 죽 놓여 있었다. 대부분이 수집한 와인으로 채워져 있었고, 위스키 선반이 몇 개, 럼주 선반이 한두 개 정도 되었다. 누군가가 최근에 마시기 시작했는지, 반쯤 마신 술병 몇 개가 계단과 가까운 선반에 놓여 있었다.

비타는 생각했다. *저건 소로토어의 것이 아니라 전부 우리 할아버지 거야.* 마음속에서 점점 분노가 치밀어 올랐다. *도둑놈!*

바닥이 석판이었다. 전등은 없었다.

경비는 아이들을 밀쳐 지하실 벽에 등을 대고 서게 했다. 그리고 계속 총을 겨눈 채 두 남자는 빠져나갔다.

문이 닫히자 비타가 돌아서서 앞에 있는 세 얼굴을 노려보았다. 비타는 숨이 막히고 절망적인 기분이었지만, 아이들은 그저 서서 비타가 말하기를 기다리고 있었다. 아르카디는 살짝 웃기까지 했다.

"왜 도망가지 않았어?"

비타가 말했지만, 그 질문은 묵살되었다. 비타는 심장이 너무 쿵쾅거려서 숨이 막힐 지경이었다.

아르카디가 싱긋 웃었다.

"우리가 정말로 도망갈 거라고 생각한 건 아니지? 그렇지?"

그러고는 소리 내 웃었다.

새뮤얼은 묘하게 숨겨진 듯한 반쪽짜리 미소를 지었다.

"우리는 사실 그런 약속을 한 적이 없어."

"잘 생각해 봐. 우리가 *실제로* 뭐라고 말했는지."

실크가 말했다.

전날 밤

비타는 뉴욕의 저 높은 곳, 자기 방 침대에 앉아 아이들에게 진실을 말했다. 아이들 앞에는 수첩이 펼쳐져 있었다.

"마지막으로 해야 할 일이 있어."

비타가 말했다.

"뭔데?"

"이 수첩을 소로토어에게 전달해야 해. 우리 계획을 소로토어에게 알리는 거야."

소스라치게 놀라고 당황한 눈들이 비타를 노려보았다.

"그러면 에메랄드가 어디에 있는지 소로토어가 알게 되잖아!"

"아니야."

비타가 말했다. 비타는 갈비뼈가 절거덕 소리를 낼 정도로 깊은 한숨을 내쉬었다. 그 한숨 속에는 비타가 이제껏 간직하고 있던 모든 비밀이 담겨 있었다.

"그럴 수가 없어."

"그놈이 알게 된다니까! 봐, 바로 여기! 수첩에 이렇게……."

아르카디가 말했다.

비타는 도시 저편 다코타 쪽을 바라보았다.

"그 수첩에 있는 건 거짓말이야."

비타를 지켜보던 눈들이 휘둥그레졌다가 곧 다시 가늘어졌다.

"뭐라고?"

실크가 비타에게서 조금 떨어져 앉았다.

"그동안 우리를 속인 거야?"

"에메랄드는 분수에 없어. 하지만 소로토어가 그렇게 믿도록 만들어야 해. 소로토어가 모든 관심과 자기 부하들, 집중력을 그 분수에 쏟아붓도록 말이야."

"그래서, 그 에메랄드는 *어디에 있어?*"

새뮤얼이 물었다.

"집 안에 있어."

"하지만 네가 그랬잖아. 그 집은 침입할 수가….'

"침입할 수가 없지. 맞아."

비타가 인정했다.

"그건 우리가 다 아는 얘기야!"

아르카디가 외쳤다.

"그래, 알아."

비타가 답했다.

"그러면 불가능한 거잖아!"

실크가 다시금 외쳤다.

"불가능이라는 게 시도해 볼 가치조차 없다는 뜻은 아니잖아. 내가 해야 할 일은 잡히는 거야."

"잡힌다고?"

실크와 새뮤얼이 동시에 말했다.

"거기는 몇 킬로미터나 나가야 다른 집이 있어. 만약에 내가 잡힌다면, 경찰이 올 때까지 나를 가둬 둘 수 있는 장소는 그 집 밖에 없어."

갑자기 이해가 되었는지 새뮤얼의 입이 커다란 동그라미를 그렸다.

"그 집 안이겠지?"

"바로 그거야. 내가 침입할 수는 없지만, 그 사람들이 나를 가두게 만들 수는 있지."

"하지만 빨간 수첩은! 여기에 모든 계획이 다 들어 있잖아. 아주 세세하게! 청사진까지! 모든 게 에메랄드가 분수에 있다고 말하고 있는데."

아르카디가 말했다.

"왜냐하면, 이건 나를 위해 쓴 게 아니거든. 나는 이걸 소로토어에게 주려고 썼어."

"하지만 그 집에 침입하는 것이 불가능하다면, 탈출도 불가능할 거야! 그러니까 우리 모두 거기에 갇히게 될 거라고!"

아르카디가 소리쳤다.

"아니야!"

비타가 말했다.

"아니, 절대로 아니야! 탈출하는 건 불가능하지 않아. 게다가 너희들은 거기에 갇히지 않을 거야. 왜냐하면 너희들은 도망갈 거니까. 너희들은 거기에 있지 않을 거야."

"아니, 그렇게는 안 해."

아르카디가 말했다.

"그래야만 해. 너희 모두 그렇게 하겠다고 약속해. 너희들은 도망쳐야 해. 내가 담장 정원까지 가는 걸 도와주고, 아마 구멍을 파는 것까지 도와줘야 할지도 모르겠다. 진짜처럼 보여야 하니까. 하지만 그러고 나면 너희들은 도망쳐야 해. 택시를 대기시켰다가 그걸 타고 역까지 가서 아침 식사 시간에 늦지 않게 집으로 돌아오는 거야. 나는 혼자서 집 안을 수색할게."

"왜 진작 우리한테 얘기하지 않았어?"

실크가 물었다. 차분했지만, 의심스러워하는 눈초리였다.

"나는 겁이 났어."

비타가 대답했다. 눈시울이 뜨거워지는 게 느껴졌다.

"내 생각에…. 그러니까, 그런 생각이 들었어. 일단 입 밖으로 크게 소리 내어 말하면, 그게 끝나버릴 것만 같았어. 너희들 모두 말도 안 된다고 할 줄 알았어. 너무 어렵고, 너무 멍청하고, 너무 위험하다고 말이야."

그러고 나서 비타는 한숨을 내쉰 뒤 아이들에게 부끄럽고도 이기적인 진실을 털어놓았다.

"숨김없이 다 말하면 너희들이 거절할 것 같았어."

아르카디가 분하다는 듯 콧방귀를 뀌었다.

"나는 무언가가 너무 위험하다고 말하는 사람이 절대로 아니야!"

"알아. 그때는 너를 잘 몰랐지. 이제는 알겠어."

비타가 힘주어 말했다.

"그래서 이 모든 걸 계획했다고? 그동안 내내?"

비타가 고개를 끄덕였다.

"계획하기, 관찰하기, 생각하기. 내가 그런 건 잘해."

새뮤얼이 비타를 바라보았다. 비타의 손발이 드러내고 있는 열망과 찌푸린 얼굴도 보았다.

"좋아. 나는 여전히 같이하는 쪽이야. 다른 애들이 한다면."

새뮤얼이 말했다.

실크는 비타를 천천히 오랫동안 쳐다보았다. 그러고는 고개를 끄덕였다.

"처음부터 미친 짓이었어. 지금도 미친 짓이고. 나도 같이하는 쪽이야."

"그러니까 경비들이 오면, 너희들은 도망가는 거야. 알겠지? 맹세해. 도망갈 거지?"

비타가 계속 말을 이었다.

"새뮤얼이 말했던 것처럼, 우리 중 누군가가 도망치라고 하면 우리는 도망가야 해. 이건 우리 사이의 협정이야."

그래서 아이들은 모두 고개를 끄덕였다.

"코코아를 좀 더 가져올게."

비타가 말하고는 부엌으로 갔다.

아르카디는 실크를 바라보았고, 실크는 새뮤얼을 바라보았다.

아르카디가 왼손을 내밀고 손가락을 꼬며(미국에서 행운을 빌 때 취하는 동작. 거짓말을 할 때 하면 거짓말을 해도 용서가 된다는 미신도 있음) 말했다.

"나는 도망가지 않을 거야."

새뮤얼도 고개를 끄덕였다. 주머니에서 양손을 뺐는데, 손가락이 모두 꼬여 있었다. 새뮤얼은 반쪽짜리 미소를 지었다. 남자아이 둘의 시선이 실크를 향했다.

"나는 손가락을 꼬지 않았어. 그냥 거짓말했어. 나는 어디로도 도망가지 않을 거야."

실크가 씩 웃으며 말했다.

금고

지하실은 춥고 어두웠다. 하지만 비타의 몸이 떨리는 건 추위 때문이 아니었다. 비타는 가방에서 손전등을 꺼냈다. 배터리가 매우 부족한 상태라 불빛이 아주 희미했지만 없는 것보다는 나았다. 그리고 가방 속에는 반쯤 탄 양초도 두 개 있었다. 비타는 엄지손톱으로 성냥을 탁 튕겼다. 할아버지가 가르쳐 준 기술이었는데, 단번에 불이 붙었다. 비타는 자기 앞에 있는 얼굴들을 바라보았다.

"왜 도망치지 않을 거라고 나한테 말 안 했어?"

비타가 물었다.

"그랬으면 네가 우리를 데리고 왔을까?"

새뮤얼이 되물었다.

"아니. 물론 아니었겠지."

비타가 말했다.

"그럼 됐어."

실크가 말했다.

"우리는 이제 한패야. 함께 싸우고, 함께 먹고. 같은 패거리지."

아르카디가 말했다.

비타는 따뜻한 기운이 온몸에 퍼지는 듯한 느낌이었다. 하지만 뭐라고 말을 하기도 전에, 문의 잠금장치가 절걱거리더니, 벌컥 문이 열렸다.

"멍청한 짓 하지 마. 소로토어 씨가 모터보트를 타고 온다고 했어. 이제 곧 여기에 도착할 거야."

비타의 심장이 덜컥 내려앉았다.

"모터보트라고요?"

비타가 작은 소리로 물었다.

그러나 문은 쾅 닫혔다. 네 개의 얼굴은 서로를 빤히 쳐다보았다.

"소로토어는 여기에 오면 안 돼! 그건 계획에 없었어! 그저 부하들에게 어디를 파야 할지 알려주기만 하면 되는 거였는데! 그렇게 딴 데 정신이 팔려 있는 동안 나는 집 안을 수색할 계획이었어. 그래서 우리가 마지막 기차를 타고 왔잖아. 소로토어가 따라오지 못하게 하려고! 자동차로 오려면 몇 시간이고 한참이 더 걸리니까."

비타의 목소리는 무척 작았다.

"나는 모터보트는 생각도 못했어."

어두운 호수 한가운데에 있는 컴컴한 성은 마주할 용기가 있었다. 산탄총도 맞닥뜨릴 수 있었다. 그러나 소로토어는, 그 웃음과 그 눈빛, 마치 옷처럼 어깨에 걸치고 있는 위세는 전혀 예상하지 못했다. 그나마 다리에 남아 있던 힘이 모두 빠져서 비타는 그대로 바닥에 주저앉고 말았다.

"그 문제에 대해 우리가 할 수 있는 건 아무것도 없어."

실크가 말했다. 그러고는 하얀 백조 깃털 망토 안으로 손을 넣더니 작은 헝겊 가방을 꺼냈다. 실크가 가방을 열어젖히자 비단이나 모직으로 된 반짝거리는 밝은색 옷들이 나왔다.

"자, 여기. 비타, 우리는 일을 할 거야. 그러니 막을 생각하지 마. 일할 작정이라면, 일하는 방식에 맞는 옷을 입어야겠지? 그래서 오늘 아침 네가 씻으러 간 사이에 이것들을 챙겼어."

"내 스웨터다!"

아르카디가 말했다.

어둠 속에서 한바탕 난리가 벌어졌다.

아르카디의 짙은 주홍색 스웨터가 촛불에 반짝거렸다. 새뮤얼은 검은색 러닝셔츠와 바닥까지 끌리는 검은색 면바지를 입고 몸을 풀었다. 추웠지만 남자아이 둘 다 맨발이었다. 실크는 끝단이 다 해지고 무릎까지 오는 초록색 원피스를 입었다. 소매가 짧아 손목까지 다 드러난 덕분에 손을 편하고 자유롭게 쓸 수 있었다.

비타는 촛불로 자기 옷을 비춰 보았다. 물결처럼 부드럽게 찰랑거리는 할머니의 실크 셔츠, 무릎까지 내려오는 밝은 빨간색 치마는 달리기에 딱 좋았다. 부츠의 끈도 다시 묶었다. 가방에서 네모난 기름걸레를 꺼내 뒷주머니에 찔러넣고 양초 동강이도 하나 더 넣었다. 그런 다음 스위스 칼을 다시 세심하게 점검했다. 칼을 휙 열어젖혀 엄지로 칼날을 확인했다. 날카로웠다.

비타의 손이 가늘게 떨리고 있었다.

"준비됐지?"

비타는 옷깃을 세우며, 이제는 다 날아가 희미해진 할머니 향수의 달콤한 향내를 맡았다.

"자, 보물 사냥을 떠나자."

아르카디가 말했다.

손에 꼬챙이를 쥔 실크가 문 앞에 무릎을 꿇고 앉았다. 실크가 잠금장치를 따는 동안 아이들은 옆에서 기다렸다.

"우리가 도망가 *버리면* 어떻게 할 작정이었어? 어떻게 나가려고 했던 거야?"

실크가 비타에게 물었다.

"연습했어."

비타가 주머니에서 철사 한 가닥을 꺼내 실크에게 보여 주며 대답했다.

"내가 하면 한 시간이나 두 시간쯤 걸리겠지 싶었어. 하지만 어쨌든 결국에는 열었을 거야."

실크가 참기 어렵다는 듯 순간적으로 입술을 실룩거리며 씩 웃었다.

"글쎄, 지금이 한 시간쯤 됐나?"

실크의 손 아래 있던 잠금장치가 딸깍 소리를 냈다.

비타는 바닥 쪽 문틈으로 발이나 경비의 흔적이 있는지 엿보았다.

"둘 다 밖에 있는 게 틀림없어. 내 생각엔, 땅을 파고 있을 것 같아."

아드레날린이 뿜어져 나와 혈관을 타고 흐르기 시작했고, 비타는 온몸에 활기가 가득 찬 느낌이었다.

비타가 문을 밀어젖혔다. 벽에 달린 가스등 하나가 복도를 밝히고 있었다.

"아무도 없어."

비타가 말했고, 네 아이는 천천히 복도로 나갔다.

"어느 쪽이야?"

새뮤얼이 속삭였다.

"할아버지는 그게 오래된 비밀 장소에 있다고 했어. 금고를 뜻하는 게 확실해. 금고는 응접실에 있어. 이쪽이야."

비타가 말했다.

"하지만 그게 금고 안에 있었다면, 소로토어가 벌써 찾은 게 아닐까?"

실크의 물음에, 비타가 고개를 저었다.

"눈에 잘 띄는 금고가 아니야. 그림 뒤에 있는 것도 아니고, 그런 일반적인 금고들과 달라. 숨겨져 있어."

아이들은 발끝을 들고 살금살금 복도를 걸어가 부엌으로 나온 다음, 자재문(자유 경첩을 사용하여 안과 밖 어느 쪽으로도 열리며, 자동적으로 어느 위치로도 되돌아가는 문)을 지나 현관홀로 들어갔다.

홀은 매우 넓었고 그만큼 지저분하기도 했지만, 파란색 벽은 달빛을 받아 감청색으로 빛나고 있었다. 돌바닥은 신발을 신고 있는 비타에게도 몹시 차가웠다. 커다란 크리스털 샹들리에는 천장의 쇠사슬에 매달린 채 양초 없이 먼지만 잔뜩 껴 있었다.

비타는 할아버지의 낡은 괘종시계에 기대어 눈을 감고 마음속으로 청사진을 떠올렸다. 방마다 단정한 블록체(굵기가 일정하고 세리프가 없는 글씨체) 대문자로 붙어 있던 이름표가 분명하게 기억났다.

"여기를 지나면 응접실이 있어."

비타가 말했다. 현관홀은 대리석이 깔린 복도로 이어졌다.

"왼쪽 두 번째 문이야."

아이들이 몰려 들어가자 비타가 뒤에서 조용히 문을 닫았다.

아이들은 참았던 숨을 크게 내쉬었다. 비타가 손전등으로 방을 비추자 아르카디는 깜짝 놀란 듯 헉하는 소리를 냈다. 할아버지와 할머니는 가구 대부분을 내다 팔았다. 하지만 소파와 안락의자 몇 개는 남아 있었는데, 등받이와 좌석이 찢어진 채 아무렇게나 놓여 있었고, 거기서 빠져나온 속이 바닥에 덩이덩이 널브러져 있었다. 북극곰 양탄자에서 잘린 머리가 바닥을 굴러다녔다.

"소로토어가 벌써 뒤지고 간 것 같네."

아르카디가 말했다.

"누군가는 문에서 망을 봐야 해."

비타가 말하자 실크가 고개를 끄덕였다.

"열쇠 구멍으로 지켜볼게."

"금고는 어디 있어?"

새뮤얼이 물었다.

"저기에."

비타는 커다란 벽난로를 손짓으로 가리켰다.

"바닥 밑에?"

"아니, 굴뚝 안에 있어. 할아버지가 그걸 열 때마다 검댕을 뒤집어쓸 수밖에 없다고 했어. 찾기가 쉽진 않을 것 같아."

비타는 벽난로로 다가갔다. 옷장만큼이나 컸고, 굴뚝도 서류

캐비닛이 들어갈 정도로 엄청나게 컸다.

"안 보여…. 잠깐만, 아니, 보인다! 봤어. 하지만 적어도 굴뚝 중간까지는 올라가야겠는데!"

"비밀번호는 알고 있어?"

새뮤얼이 묻자 비타가 고개를 끄덕였다.

"내 생일이야."

새뮤얼이 비타 곁으로 와서 함께 굴뚝을 올려다보았다.

"내가 올라갈까?"

새뮤얼이 조용히 물었다.

비타의 발은 '그래.'라고 소리쳤지만, 비타는 고개를 저었다. 마지막 단계였다. 그러니까 이번만은 비타 자신이어야 했다.

"내가 할게."

비타는 기운을 불어넣으려고 왼쪽 다리를 문질렀다. 그러고 나서 굴뚝 속으로 몸을 들이밀었다. 왼쪽 발을 들어 올려 반대쪽 벽에 세우고, 벽에 등을 대고 꽉 눌러 버티면서 다른 쪽 다리를 들어 올렸다. 고통스럽고 힘에 부쳐 무릎이 바르르 떨렸지만, 비타는 몸부림을 치면서 천천히 위로 올라가기 시작했다.

"잘한다!"

아르카디가 속삭였다.

비타의 머리는 이미 굴뚝 안에 있었고, 몸통과 어깨도 모두 들어갔다. 비타가 숨을 들이마시자 그을음이 목구멍 뒤쪽으로 몰려들었다. 너무 조용해서 집이 숨 쉬는 소리마저 들릴 것 같던 바로 그때, 어떤 소리에 비타가 얼어붙었다.

실크의 목소리였다.

"누가 와!"

비타는 미친 듯이 손전등을 끈 뒤, 살갗이 까질 정도로 세게 등을 벽에 밀어붙이고 몸을 좀 더 위로 끌어올려 온몸이 굴뚝 속으로 완전히 들어가게 했다.

암흑 말고는 아무것도 볼 수 없었다. 다른 아이들은 거의 아무런 소리도 없이 획획 움직이며 숨을 곳을 찾아 몸을 내던졌다.

곧이어 문이 열렸다.

비타가 자신의 몸을 지나 아래쪽 바닥을 내려다보니 방에 손전등이 비치고 있었다. 뒤이어 느릿한 발자국 소리가 들렸다.

비타는 눈을 질끈 감았다. 고통스럽고 섬뜩한 숨바꼭질 같았다.

방 안으로 발자국 소리가 더 들어왔다. 비타는 척추가 몹시 아팠고, 먼지를 들이마셔 목구멍이 따끔거리기 시작했다. 재채기가 나오려 했지만 억지로 꾹 눌러 참았다.

발소리가 다시 나가는 것 같았다. 불빛이 문 쪽으로 움직였다. 그러다 잠시 머뭇거리더니 다시 한번 방 안을 죽 가로질러 비췄다. 쿵 하는 소리가 났다. 경비가 소파를 발로 차는 소리인 듯했다. 갑자기 먼지가 풀썩거리며 굴뚝 속으로 피어올랐다. 목이 잠겨 기침이 터져 나오려고 했지만 아무 소리도 내지 않고 참느라 비타는 온몸이 부들부들 떨렸다.

발걸음이 멈췄다. 다른 남자의 목소리가 복도를 따라 들려왔다. 너무 희미해서 잘 들리지 않았지만, 다급한 티가 역력했다. 방에 있던 남자가 투덜거리며 성큼성큼 걸어 나갔고 뒤이어 문이 닫혔다.

침묵이 흘렀다. 그러다 들릴 듯 말 듯 한 작은 소리로 새뮤얼이 소곤거렸다. 목소리가 굴뚝 근처에 있었다.

"거기 안에 괜찮아?"

"응. 누구였어?"

비타가 물었다.

"경비."

실크가 대답했다.

"네가, 그 사람들은 땅을 파고 있을 거라고 했잖아."

아르카디가 속삭였다.

"그럴 거라고 생각했어."

비타가 말했다.

굴뚝 속의 비타는 이를 악물고 온몸의 근육을 더욱 긴장시키며 십몇 센티 더 높은 곳으로 자신을 밀어 올렸다. 굴뚝 속이 점점 더 좁아졌다. 왼쪽 벽, 어깨 쪽에서 갑자기 금속의 냉기가 느껴졌다.

비타는 손전등을 켰다.

손가락 관절마다 살갗이 다 까진 데다 검고 축축한 뭔가로 얼룩져 있었다. 금고 문과 거기에 부착된 다이얼이 보였다. 팔로 단단히 버티고 손으로 더듬으며 비타가 천천히 다이얼을 돌렸다.

금고 문에서 딸깍 소리가 났다. 공간이 너무 비좁고 비타의 머리와 어깨가 가로막은 상태라 금고 문을 완전히 열기는 불가능했다. 비타는 안쪽을 주의 깊게 들여다보았다.

아무것도 없었다. 상자도 없고, 에메랄드의 녹색 빛도 없었다.

싸늘한 절망감이 비타를 덮쳐 왔다. 비타는 한 손으로 벽을 눌러 버티며, 다른 손을 금고 속으로 넣었다.

비타의 손에 종이 한 움큼이 잡혔다. 몇 장은 통것이었고, 몇 장은 조각이었다. 비타는 나중에 더 나은 상황에서 확인하려고 그것들을 꺼내 앞가슴에 쑤셔 넣었다. 그러고 나서 그냥 떨어져도 될 만큼 바닥이 가까워질 때까지 꿈지럭거리며 내려왔다. 비타가 한쪽 다리로 고통스럽게 착지하고는 바닥에 섰다. 울지 않으려고 안간힘을 썼다. 통증 때문이 아니라 자신을 통째로 집어삼킨 듯한 의심 때문이었다.

완전한 암흑 속, 나머지 세 아이는 벽난로 앞에 모여 있었다.

"뭐가 있었어?"

실크가 속삭였다. 비타가 고개를 살짝 가로저으며 말했다.

"이게 전부야."

비타는 윗도리에서 종이 뭉치를 꺼내 손바닥만 한 크기로 단단히 접은 다음 치마 허리끈에 끼워 넣었다.

잠시 정적이 흘렀다. 그동안 비타는 바닥까지 추락한 듯한 심장을 제자리로 끌어올려 보려고 무진 애를 썼다.

"그런 표정 짓지 마. 다른 곳에 있을 수도 있잖아?"

새뮤얼이 말했다.

"아마도. 이 집 어딘가에는 있겠지. 그런데 네가 알고 있는지 모르겠지만, 이 집은 꽤나 커."

실크가 말했다. 신경이 잔뜩 곤두서 딱딱한 목소리였다.

"할아버지가 다른 비밀 장소에 대해 얘기한 적 있어? 너한테 또 다른 대안이 있겠지?"

아르카디가 물었다.

비타가 천천히 고개를 끄덕였다. 비타는 사실 그 계획이 쓸모없기를 간절히 바랐다.

아르카디의 표정이 환해졌다.

"그럴 줄 알았어! 어디야? 말해 봐!"

"할아버지가 어렸을 때 발견한 곳이 있긴 해. 하지만 나는 에메랄드가 이 금고 안에 있을 거라고 확신했단 말이야!"

"거기가 어디야? 말해 봐!"

비타가 침을 삼켰다.

"작은 탑."

"네가 언제 무너질지 모른다고 했던, 바로 그 작은 탑?"

실크가 묻자 비타가 대답했다.

"그래, 거기. 가자."

아이들은 한 줄로 늘어서 어깨 너머 뒤쪽을 흘끔거리며 복도 끝까지 갔다. 거기서 또 다른 나선 계단이 이어졌는데, 넷이서 나란히 뛰어 올라가도 될 만큼 널찍했다. 계단은 한때 깨끗하게 닦여 광택이 났을 테고, 지금도 아름답고 풍부한 떡갈나무 빛깔은 여전했지만, 나무좀과 습기에 슬어 우묵우묵 패여 있었다. 한쪽 끝으로 달빛이 비쳐 들었다.

비타는 별빛이 닿지 않는 그늘진 쪽만 골라 앞장을 섰다. 근육이 너무 긴장해서 살갗 밑이 쪼그라드는 느낌이었다.

계단 꼭대기에 비타가 기억하는 것과 정확하게 똑같은 복도가 있었다. 복도는 마치 이전에 열두 번은 왔던 손님인 것처럼 비타를 맞이했다. 비타는 스스로 공부한 모든 것을 기억해 냈다. 덕분에 그 밤에 산소 호흡기를 단 듯한 안도감이 느껴졌다.

비타가 왼쪽으로 돌았다. 아이들이 복도를 따라 살금살금 걸어가는데 나무 널빤지 하나가 아르카디의 발밑에서 삐걱 소리를 냈다. 꼭 비명처럼 커다랗게 들려 아이들 모두 그 자리에 얼어붙었다. 집 안은 고요했고, 다시 먼지와 위엄 속으로 빠져들었다.

"괜찮아."

비타가 말했다.

갑자기 포탄이 터지듯 엄청난 소리가 울려 퍼졌다. 실크와 새뮤얼 그리고 아르카디는 벽에 바짝 기대 붙었지만, 비타는 창가로 달려갔다. 여기, 근처에 아무것도 없는 호수 한가운데에서 이렇게 커다란 소리가 났다면 이유는 단 한 가지뿐이었다. 나무로 된 거대한 물체가 어딘가에 부딪히는 소리였다. 정문 밖 선착장에 작은 보트 한 척이 세워져 있었다. 크롬(은백색의 광택이 나는 단단한 금속 원소. 도금이나 합금 재료로 널리 쓰임) 도금을 한 가장자리가 달빛에 반짝였다.

비타가 스위스 칼을 더듬으며 나직이 말했다.

"정문에, 소로토어가 왔어."

마음

한순간, 비타는 지워졌다. 본능이 비타를 생쥐처럼 움켜쥐고 흔들었다. 본능은 비타에게 다른 애들을 밀치고 계단을 달려 내려가 물속에 뛰어들어 집으로 헤엄쳐 가라고 외쳐 댔다.

도망가. 애들은 그냥 내버려 둬. 가. 피도 소리를 질러 댔다.

비타는 창턱을 잡고 그 외침이 지나가기를 기다렸다. 예전에 도 그랬듯이, 그런 생각이 들 때면 속이 메스꺼웠다. 기다림은 마치 한 시간은 되는 것처럼 느껴졌지만 사실은 몇 초에 불과 했다. 다른 아이들은 가만히 복도에 서서 어떻게 할지 비타가 말해 주기를 기다리고 있었다.

비타가 아이들을 향해 돌아섰다. 턱을 치켜들고, 어깨를 쫙 펴고, 마치 탐정처럼, 마치 고양이처럼, 마치 곡예사처럼 암흑 과 마주했다.

"소로토어는 곧장 가서 우리를 확인하거나 아니면 정원으로 가서 경비가 보석을 찾았는지 알아볼 거야. 내 생각엔 정원으로 갈 가능성이 커 보여."

"맞아."

실크가 맞장구쳤고, 비타는 계속했다.

"어쨌든, 소로토어는 우리가 탈출했다는 걸 금방 알게 될 거야. 그러면 온 집 안을 뒤지기 시작하겠지."

비타가 말을 너무 빨리하는 바람에 아이들은 더 가까이 몸을 기울였다.

"들어 봐. 여기에는 방이 스물여섯 개 있어. 만약에 소로토어가 맨 아래층부터 시작해서 제대로 수색한다면 마지막 방까지 오는 데 26분 정도 걸릴 거야."

"아니, 1분은 너무 길어. 방 하나에 30초 정도, 그러니까 13분이야."

아르카디가 말했다. 하지만 비타가 무슨 뜻으로 한 말인지 이해가 되자 아르카디의 눈빛이 다시 반짝이기 시작했다.

"나가는 길을 알려 줄게. 잘 들어. 지하실 뒤쪽 벽에 격자가 있어. 쇠창살로 덮어 둔 그냥 빈 공간인데, 예전에 하수관이 있던 곳이야."

"하수관? 그게 탈출로야? 배수관이라고?"

"다른 방법이 없어. 거기는 지금 그냥 격자창이야. 빗장이 질러져 있긴 한데, 안쪽은 나사가 풀려 있어. 실크가 쇠꼬챙이로 열어 줘. 거기를 통해 호수로 바로 떨어질 수 있어. 탈출 전용로인 셈이지. 일단 빠져나가서 헤엄을 쳐서 가면 돼.”

비타가 뒷걸음질을 치면서 아이들에게서 떨어졌다.

“소로토어가 왔어. 정말 미안해. 이건 내 계획에는 없던 일이 었어. 너희들은 이제 가.”

“우리는 너를 여기에 내버려 두고 그냥 가지 않을 거야!”

아르카디가 코를 씩씩거리며 말을 해서 꼭 웃는 것처럼 들렸다.

“아니, 너희들은 가야 해! 우리는 소로토어가 여기에 올 줄 몰랐어. 만약 알았다면 나는 절대 너희들을 여기에 데려오지 않았……."

“네 계획은 뭔데?”

새뮤얼이 물었다.

“작은 탑으로 갈 거야. 거기가 소로토어가 맨 마지막으로 오게 될 장소거든. 너무 위험해서 몇 년 전에 막아 버렸대. 소로토어는 거기까지 올라오지 않을 수도 있어. 어쩌면.”

“하지만 네가 갇히면 어떻게 해? 비타, 네 말이 맞을지도 몰라. 우리는 가는 게 맞을 거야. 하지만 우리가 간다면 너도 같이 가야만 해. 이건 게임이 아니야. 만약에 그놈이 너를 찾으면 어떻게 할지 몰라.”

실크가 말했다. 목소리가 몹시 차분했다. 비타는 고개를 저었다.

"나는 맹세했어."

"너희 할아버지도 네가 이러는 건 원치 않으실 거야."

실크가 말했다.

"나는 맹세했어."

밀려드는 두려움만큼이나 할아버지의 모습이 간절하게 그려졌다. 그 구부정한 손가락으로 에메랄드를 건네받고, 높이 쳐들고서 불빛에 반짝거리는 걸 보며 얼굴 가득 미소가 번질 할아버지의 모습.

"이게 게임이 아니라는 건 나도 잘 알아! 목걸이를 찾기만 하면 *모든 게* 달라질 거야."

"자, 벌써 1분이나 허비했어. 가자."

새뮤얼이 말했다.

"내가 같이 갈게. 네가 멍청이가 되기로 작정했다면, 나도 그러지 뭐. 자물쇠가 있을지도 모르고."

실크가 말했다.

"그러면 아크와 나는 아래층에서 망을 보고 있다가 소로토어가 올라오면 신호를 보낼게."

새뮤얼이 말했다.

비타가 고개를 끄덕였다. 비타는 가슴이 아플 정도로 벅찬 말을, 일상의 평범한 말을 넘어선 어떤 특별한 말을 아이들에게 해 주고 싶었다. 하지만 더 이상 지체할 시간이 없고, 소로토어는 어딘가에 와 있었다.

그래서 단지 이렇게 말했다.

"고마워."

그리고 달려갔다.

도둑들

비타는 손전등을 남자애들에게 주고 왔다. 어두운 복도를 따라 한 손으로 돌로 된 벽을 더듬으며 가다가 곧 또 다른 계단에 이르렀다. 비타가 절룩거리며 계단을 올랐다. 실크가 가쁜 숨을 몰아쉬며 뒤를 따랐다. 계단은 층계참으로 이어졌고, 왼쪽과 오른쪽으로 더 많은 방이 뻗어 있었다.

"왼쪽."

비타가 속삭였다.

복도 끝에 있는 문은 다른 문들보다 작았고, 자물쇠가 채워져 있었다.

"좋았어."

실크가 말했다. 눈썹을 잔뜩 치켜올려 실크의 이마에 주름이 졌다. 무릎을 꿇고 자물쇠 안으로 꼬챙이를 밀어 넣어 이리저리 만지작거리던 실크가 미간을 잔뜩 찌푸렸다.

"이거 누가 달아둔 거야?"

"할아버지. 탑으로 가는 문인데, 할아버지는 누구도 거기에 올라가지 않길 바랐어."

"이상해⋯. 씹혔어."

"씹혔다고? 동물 같은 게 물었다는 말이야?"

실크가 고개를 흔들었다.

"내부 장치가 망가진 것 같아. 마지막에 누군가가 이걸 잠그고, 드라이버로 자물쇠 내부를 망가뜨렸어. 다시는 아무도 열지 못하게 하고 싶었나 봐."

비타는 심장이 덜컥 내려앉았다.

"그게 무슨 말이야? 우리, 못 들어가?"

"아니. 시간이 좀 더 걸릴 거라는 말이야."

실크가 대답하고는 자물쇠 따는 꼬챙이를 바꿨다. 양말목에서 더 길고 가느다란 갈고리를 꺼냈다. 비타가 작게 외쳤다.

"시간이 없어!"

실크가 비타를 흘겨보며 말했다.

"그건 나도 아주 잘 알아. 비춰 볼 만한 게 있을까?"

비타가 성냥에 불을 붙여 비춰 주었다. 실크는 자물쇠 위에 손을 가볍게 얹었는데, 마치 손가락 끝이 자물쇠 내부의 소리를 들을 수 있는 것처럼 보였다.

갑자기 아래층에서 문을 쾅 닫는 소리가 났다. 비타는 성냥불을 확 당겨서 껐고, 아무 말도 하지 않았다.

실크는 숨을 크게 들이쉬고, 자물쇠에 새 꼬챙이를 끼워 넣었다. 그러고는 숨을 내쉬지도 않은 채 열중했다. 마침내 자물쇠가 거의 들리지 않을 정도로 작게 짤깍하는 소리를 냈다. 실크는 자물쇠를 벗겨 비타에게 건넸고, 비타는 그걸 재빨리 주머니에 집어넣은 다음 문을 당겨 열었다. 경첩이 삐거덕거리며 신음 소리를 냈다.

문 뒤에는 울퉁불퉁한 돌바닥으로 된 나선형 계단이 있었다. 계단은 기나긴 세월 수없이 오가던 발걸음에 대리석처럼 반들반들 닳아 있었다. 비타가 성냥불을 켜자 굴곡진 천장에 매달린 거미줄이 잿빛에서 은빛으로 변했다.

"혹시 올라가기 싫으면 그렇게 해. 괜찮아. 충분히 이해해."

비타가 말했다.

실크가 코웃음을 쳤다. 굳이 대답할 필요도 없었다.

비타는 계단을 올라가기 시작했다. 할 수 있는 한 빨리 움직이려고 있는 힘을 다했다. 실크는 뒤에서 문을 닫고 비타를 따랐다.

칠흑 같은 어둠이었다. 비타는 다시 성냥을 켜기 위해 계단에 잠시 멈춰 섰다가, 주머니를 뒤져 양초 동강을 하나 꺼냈다. 비상용으로 챙긴 것이었다. 비상사태라면 바로 지금이야, 비타가 혼잣말을 했다.

"얼마나 더 올라가야 해?"

실크가 숨을 헐떡거렸다.

"얼마 안 남았어."

비타가 말하는 동안 계단이 끝나고 널따란 탑 내부 공간이 전체적으로 드러났다. 너비는 3미터가 조금 못 되지만, 높이가 엄청났다. 한쪽 구석에 가파른 나무 계단이 9미터 정도 위쪽의 벽에 달린 문까지 이어져 있었다. 너무 작아서 문이라기보다는 창문 같았다.

"저 위야?"

둘은 함께 올랐다. 계단은 마치 몇 년에 걸쳐 이빨과 발톱과 조그만 무기를 가진 무언가와 전투를 계속한 듯 반쯤 망가진 것 같았다.

"나무좀이 많이 슬었어."

비타가 말했다.

"괜찮을까?"

실크가 물었다.

"나도 이렇게 상태가 나쁜 건 처음 봐. 하지만 여기로 올라가는 수밖에 없어."

비타가 말했다.

"꼭대기에 뭐가 있어?"

"하늘. 내가 먼저 갈게."

비타가 말했다.

비타가 첫 번째 계단 중간쯤에 한 발을 올렸다. 나무가 내려앉아 푹 꺼지는 느낌이었다. 두 번째, 세 번째 걸음을 내딛자 계단이 모닥불 탈 때처럼 쩍쩍 갈라지는 소리를 냈다. 비타의 발 밑에서 무언가가 뚝 부러졌다. 비타는 엎드려 손과 무릎으로 짚고 더 빨리 움직였다. 손바닥 아래로 나무가 휘어지는 느낌도 들었다. 실크도 뒤를 따랐다. 실크는 곧장 한 걸음 내딛더니, 헉하고 당황한 소리를 냈지만 비명을 지르지는 않았다. 비타가 거의 꼭대기에 이르렀을 때, 저 아래 돌계단에서 뭔가 소리가 났다. 깜짝 놀란 비타가 그 자리에 얼어붙었다.

누군가 탑을 향해 올라오고 있었다.

비타는 마지막 계단을 향해 달려 올라가 작은 나무 문을 밀치고 쏜살같이 튀어 나갔다. 이제 비타는 지붕 없이 하늘을 향해 열린 둥근 탑의 돌바닥 위에 서 있었다. 실크가 비타의 뒤를 따라와 소리 없이 문을 닫았다. 둘은 문틈으로 지켜보았다. 시선이 나무 계단을 다시 내려가 어둠 속을 향했다.

깜박이는 가스등 불빛이 두 아이의 아래쪽 작은 공간을 가득 채웠다. 머리가 나타나고 곧 어깨가 떡 벌어진 몸통이 보였다.

소로토어는 잠시 멈춰 서서 먼지를 들이마시며 나무 계단을 올려다보았다. 나무가 거의 다 깨진 것처럼 보였다. 비타의 입장에서는 유리한 상황이었다. 소로토어는 뭐라고 투덜대더니 계단에 발을 올렸다. 첫 번째 계단이 밟자마자 우지끈 쪼개졌다. 소로토어가 잔뜩 인상을 쓰면서 두 번째 계단으로 옮겨 가는데, 시끄러운 소리가 들렸다. 문이 쾅 닫히는 소리나 바람 소리는 아니었다. '와!' 하는 기쁨의 함성이 벽을 타고 메아리쳤다.

"비타! 찾았어!"

커다란 외침이 건물 전체에 쩌렁쩌렁 울려 퍼졌다.

"아르카디야."

비타가 숨을 몰아쉬며 속삭였다.

소로토어가 멈칫했다. 그러더니 황급히 몸을 돌려 왔던 길로 되돌아갔다.

"아르카디가 그걸 찾았나 봐! 가자! 지하실로!"

실크가 속삭였다.

"잠깐만!"

비타가 가로막았다.

"왜? 얼른 가자! 아르카디가 목걸이를 찾았다잖아!"

"아르카디가 진짜로 그걸 찾았다면 소리 따위는 지르지 않았을 거야! 걔는 바보가 아니야."

실크가 코웃음을 치자 비타가 다시 말했다.

"*아니야.* 아르카디는 똑똑해. 진짜로 영리해. 뭔가 문제가 생긴 거야."

"하지만 정말 기뻐서 지르는 소리 같았는데!"

"소로토어가 다시 내려오게 하려는 거 아니었을까? 우리가 궁지에 몰린 걸 아르카디가 알아챈 게 아닐까?"

실크가 비타의 말뜻을 알아들었다.

"이제 어떡해?"

비타는 머릿속이 복잡했다.

"우리 다시 내려가자. 아주 조용히. 무기로 쓸 수 있게 계단에서 나무 막대도 빼 가고. 뒤에서 소로토어를 공격해 보자."

"그런데 아르카디와 새뮤얼이 저 아래에서 그걸 찾지 못했다면, 그건 이 위에 있을 거야. 만약 여기에 있다면, 우리는 그걸 찾을 때까지 내려가면 안 돼."

"소로토어가 아르카디와 새뮤얼을 잡았다면, 나는 여기에 있을 수 없어. 그 애들이 여기에 있는 건 내 잘못이니까……."

비타가 실크를 지나쳐 가려고 했다.

"안 돼!"

실크가 비타를 뒤로 밀쳤다.

"지금 포기하면 그놈들이 우릴 죽일 거야. 비밀 장소는 어디야?"

비타가 부들부들 몸을 떨기 시작했다.

"그게…, 모르겠어. 탑 꼭대기에 있는 헐거운 돌이라고 했어."

실크가 주위의 돌들을 둘러보고는 황당해했다.

"지금 농담해? 좀 더 구체적인 건 없어?"

"없어."

비타의 입에서 나온 그 말은 너무도 무거웠다.

"비타! 생각해 내야 해!"

비타는 죽을힘을 다해 기억을 떠올려 보았다. 자신의 발과 배, 그리고 두려움에 울부짖는 가슴까지, 그 모든 것으로부터 기억을 더듬었다.

"할아버지는 보석 세공인이었어. 세상 모든 것이 보석이 될 수 있다고 말씀하셨어. 아름다운 돌을 찾아보자."

비타가 말했다.

"돌은 아름답지 않아! 돌은 그냥 돌이라고!"

그러나 촛불과 달빛의 어우러짐 속에서 어떤 돌은 다른 것보다 더 *아름다웠다*. 대부분이 단조로운 회색이었지만, 보라색 줄무늬나 파란색 점박이, 흰색 돌결이 두드러지는 돌도 있었다.

비타는 돌벽을 죽 훑으면서 얼룩덜룩한 반점이 있거나 대륙 모양처럼 보이는 돌들에 손을 뻗어 밀거나 끌어당겨 보았다. 실크는 돌바닥에 쭈그려 앉아서 숨죽인 소리로 중얼거렸다.

"아름다운 돌. 그래, 당연히 있을 거야. 화려한 돌덩이라니, 안 될 건 뭐야?"

탑은 원형으로, 바닥 지름은 겨우 다섯 걸음밖에 되지 않았지만, 벽은 높이가 비타의 키보다 훨씬 높았다. 만약에 그게 높은 곳에 있는 돌 중 하나라면 어떻게 해야 할지 막 걱정되기 시작한 순간, 비타의 손가락 아래로 갑작스럽게 패인 자국이 느껴졌다.

비타는 손이 닿아 있는 돌을 다시 살펴보았다. 거의 완벽한 정사각형에 회색이었고, 전면을 가로질러 우툴두툴하고 푸르스름한 번개 모양이 보였다.

비타는 돌 가장자리의 모르타르를 손가락으로 파내고 잡아당겨 보았다. 돌은 덜거덕거리긴 했지만 모르타르가 붙어 있어 처음에는 꿈쩍도 하지 않았다. 그러다 마침내 조금씩 서서히 빠지는 듯하더니, 어느 순간 갑자기 쑥 빠져 비타의 품에 왈칵 들어왔다가, 밑으로 떨어져 발을 찧을 뻔했지만 아슬아슬하게 비껴 돌바닥에 굴렀다.

"실크!"

말로는 도저히 설명이 안 되는, 느닷없이 왈칵 쏟아져 나온 눈물에 비타의 목소리가 제멋대로 흔들렸다.

"실크!"

실크가 고개를 돌려 비타를 보더니 눈이 휘둥그레지고 입이 떡 벌어졌다. 벽 한가운데 비스듬히 끼워진 나무 상자가 촛불에 비쳤다.

"찾았어."

비타가 속삭였다.

실크는 너무 놀라서 목이 잠긴 채 말했다.

"나는 사실 못 믿었어! 진짜 있다니, 믿을 수가 없어!"

상자를 꺼내는 비타의 손이 덜덜 떨렸다. 손은 온통 상처투성이였고, 손끝은 살갗이 다 까져 있었지만, 비타는 아무것도 느끼지 못했다.

상자에는 켜켜이 먼지가 낀 데다 모르타르 조각도 군데군데 붙어 있었다. 크기는 활짝 편 아이 손바닥만 했다. 비타가 소매로 닦자 갈색 나무가 풍성한 색감을 드러내며 은은하게 빛났다. 비타는 상자를 흔들어 보았다. 보석이 덜거덕거리는 소리는 나지 않았지만, 천으로 감싼 무언가가 툭툭 부딪히는 소리가 들렸다. 비타는 뚜껑 밑에 손톱을 끼워 열어보려고 했다.

다시, 더 세게 해 보았다.

"안 열려!"

비타는 상자를 자세히 살펴보았다. 두 손으로 상자를 뒤집어 보기도 했다.

"잠금장치가 안 보이는데……."

실크가 상자를 가져갔다.

"어딘가에 숨겨져 있을 거야. 내가 할 수 있을……."

그러나 바로 그 순간, 아래층에서 비명이 들렸다. 비타와 실크의 눈이 마주쳤다.

"새뮤얼이야. 가자!"

비타는 절름거리며 달려가는 와중에 뒷주머니에서 기름걸

레를 꺼내 더듬더듬 상자를 감쌌다. 그러고는 셔츠 앞자락 속으로 밀어 넣었다. 살갗에 닿는 느낌이 차가웠다.

계단을 내려오면서 비타는 온 힘을 다해 빨리 달렸다. 살면서 내내 들었던, '천천히, 조심조심'이라는 말은, 그 순간만큼은 까맣게 잊어버렸다. 새뮤얼과 아르카디를 향해 부츠에서 쿵쿵 소리가 나도록 계단을 뛰어 내려갔다. 미끄러지는 바람에 엉덩이로 세게 주저앉은 실크는 욕을 내뱉었지만 재빨리 다시 일어섰고, 도와주려고 돌아선 비타에게 얼른 가자며 등을 앞으로 떠밀었다.

둘은 나무 문을 벌컥 열고 복도로 나갔다. 시끄러운 소리가 나도 더 이상 신경 쓰지 않았다.

"기다려! 좀 들어 보자."

실크가 가쁜 숨을 몰아쉬며 말했다.

비타는 숨을 참아보려고 애를 썼다. 집은 쥐 죽은 듯 고요했다. 그러다 다시 시작되었다. 비명이 한 번 나고 그게 잦아들기도 전에 다시 계속 반복되는 식이었다.

비타가 얼굴을 찡그렸다. 두려움에 내지르는 비명이 아니었다. 일부러 내는 소리였다. 차가운 공기를 뚫고 마치 함성처럼 날카로운 소리가 울려 퍼졌다.

"아래층이야."

실크가 말하자 비타가 대답했다.

"가자."

둘은 어두운 복도를 따라 최대한 소리 없이 움직였고, 닫혀 있는 문은 조용히 지나쳤다.

갑자기 문 하나가 벌컥 열렸다. 누군가가 튀어나와 비타의 허리를 향해 달려들더니 비타의 양손을 옆구리에 붙여 꼼짝 못 하게 한 뒤 정면으로 바닥에 내동댕이쳤다. 몸부림치던 비타가 간신히 한쪽 팔을 빼고 얼굴을 막 할퀴려는데 숨 가쁜 목소리가 들렸다.

"비타!"

그러고는 틀어쥐고 있던 손을 풀어주었다.

"소로토어인 줄 알았어!"

아르카디였다. 아르카디는 옆으로 굴러서 벌떡 일어섰다.

"괜찮아?"

비타는 괜찮지 않았다. 발등 안쪽 깊은 곳이 불에 타는 듯 고통스러웠다. 하지만 그저 묻기만 했다.

"어떻게 된 거야? 말해 봐!"

"너희들이 간 쪽으로 소로토어가 가는 걸 봤어. 그래서 내가 반대편 침실로 달려가 보석을 찾았다고 소리를 질렀지. 그러자 그놈이 들이닥치더라고. 나는 서랍장 속에 숨어 있었어. 옷장은 너무 뻔해서 분명 들켜버리고 말 거니까. 그런데 그놈이 서랍장을 열려고 하는 거야. 그런데 바로 그때⋯."

"바로 그때?"

비타가 물었다.

"새뮤얼이 고함을 질렀어. 그 침실에 온 건 아니고, 아래층 어딘가였던 것 같아. 그 소리에 소로토어가 고양이처럼 악쓰는 소리를 내면서 달려갔어. 그런데 내가 서랍장 틈새로 봤는데, 비타. 그놈, 총을 들고 있어."

"얼른 가자. 새뮤얼한테!"

비타가 천천히 일어서서 왼쪽 다리를 죽 뻗으며 말했다.

"조용히 갈까? 아니면 빨리 달릴까?"

실크가 물었다.

"조용히. 지금은 그게 좋겠어. 무슨 일이 일어나고 있는지 살펴봐야 하니까."

비타가 말했다.

아르카디가 비타에게 손전등을 건네주었고, 비타는 계단 맨 윗부분까지 앞장을 섰다. 비타가 멈칫했다.

"무슨 일이 있는 것 같아."

비명은 더 이상 들리지 않았다. 그러나 현관홀의 대리석 바닥에서 다급한 발소리가 울려 퍼졌다.

곧 성이 나서 고함치는 소리가 들렸다.

"꼬맹이! 빠져나갈 구멍은 없어. 이 자식! 어디 있는 거야? 이건 게임이 아니야!"

비타가 앞장섰다. 가장자리에서 먼 쪽, 나무좀이 덜 슬고 조금 덜 삐걱대는 부분을 디디며 조심스럽게 계단을 내려갔다.

비타는 복도가 꺾이는 곳에서 머뭇거렸다. 한 걸음만 더 가면 소로토어에게 노출되는 순간이었다.

비타는 아르카디를, 아르카디는 실크를, 실크는 비타를 바라보았다.

"내 가장 소중한 친구가 저기 있어. 난 이제 조용히 가지 않을 거야."

아르카디가 말했다.

"그래, 달려들자."

비타가 말했다.

아르카디가 커다랗게 함성을 질렀고, 세 아이는 나는 듯 돌진했다. 비타가 앞장을 서서 복도 끝을 지나 돌로 지은 커다란 홀 안으로 달려 들어갔다. 동굴 모양의 커다란 방 한가운데, 소로토어가 한 손에는 손전등을, 다른 손엔 산탄총을 들고 서 있었다. 소로토어가 몸을 확 돌렸다.

순식간에 몇 가지 일이 동시에 일어났다. 소로토어는 비타를 보고 고함을 질렀다. 분노로 목이 멘 소리였고, 그 엄청난 분노에 비타는 그대로 얼어붙은 채 숨도 못 쉬고 멍하니 바라보기만 했다. 날것 그대로의 분노가 살갗에까지 고스란히 드러난 것을 본 적이 없었다. 그렇게 무서운 얼굴은 살면서 처음 보았다.

바로 그 순간 12미터 위 가장 높이 있는 창문에서 어떤 형체가 밧줄을 잡고 훌쩍 날았다. 창문의 쇠창살에 묶인 밧줄은 몸뚱이가 허공으로 솟구치자 휘릭 소리를 내며 팽팽해졌다.

모두가 고개를 쳐들었다. 공중에서 밧줄을 놓은 새뮤얼이 샹들리에의 아랫부분을 낚아채고는 마치 그네를 타듯 세게 휘둘렀다. 그 바람에 커다란 크리스털 장식들이 짤랑거리며 서로 부딪혔고, 작은 것들은 우박처럼 후드득 바닥으로 떨어졌다.

도무지 믿기지 않는 광경에 소로토어는 넋이 빠진 듯 멍하니 서 있었다.

"도망가! 지하실로 가. 격자창 떼 내는 걸 시작해."

비타가 실크와 아르카디에게 속삭였다.

둘이 머뭇거리자 비타가 세게 떠밀었다.

"제발!"

그러자 둘은 이번에는 먼저 도망쳤다. 아르카디와 실크는 소로토어를 지나 부리나케 달려갔다. 소로토어는 샹들리에가 매달려 있는 쇠사슬을 붙잡으려고 샹들리에에 가지를 타고 위로 올라가는 남자아이에게서 눈을 떼지 못하고 있었다.

비타는 몇 발짝 뒤에서 아이들과 함께 달리다 홀 가장자리에서 방향을 틀어 망가진 채 자정을 가리키고 있는 할아버지의 괘종시계 뒤에 웅크리고 앉았다.

"어이, 꼬맹이! 소리 지른 게 너야? 네가 에메랄드를 갖고 있나?"

소로토어가 물었다.

새뮤얼은 아무 말도 하지 않았다.

비타의 손이 스위스 칼을 잡았다. 그리고 칼날을 휙 뺐다. 비타는 칼이 소로토어의 가슴에 정확히 꽂히기 위해 그려야 할 곡선을 전문가처럼 치밀하게 계산했다.

그러나 칼을 던질 수가 없었다. 비타는 할아버지가, 그리고 자신을 향한 할아버지의 순진한 신뢰가 생각났다. *'네 인생의 진짜 무기는 칼 따위가 아닐 거야.'* 비타는 손목을 구부릴 수도, 칼을 던질 수도 없었다. 온몸이 뻣뻣하게 굳었다.

"이 녀석, 당장 내려와. 그러지 않으면 너부터 먼저 쏘고, 네 친구들도 그렇게 해 주겠어."

칼을 던지는 것은 곧 죽음을 의미했다. 웅크린 채 숨어서 지켜보던 비타는 온몸이 덜덜 떨리기 시작했다. 비타는 죽음과는 아무런 관련이 없길 바랐다. 최후라거나, 결말 혹은 암흑세계 같은 것과도 아무 상관이 없길 바랐다. 비타는 저 남자가 싫었다. 비타가 싫어하는 모든 생명체 중에 제일 끔찍하게 싫었다. 하지만 어쨌든 저 남자는 지금 살아 있다.

새뮤얼은 눈이 휘둥그레져 바라보고 있었다.

칼을 던져. 비타는 속으로 소리를 질렀다. *그걸 던지라고.*

칼을 쥔 손이 옆으로 떨어졌다. 그러면서 탑에서 가져온 녹슨 자물쇠가 주머니 속에 있는 것이 느껴졌다.

비타가 자물쇠를 꺼냈다. 갑자기 몸이 다시 말을 듣기 시작했다. 비타는 거리와 각도를 짧고 정확하게 계산해 겨냥한 뒤, 팔을 어깨 뒤로 젖히고 힘껏 던졌다.

자물쇠가 소로토어의 왼쪽 귀 바로 위 관자놀이를 강타했다. 소로토어가 한 걸음, 두 걸음, 뒤로 비틀거리더니 줄이 끊어진 마리오네트처럼 고꾸라졌다.

비타가 허둥지둥 일어섰다.

"새뮤얼, 뛰어내릴 수 있겠어?"

새뮤얼이 돌바닥을 내려다보더니 고개를 저었다.

"돌 위는 안 돼. 발목이 박살 날 거야."

"움직이지 마! 내가 사다리를 찾아볼게."

비타가 외쳤다. 몸이 너무 뻣뻣해서 가만히 서 있는 것조차 힘들었지만, 비타는 복도로 달려 나가려고 했다.

"잠깐만!"

새뮤얼이 저 위에서 고개를 가로저었다. 그러더니 몸을 앞뒤로 움직이기 시작했다. 쇠사슬에 매달린 샹들리에가 엄청나게 흔들리면서 아래에 있는 소로토어의 몸에 크리스털을 흩뿌렸다. 샹들리에가 가장 멀리 갔을 때 새뮤얼은 손을 놓으려는 듯했지만, 얼굴에 두려운 기색이 떠오르며 머뭇거렸다. 샹들리에가 다시 뒤로 갔다.

비타는 기억났다. 한밤중 카네기 홀의 공연장에서 새뮤얼이 공중으로 솟구쳐 오르며 발산하던 그 강렬한 환희가. 그리고 새뮤얼이 외치던 그 말도 기억났다.

"*리스토! 새뮤얼, 리스토!*"

비타가 외쳤다.

새뮤얼이 숨이 찬 목소리로 외쳤다.

"준비!"

샹들리에가 오른쪽으로 위로, 더 위로 올라갔다. 그 순간 비타가 소리를 질렀다.

"*헵!*"

커다란 홀에 메아리치는 소리와 함께 새뮤얼이 덜거덕거리는 샹들리에를 놓고 허공으로 솟구쳤다.

새뮤얼이 비타 옆을 지나 팔을 죽 뻗고 한 번, 두 번, 2회전 공중제비를 넘었다. 그러고는 무르고 좀이 슨 복도의 나무 바닥에 어깨로 착지한 다음 두 번 구르고 펄쩍 일어나서 인상을 찌푸리며 옆구리를 문질렀다.

"다쳤어?"

비타가 물었다. 비타는 소로토어 옆으로 가서 총을 낚아챈 뒤 새뮤얼에게 달려갔다.

"피가 나!"

나무 가시랭이에 살갗이 파였지만 새뮤얼은 대답할 생각이 전혀 없었다.

"찾았어?"

비타는 새뮤얼이 무슨 말을 하는지 곧바로 알아챘다.

"응."

비타가 대답했다. 지금 그곳에 벅찬 승리감 같은 건 조금도
없었다. 비타는 산산조각이 나 바닥에 엉망으로 흩뿌려진 크리
스털과 그 사이에 쓰러져 있는 한 남자를 바라보았다. 모든 영
웅과 범죄자, 그리고 탈옥의 명수들이 하는 말이 비타의 입에
서 흘러나왔다.

"얼른 여기서 나가자."

불장난

새뮤얼과 비타는 걸음을 옮길 때마다 어깨 너머로 뒤를 살피며 달렸다. 절룩거리며 부엌을 지나는데 경비와 그 동료, 그리고 삽이 철컹거리는 소리가 아주 희미하게 들렸다. 둘은 지하실이 비어 있는 것을 확인했다. 비타가 꺼져가는 손전등으로 내부를 훑었다. 숨이 막힐 듯 답답했던 먼지 냄새가 사라졌고, 벽에 뚫린 구멍으로 차가운 밤바람이 바로 불어 들어왔다. 둘은 길이가 30센티 정도 되는 구멍을 내다보았다. 반대편에는 둑도, 땅도 없었다. 그저 호수로 바로 떨어지는 구멍만 있었다.

구멍 바깥으로 소로토어의 총을 던져버린 비타는 새뮤얼 넓은 어깨를 보며 갑자기 두려움에 휩싸였다.

"통과할 수 있을까?"

"어차피 이것밖에 방법이 없잖아. 너 먼저 가."

새뮤얼이 말했다.

"싫어! 네가 몸집이 크니까 너 먼저 가. 나는 통과할 수 있고 너는 안 되면, 너 혼자 여기 남게 되잖아."

새뮤얼과 계속 실랑이를 벌일 것 같아, 비타가 구멍으로 밀어붙였다.

"그렇게 잘난 척하지 마! 이건 그냥 당연한 논리야!"

"좋아."

새뮤얼이 말했다. 새뮤얼은 먼저 발을 넣고, 두 팔을 머리 위로 올려 가능한 한 어깨를 좁게 만들었다. 조금 전, 샹들리에에서 떨어지며 까진 살갗이 또다시 돌에 긁혔다. 새뮤얼은 아무말 없이 그저 자신의 몸을 밀어 넣었다. 얼굴이 고통으로 일그러졌다.

"꽉 꼈어!"

새뮤얼이 숨을 헐떡이며 말했다. 새뮤얼의 말이 채 끝나기도전에 위쪽의 문이 열리기 시작했다.

비타는 손전등을 떨어뜨리고, 양손으로 새뮤얼의 팔을 잡고는 온 힘을 다해 떠밀었다. 헉하는 소리를 내며 새뮤얼이 호수로 떨어졌고 물이 튀었다. 비타가 꺼져가는 전등 불빛이 비치는 곳을 벗어나 후다닥 어두운 곳으로 피했다. 줄지어 놓인 선반 아래쪽, 와인병이 쌓여 있는 뒤로 다급히 몸을 푹 수그리고 숨었다.

소로토어의 번들거리는 검은 구두가 문을 통과해서 계단을 내려오다 잠시 멈칫했다. 구멍이 뚫려 있는 벽과 빙그르르 돌고 있는 손전등으로 시선이 향했다. 전등이 깜빡깜빡하더니 꺼졌다.

"네가 아직 여기 있다는 걸 알아. 숨소리가 다 들려."

소로토어의 목소리가 어둠 속에 메아리쳤다.

발자국 소리가 와인병이 쌓인 통로를 따라 울렸다. 소로토어가 들고 있는 작은 석유램프의 불빛이 비타가 있는 곳으로부터 선반 두 개 정도 떨어져 있었다. 비타는 발을 끌며 뒤로 움직여 보려고 했지만 그럴 수가 없었다.

"꼬맹이, 할 만큼 했잖아. 내가 충분히 당해 줬다고."

돌바닥처럼 차가운 목소리였다.

비타는 어둠 속에 웅크리고 있었다. 마음 깊은 곳에서부터 공포가 차올랐다. 이번에는 도저히 이겨낼 수가 없었다. 두려움은 이제 비타의 머릿속까지 삼켜 버리겠다며 위협하고 있었다. 공포에 짓눌려 비타의 몸도 점점 굳어버렸다. 비타는 살갗에 동물 가죽, 아니면 뭔가 전혀 맞지 않는 낯선 옷을 뒤집어쓴 느낌이었다.

비타는 생각했다. *더 이상은 못 하겠어.*

무대 위, 사슬에 묶여 있던 코끼리가 생각났다. 코끼리가 느꼈을 절망감이 바로 지금 비타의 심정과 같을 듯했다.

결국 공포는 머릿속까지 차올랐고, 이제 비타는 완전히 두려움에 압도되었다.

방망이질 치는 비타의 심장은 사슬에 묶인 코끼리를 다시 불러왔고, 그 장면은 이제 잭 웰스, 할아버지에 대한 기억으로 이어졌다. 병원 벽에 과녁을 그리던 할아버지는 자유로웠고 재능을 타고난 데다 생기가 넘치는 사람이었다. 이 순간이 떠오른 것은 처음이었다.

그렇게 공포는 사랑과 우연히 마주쳤고, 둘은 하나로 합쳐졌다. 그리고 그 사랑이 비타의 무기가 되었다.

비타는 소로토어가 꿈에도 생각하지 못했던 분노의 고함을 지르며 달려들었다.

소매치기 패거리와 붙었던 골목 싸움과는 전혀 달랐다. 소로토어와 비타 양쪽 모두의 분노가 격돌했다. 불현듯 다가온 실패의 예감에 대한 분노, 자신을 빤히 노려보고 있는 이 못생기고 불구인 아이에 대한 분노는 소로토어의 것이었다. 너무나 많은 것을 빼앗고, 너무나 많은 것을 망가뜨린 이 인간을 동경하는 세상의 어리석음에 대한 분노는 비타의 것이었다.

덩치가 더 큰 쪽은 소로토어였지만, 더 크게 분노한 쪽은 비타였다. 어린 나이와 작은 몸집에도 불구하고, 비타는 소로토어보다 더 무자비했고 훨씬 더 고통에 익숙했다. 소로토어의 손이 비타의 허리를 움켜쥐자 비타는 몸부림을 치며 살갗을 물어뜯었다. 무엇을, 어디를 물었는지 확실치 않지만, 피가 날 정도로 세게 문 것만은 확실했다. 소로토어는 짐승처럼 비타를 흔들어댔다. 짐승과 짐승이 맞붙어 싸우는 듯했다.

뒤쪽으로 밀려간 비타의 손이 유리병을 스치자, 비타는 병목을 그러쥐고 소로토어의 머리에 내리쳤다. 그러자 술과 유리 조각으로 엉망인 바닥에 소로토어가 잠시 쓰러졌고, 비타는 구멍이 있는 뒤쪽 벽을 향해 달려갔다.

소로토어는 술에 잔뜩 젖은 채 다시 일어나 숨을 헐떡이며 비타를 찾아 나섰다.

비타는 스위스 칼의 칼날을 휙 열어 단 한 번 깊게 호흡하며 겨냥한 뒤, 던졌다. 칼은 소로토어의 머리 뒤, 유리로 된 위스키 병 한가운데로 똑바로 날아갔다. 병이 터지면서 소로토어는 머리에 위스키를 덮어썼고, 옆에 있던 다른 병 열 몇 개도 바닥으로 떨어졌다. 유리 파편이 사방으로 튀고, 벽에 부딪혀 튕겨 나왔다. 엄청난 굉음에 소로토어는 눈을 가리려고 손을 쳐들었고 황급히 몸을 숙였다.

비타는 벽에 난 구멍으로 쏜살같이 달려갔다. 벽에 한쪽 손을 얹고 침착하게 몸을 가눈 비타가 소로토어를 향해 고개를 돌리고 말했다.

"당신 부하 딜린저가 그랬어. 내가 불장난을 하고 있다고."

비타는 모든 분노와 공포를 손끝에 집중시켰다. 그러고는 자신의 손전등을 집어 들고 손가락 끝으로 돌린 뒤, 던졌다. 손전등은 쌓여 있는 유리병이 아니라 소로토어가 바닥에 놓아둔 석유램프를 향했다. 폭발이 일어났다. 불꽃은 위스키를 집어삼켰고, 구불구불 바닥을 타고 소로토어를 향해 달려갔다.

비타는 연기를 한가득 들이마셔 숨이 턱 막혔다. 불이 붙기 딱 좋을 정도로 기름칠이 잔뜩 된 소로토어의 머리에 불꽃이 닿는 순간이었다. 소로토어는 비명을 지르며 자신의 재킷을 덮어 불을 꺼 보려고 몸부림을 쳤다.

비타는 두꺼운 벽에 몸을 밀어 넣어 통과한 뒤 허공에 곤두박질쳤다. 물에 닿는 순간은 마치 땅에 떨어진 것처럼 아팠지만, 곧 물이 열리면서 비타를 받아 주었다. 비타는 컴컴한 물속에서 공중제비를 넘듯 구르고 또 굴렀다.

완전한 암흑이었다. 아무런 방법도 떠오르지 않았다. 비타는 당황하지 않도록 자신을 억지로 진정시켰다. 눈은 떴지만 방향 감각을 잃고 빙글빙글 돌다가, 공기 방울을 내뿜으면 표면으로 떠오른다는 사실이 기억났다. 비타는 폐 속의 공기를 반쯤 내뿜었다. 그 바람에 물이 쑥 들어왔지만 숨이 막히지 않도록 애를 썼다. 자신이 내뿜은 듯한 공기 방울이 옆에서 위로 올라가는 게 보였고 비타는 방울을 따라 헤엄쳤다. 한 손으로는 셔츠 아래에 있는 상자를 꽉 움켜쥐고, 다른 손으로 물을 갈랐다.

머리가 물 밖으로 불쑥 올라왔고 비타가 숨을 헐떡였다. 숨이 막혀서 캑캑거리며 연거푸 공기를 들이마셨다. 비타의 전방, 저쪽 호수 기슭에서 어떤 형체가 막 떠올라 달빛을 받았다. 세뮤얼이었다. 손들이 쭉 뻗어 나와 새뮤얼을 잡고서 덤불 쪽으로 잡아끌었다.

물속에서 비타는 정신없이 허우적거리며 몸부림을 쳤다. 그러다 경비가 기억났다.

"조심해!"

비타는 혼잣말로 스스로 주의를 주며 수면 아래로 헤엄치려고 애를 썼다. 물과 연기를 들이마셔 비타의 가슴은 타는 듯 고통스러웠고, 심장은 격렬하게 날뛰었다. 팔과 다리는 그 근육이 할 수 있는 것보다 훨씬 더 필사적인 힘으로 물을 뒤로 밀어내며 움직였다. 비타는 매 순간 모터보트가 자신을 뒤쫓아 오는 소리가 들리기를 바랐다. 위험을 무릅쓰고 흘끔 뒤를 보았다. 성벽에 뚫린 구멍으로 연기가 뱀처럼 구불구불 피어오르고 있었다.

다시 헤엄을 치려고 발을 차는데, 발이 땅에 닿았다. 비타는 진흙탕에서 몸을 일으키려고 했지만, 곧 무릎이 꺾이며 넘어졌다. 다시 일어섰지만 또 비틀거렸는데, 이번에는 비타의 손을 잡아주려고 허리 깊이까지 흙탕물을 헤치며 들어와 있던 실크가 비타의 손을 잡아 덤불 쪽으로 끌어당겼다.

아르카디와 새뮤얼도 흠뻑 젖은 채 기다리고 있었다. 개들도 함께였다. 바이킹과 헌터 역시 완전히 젖어 있었다.

"애들은 남자들이 모두 땅을 파러 갔을 때, 선착장 쪽으로 도망쳐 나왔나 봐. 내가 데리고 갈 거야."

아르카디가 말했다.

아이들은 아무 말 없이 비척대며 밤새 걸어서 말들이 있는 곳에 이르렀다. 진흙투성이에다 흠뻑 젖은 비타의 다리는 날카로운 비명을 고통스럽게 질러댔다. 말들이 아르카디의 얼굴을 알아보고 히힝 소리를 내며 울었다. 아르카디는 말에 올라탄 뒤 서 있기조차 힘들어하는 비타를 끌어올려 앞에 태웠다.

실크가 양손을 동그랗게 말아 내밀자 새뮤얼이 그걸 밟고 말에 올라탔다. 어깨에 난 상처가 깊어 암갈색 말 위로 피가 뚝뚝 떨어졌지만, 새뮤얼은 멀쩡한 쪽 손을 내밀어 실크가 자기 뒤에 올라타도록 도왔다. 아이들은 숲을 통과해 전속력으로 달렸다. 아르카디가 탄 말 양쪽으로 바이킹과 헌터도 함께 달렸다. 마침내 시골길로 나섰고, 아이들은 서로를 꼭 부여잡은 채 해가 뜰 때까지 계속 말을 타고 달렸다.

가는 길에 눈이 내리기 시작했다.

한편 성에서는, 깊이 2.5미터 정도 되는 구덩이에 서 있던 경비가 고개를 쳐들어 킁킁대며 냄새를 맡고는 황급히 달려갔다. 그리고 반쯤 꺼진 불길 속에서 거의 의식을 잃은 채 계단에 쓰러져 있는 소로토어와 엄청난 양의 유리 파편을 발견했다. 경비는 양동이를 달라고, 물을 달라고, 도와달라고 소리소리 질러

댔다.

그리고 한쪽 구석, 아직 불길이 미치지 않은 곳에 옷더미가
쌓여 있었다. 살면서 위험한 생각이라고는 한번도 해 본 적이
없을 것 같은, 그런 아이들이 입을 법한 옷들이었다.

서커스단

다음 열차는 몇 시간 뒤에 있었다. 검은 말이 승강장에 가로 눕자 아이들 넷과 개 두 마리가 부드러운 동물의 온기를 찾아 말에 기대 웅크렸다. 아르카디가 들판에서 말 담요를 몇 개 찾아 가져왔음에도, 아이들이 힘들어하며 기차에 기어오를 때까지 비타는 온몸 마디마디 고통스러워했다. 비타는 이가 딱딱 부딪치지 않도록 계속 턱을 앙다물고 있었다.

다행히도 기차는 따뜻했다. 곧 아이들의 옷에서 김이 모락모락 났고, 객차 유리창 안쪽이 뿌옇게 변했다. 음식을 파는 카트가 객차를 통과하고 있었다. 아르카디가 주머니에서 동전을 하나 발견한 덕분에 핫초코 한 잔을 넷이서 나누고는 식기를 기다릴 틈도 없이 금세 마셔 버렸다. 그리고 나서 비타는 신발을 신고 좌석에 발을 올리면 안 된다는 규칙 같은 건 모르는 척 좌석 위로 접어 올린 다리를 깔고 앉아서 객차 구석에 몸을 기댔다.

뉴욕에 도착할 때쯤 비타는 잠에서 깼다. 실크와 아르카디는 자고, 새뮤얼은 창밖을 내다보고 있었다. 새뮤얼이 비타를 향해 고개를 돌렸다.

"어떻게 된 건지 이해하려고 계속 생각해 봤어. 그 빨간 수첩 말이야. 단지 계획만 있는 게 아니라 지도, 기차 시간표 등등 모든 게 다 있었어. 보니까 뒤에는 일기장 같은 것도 있고. 너희 할아버지와 칼에 대한 것도. 그건 왜 쓴 거야?"

"그것도 소로토어가 보라고 썼어. 자신이 어떤 사람에게 몹쓸 짓을 했는지 알기를 바랐거든."

비타가 대답했다.

그랜드 센트럴 역 천장의 별들이 환영의 뜻으로 깜빡거렸다. 아이들은 눈발을 헤치고 덜덜 떨면서 터덜터덜 걸었다. 독일셰 퍼드 두 마리가 뒤를 따랐다. 웨스트 45번가를 가로질러 7번가로 가 타임 스퀘어를 빠져나온 뒤 카네기 홀로 향했다.

"우리가 집에서 나온 걸 어른들이 눈치챘을까?"

아르카디가 말했다.

"그렇게 생각하고 마음의 준비를 하는 편이 나을 것 같아."

새뮤얼이 말했다.

"얼마나 야단맞을지 걱정이다."

비타도 같은 걱정을 하고 있었지만 억지로 눌러 참았다. 비타가 귀가한 뒤 겪게 될 곤란은 이 외출이 감수해야 할 위험에

비하면 너무나 하찮게 보여서 거의 아무런 고려 대상도 되지 못했다. 하지만 지금 그 걱정은 보통 때보다 훨씬 더 소란스러울 예정이라며 존재감을 드러내고 있었다.

모퉁이를 돌자마자 비타는 심장이 덜컥 내려앉았다. 카네기 홀 바깥 도로에 한 무리의 사람들이 서 있었다. 아르카디의 어머니와 아버지, 화가 많이 나 얼굴이 굳어 있는 모건 카바짜, 그리고 곡예사 마이코였다. 경찰관 하나가 메모를 하고 있었다. 무리의 가장자리에 비타의 엄마가 서서 거리를 훑어보고 있었다. 필사적인 눈빛이었다.

실크가 잽싸게 방향을 틀어 모퉁이 뒤로 되돌아왔다. 다른 아이들도 뒤를 따랐다.

"난 안 가! 바워리로 갈 거야."

실크가 말했다.

"안 돼! 경찰은 너를 알아보지 못할 거야. 그때 그 경찰이랑 같은 사람도 아니고. 그리고 우리는 함께 뭉쳐야 해. 어쨌든 너도 에메랄드를 보고 싶지 않아?"

아르카디가 말했다.

호수와 여행에 얼룩지고 지친 아이들이 함께 모퉁이를 돌아나갔다. 바로 그 순간, 여우가 울부짖는 듯한 소리가 허공에 울려 퍼졌고, 다들 심장이 멎는 것만 같았다. 줄리아 말로가 거리를 질주해 왔다.

줄리아는 비타를 땅에서 번쩍 들어 올려 가슴으로 끌어당기더니 둘이 하나로 묶인 것처럼 꽉 껴안았다.

"어디를 갔다 온 거야? 다쳤어? 피가 나잖아! 무슨 일이야? *무슨 짓을 한 거야?*"

비타는 엄마의 어깨에 얼굴을 묻고 향수 냄새를 맡았다. 엄마의 목을 두 팔로 감싸 안았다. 엄마가 눈물을 닦으려고 비타를 껴안고 있던 손을 풀었지만 비타는 절대 놓지 않았다.

경찰은 작은 소리로 뭐라 중얼거리며 떠났고, 한동안 간신히 참았던 것들이 터져 나오면서 그 거리는 일대 혼란에 빠졌다. 아르카디의 엄마는 아들을 껴안는 동시에 찰싹 때렸고, 아빠는 화가 잔뜩 난 채 그 곁에 꼿꼿하게 서 있었다. 새뮤얼은 감정이 격해져서 온몸을 부들부들 떨며 쇼나어로 나지막이 이야기하고 있는 삼촌 앞에 꼼짝도 않고 있었다. 실크는 땅바닥에 시선을 고정한 채 조금 떨어져 서 있었다.

"안으로 들어갑시다. 따뜻한 곳으로."

라자렌코가 강한 러시아 억양으로 말했다. 간신히 화를 억누르고 있는 게 목소리에 그대로 드러났다.

"너희들 모두, 우리를 고생시킨 어젯밤 일에 대해 아주 그럴듯한 변명거리를 준비하는 게 좋을 거다."

모두가 커다란 대리석 홀을 가로질러 갔다. 개 두 마리는 아르카디를 뒤따랐다.

"중앙 무대로 가요. 마티네(연극·영화 등의 낮 공연)가 있어서 이미 난방을 시작했을 거예요."

라자렌코 부인이 말했다.

다 함께 줄지어 들어갔다. 독일셰퍼드들은 벨벳 좌석 두 개에 올라앉아 잠이 들었다. 비타의 눈에는 오로지 무대 중앙의 나무 의자에 앉아 있는 사람만 보였다. 목소리가 커다란 홀에 울려 퍼졌다.

"두목님, 제발 설명 좀 해 봐라."

비타의 할아버지가 일어서 지팡이에 몸을 기대고 비타를 내려다보았다. 할아버지의 얼굴은 화가 나 일그러져 있었다. 웃음기라고는 전혀 없었다.

엄마가 비타를 앞으로 떠밀었다.

"할아버지에게 가 봐. 네 걱정을 얼마나 많이 하신 줄 몰라. 화도 많이 나셨어. 심장 마비가 올까 봐 걱정될 정도였어."

사랑하는 이의 발 앞에 보물을 내려놓음으로써 스스로를 증명할 기회를 갖기란 매우 드문 일이다. 비타는 할아버지에게 다가가는 동안 그 공간이 점점 더 확대되는 것 같았다. 무대로 가는 계단을 올라 할아버지 앞에 서는 그 순간이 마치 몇 킬로미터를 여행하는 것처럼 느껴졌다.

비타는 겉옷 단추를 풀고 내의 안으로 손을 넣어 작은 물건을 하나 꺼냈다. 아직 축축하게 젖어 있는 기름걸레를 풀어 헤쳐 나무 상자를 들어 올린 뒤 할아버지의 손에 놓았다.

할아버지가 몸을 떨기 시작했다. 곧 할아버지의 시선이 비타를 향했다.

"두목, 이걸 어떻게 가져왔어? 도대체 무슨 일을 한 거야?"

"그걸 열 수는 없었어요. 잠금장치를 찾을 수가 없어서. 용접이 된 건가요? 작은 탑에서 찾았어요."

비타가 속삭이듯 말했다.

"허드슨 성에? 너희들 허드슨 성에 갔다 온 거냐?"

할아버지는 비타부터, 비타의 뒤를 따라와 지금은 무대 한쪽 구석에 서 있는 새뮤얼, 실크, 아르카디를 죽 쳐다보았다.

"네. 우리는…, 그게 틀림없다고 생각했어요. 그게 맞지요? 그렇지 않나요?"

할아버지가 상자를 뒤집었다. 한순간, 비타는 정말 끔찍하게도 할아버지가 알아보지 못하면 어쩌나, 아니라고 하면 어쩌나 두려웠다. 이게 바로 그 상자가 아니라면, 비타는 아무것도 아닌 걸 가져오기 위해 그 멀고 낯선 곳으로 가 싸움을 벌인 셈이었다.

그러나 할아버지의 손가락이 무언가를 찾는 듯 나무 상자를 어루만졌다. 할아버지가 어딘가를 누르자 상자 전면부의 아랫부분이 앞으로 톡 튀어나오면서 비타의 작은 손톱만 한 열쇠 구멍이 드러났다.

할아버지가 손목시계 체인에 손을 뻗었다.

"내가 열쇠를 여기에 매달아 두었거든."

할아버지가 말했다.

"나에게 남은 거라고는 이 열쇠뿐인 줄 알았다. 나는 그 상자를 다시는 못 볼 줄 알았어. 열쇠가 나의 전부라고 생각했지. 그걸로 충분하다고 스스로를 위로하려고 애썼단다."

열쇠는 아주 작았고, 할아버지는 관절염이 있는 손으로 그걸 들고 상자를 만지작거렸다. 마치 마지막으로 사용한 때가 바로 한 시간 전인 것처럼, 열쇠가 짤그락 소리를 내며 구멍으로 들어갔다.

비타는 주머니에 손을 찔러 넣고 손가락을 하나하나 모두 꼬아가며 행운을 빌었다.

할아버지는 다시 앉아서 상자를 무릎 위에 올려놓았다. 할아버지의 손은 날마다 떨렸지만, 지금은 너무 심하게 떨려서 뚜껑을 여는 데 벌써 세 번이나 손이 미끄러졌다.

오래된 나무가 삐걱거리는 소리를 내며 상자가 열렸다. 윗부분을 따라 광택이 났다. 호수에 빠져 있던 시간에도 불구하고 안쪽은 멀쩡했고, 상자 속은 검은 벨벳 뭉치로 채워져 있었다.

할아버지가 잠시 숨을 삼켰다. 벨벳 한 귀퉁이를 들어 올리는 할아버지의 눈에 눈물이 차올랐다. 할아버지의 하얗던 얼굴이 마치 어린아이처럼 빨갛게 상기되었다.

벨벳을 옆으로 젖힌 할아버지의 입에서 사랑과 그리움으로 가득한 부드러운 탄성이 흘러나왔다. 비타가 여태껏 한 번도 들어본 적이 없는 소리였다.

할아버지가 사자의 눈만 한 초록색 펜던트 하나를 두 손으로 들어 올렸다. 손가락으로 그걸 어루만지다 걸쇠도 발견했는데, 걸쇠를 풀고 경첩을 벌렸더니 사진 두 장이 나왔다. 하나는 할아버지였다. 젊은 시절이었지만, 기다란 코와 넓은 이마는 지금 그대로였다.

마주 보고 있던 다른 사진에는, 눈이 커다랗고 너그러워 보이는 한 여자가 세상을 바라보고 있었다. 가냘픈 몸매에 관자놀이 쪽 머리칼이 희끗희끗했다. 미소 짓는 얼굴이 비타와 꼭 닮았고, 목에는 에메랄드 목걸이를 하고 있었다.

할아버지는 사진 밑을 손톱으로 눌러 로켓(장신구의 하나. 사진이나 기념품, 머리카락 따위를 넣어 목걸이에 다는 작은 갑)에서 빼낸 뒤 자신의 입술에 가져다 댔다. 목걸이는 바닥에 떨어진 채 잊혔다.

"리지."

할아버지가 속삭였다. 할아버지의 눈에서 눈물이 흘렀다. 주름진 볼과 코에 맺히기도 하고 고이기도 하면서 눈물이 뚝뚝 흘러내렸다.

"오, 리지. 내 사랑. 아름다운 내 사랑."

비타의 엄마가 일어섰다.

"리지가 세상을 떠나고, 내가 이걸 탑에 넣고 자물쇠를 망가뜨렸다. 다시는 보지 않겠다고 맹세했지. 나는 그 사람이 떠난 게 너무 화가 났어. 잿더미 같은 세상에 나만 남겨두고 가다니 견딜 수가 없었다. 하지만 네가 리지를 나한테 되돌려줬구나."

할아버지가 말했다.

비타는 허리를 굽혀 목걸이를 집어 들고 할아버지의 무릎에 놓았다. 할아버지가 그걸 보고 웃었다.

"이 낡은 물건이 마음에 드니?"

그러고는 비타의 목에 걸어 주려는 듯 가까이 가져왔다.

"뭐 하시는 거예요?"

비타의 마음속에 두려움이 스며들었다.

"안 돼요! 팔아야죠!"

"이걸 팔아? 왜?"

"그래야 변호사를 고용할 수 있잖아요. 그걸 팔아서 허드슨 성을 되찾을 거예요. *그러려고 이 모든 일을 벌인 거란 말이에요!*"

할아버지는 비타의 말이 이해가 되는 동시에 가슴이 아팠다.

"오, 두목님. 이건 에메랄드가 아니야. 그냥 색유리란다. 그 은색 세팅(반지 등에서 보석을 박아 끼우는 곳)도 순은이 아니고 도금한 거야."

비타는 심장이 멎는 것 같았다.

"아니에요! 유명했잖아요. 우리 집안의 보석들은 유명했다면서요!"

"그랬었지. 모두 잃어버리거나 팔기 전에 말이다. 에메랄드가 마지막이었어. 우리는 지붕 수리비를 대려고 그걸 팔았다."

"하지만 이건 정말……."

"진짜 같지? 나도 알아. 경매에 보내기 전에 내가 진품을 복제해 만든 거란다. 리지는 이걸 진품만큼이나 좋아했었다. 이걸 목에 걸고는 '잭, 그 멋진 신발을 신어요.'라고 말했지. 그러면 우리는 가장 화려한 식당으로 가 가장 싼 수프를 시켜 먹었단다. 아, 그때가 정말 좋았어! 하지만 그 목걸이는 값을 따지자면 겨우 5달러 정도밖에 안 될 거다."

비타는 목구멍으로 왈칵 눈물이 치미는 것 같았다.

"하지만, 할아버지 집이요. 저는 할아버지가 성으로 돌아갈 수 있게 해 주고 싶었어요."

비타가 들릴 듯 말 듯 낮은 소리로 말했다.

갑자기 비타가 휘청하더니 바닥에 털썩 주저앉았다. 비타는 많은 것을 바랐다. 할아버지를 위해 싸우고 싶었고 또 이기고 싶었다. 안간힘을 썼지만, 비타는 볼을 타고 흘러내리는 눈물을 도저히 멈출 수가 없었다.

그러나 할아버지는 행복에 겨운 모습이었고, 비타는 참아내려고 애를 썼다. 할아버지에게 우는 모습을 보이고 싶지 않았다. 비타는 손수건을 찾았다. 허리띠 밑에서 반쯤 마른 무언가를 꺼내어 코를 닦으려다가 멈칫했다. 맨 위에 보이는 두 단어가 눈길을 끌었다. '허드슨 성'.

금고에서 가져온 서류 뭉치였다. 반쯤 젖은 데다 티슈처럼 얇았지만, 인쇄된 글자가 지워지지 않고 그대로 있었다.

"이것도 찾았어요."

비타가 말했다. 할아버지가 아직도 사진을 양손에 쥐고 있어서 비타는 서류를 엄마에게 건네주었다.

"여기요, 엄마. 굴뚝 속 금고 안에 있었어요."

엄마가 눈을 커다랗게 뜨고 비타를 노려보았다. 다시 화가 치미는 듯했다.

"굴뚝 속 금고 안이라고? 비타, 도대체 무슨 짓을 한 거야?"

하지만 인쇄된 글자가 시선을 사로잡자 엄마는 뺨이라도 얻어맞은 듯 갑자기 말을 멈췄다. 엄마는 비타에게서 매우 조심스럽게 종이를 받아서 무대 바닥에 펼쳐 놓았다.

"이게 뭐예요?"

비타가 물었다.

"허드슨 성 권리증(등기소에서 등기가 완료된 것을 증명하여 교부하는 서류. 이 서류의 소지인은 권리자로 추측됨)."

비타의 엄마가 말했다.

"소로토어한테는 이게 없어."

엄마의 얼굴에 갑자기 환한 빛이 넘쳐났다.

"허드슨 성이 절대로 그 남자 소유가 아니라는 뜻이야."

*

폭발적으로 터져 나온 환호성은 시간이 좀 지난 뒤에야 겨우 가라앉았다. 엄마와 할아버지는 나란히 앉아 나지막한 목소리로 급히 이야기를 나누었다. 놀라움과 기쁨에 할아버지의 손이 가늘게 떨리고 있었다. 라자렌코 부부와 모건 카바짜는 계속 어리둥절한 표정이었다. 눈빛에서 여전히 노여움과 의심이 엿보였다.

"우리는 이 이야기가 어떻게 시작됐는지 알고 싶어요."

라자렌코 부인이 말했다.

"지금 당장."

라자렌코가 말했다.

새뮤얼과 아르카디는 비타를 쳐다보았다. 실크는 자신의 손을 내려다보았다.

"네가 말해. 이 이야기는 네 거잖아."

아르카디가 말했다.

"왜 그랬는지부터 시작해 봐."

라자렌코 부인이 말했다.

비타는 할 말이 없었다. 뭔가 분명한 것이 있어야 했지만, 사랑하는 사람을 위해 싸운 것, 그게 다였다. 비타는 고개를 가로 저었다.

"그러면 어떻게 했는지 이야기해 보렴. 그다음에 무얼 했는지도."

모건 카바짜가 말했다.

비타는 고개를 끄덕였다. 비타는 이야기를 하면서 할아버지만 쳐다보았는데, 그러는 게 조금 더 편안하게 느껴졌다. 할아버지의 눈은 홀로 에메랄드처럼 빛나고 있었다.

"제 생각에, 이건 빨간 수첩에서 시작됐어요. 제 계획은 거기서부터 시작된 거예요."

"그게 시작이 아닌 것 같은데, 두목님. 진짜 처음부터 말해야지."

그래서 비타는 과거로 거슬러 올라갔다. 완전히 처음부터, 비타의 오대조 할아버지와 그분의 성에서부터 시작해, 비타의 병실 침대 곁 할아버지, 소로토어와 그가 피해자들에게 했던 거짓말까지 다 이야기했다.

비타가 손놀림이 엄청나게 재빠른 실크의 소매치기 기술을 묘사하자, 실크는 보일 듯 말 듯 고개를 살짝 젓고 벽만 뚫어지게 쳐다보았다. 실크의 얼굴은 당혹감, 혹은 수치심과 분노 아니면 이 셋 모두로 인해 어두웠다. 라자렌코가 눈을 가늘게 뜨고 실크를 바라보았다.

비타는 아르카디가 새와 개, 말을 얼마나 잘 다루는지, 또한 동물들이 아르카디의 속에 감춰진 상냥함을 느끼는 방식에 대해서도 설명했다. 모스크바를 타고 거리를 질주하던 아르카디를 본 이야기도 했는데, 그걸 들은 모건 카바짜는 입을 굳게 다물었다.

비타는 새뮤얼이 성벽을 기어오르던 모습을 들려주었다. 샹들리에에서 공중으로 날아오르고, 마치 중력이 자기 마음대로 되는 것인 양 그것을 무시하고 움직이던 모습도 묘사했다. 삼촌의 시선을 느낀 새뮤얼도 급히 고개를 돌려 벽만 쳐다보았다.

"샹들리에를 그네처럼 탔다니! 진짜 대단해. 정말 멋진 일이야!"

할아버지가 말했다.

마침내 비타가 결말에 이르자, 모두가 큰 충격에 휩싸여 아무 말도 하지 못했다.

그러다 문득 라자렌코가 실크를 돌아보며 무뚝뚝하게 말했다.

"거기 숙녀분, 네가 할 수 있는 걸 보여 줄 수 있을까? 그게 사실이라면 한번 보여 줘."

"신고하지 않겠다고 약속해 주시겠어요? 제가 하는 일은 불법이거든요."

라자렌코는 고개를 끄떡였지만, 별로 기대하지도 않는 의심스러운 눈빛이었다.

실크는 줄리아에게 얌전히 말했다.

"동전 갖고 계시면 저한테 하나만 빌려주시겠어요?"

줄리아는 주머니에서 동전을 하나 꺼내 건넸다.

실크가 말했다.

"이제 저기 맨 앞줄로 가서 앉아 주시겠어요? 그러는 게 더 편하실 거예요."

어른들은 서로를 힐끗 쳐다보았다. 라자렌코가 조금 투덜댔지만, 곧 모두 한 줄로 늘어서 실크를 지나 넓은 홀의 맨 앞 좌석으로 내려갔다. 실크는 원피스 주름을 바로 펴고, 손가락으로 땋아 내린 머리칼을 대충 매만졌다. 아이들은 어른들을 따라갔고, 이제 실크는 무대 맨 끝에 혼자 서 있었다.

실크가 동전을 치켜들었다. 그러고는 두 손을 모아 꼭 쥔 다음 다시 풀고 동전이 사라졌다는 걸 확인시켜 줬다. 어른들은 예의를 차리느라 박수를 보내긴 했지만, 크게 감탄한 눈빛은 전혀 아니었다. 비타는 웃음이 비어져 나오는 걸 꾹 참고 잔뜩 기대에 부푼 채 입술을 깨물었다.

실크가 어깨를 으쓱하며 말했다.

"동전은 제 소매 안에 있어요. 아마 짐작하셨겠지만요."

실크는 비타의 엄마를 보고 수줍게 웃었다.

"아주머니, 도와주세요. 뭘 좀 적어 주실 수 있을까요?"

비타의 엄마는 가슴 주머니에 있던 펜을 꺼내 뚜껑을 열었다.
그리고는 갑자기 온몸이 굳은 채 그걸 멍하니 바라보고 있었다.

"얘가 제 펜에서 심을 빼냈어요."

비타의 엄마가 말했다. 실크가 보일 듯 말 듯 미소를 지었다.

"라자렌코 아저씨, 오른쪽 부츠 안쪽을 보시면 할아버지의
비단 스카프가 있어요."

실크가 말했다.

라자렌코가 허리를 굽혀 부츠를 살펴보더니 안에서 밝은 빨
간색 스카프를 꺼냈다. 할아버지가 깜짝 놀라 자기 목깃을 내
려다보았다.

"하지만…, 이건 불가능한……."

"할아버지, 왼쪽 호주머니를 한번 보시겠어요?"

실크가 상냥하게 말했다.

할아버지가 금반지를 하나 꺼냈고, 그걸 들여다보며 입이 떡
벌어졌다.

"그건 제 거예요! 제 도장 반지!"

모건 카바짜가 외쳤다.

"오 보제(O Bozhe). 세상에!"

라자렌코가 한숨을 내쉬며 아이들에게 시선을 돌렸다. 표정
이 완전히 바뀌어 있었다. 갑자기, 아르카디와 아주 많이 닮아

보였다.

"너희들, 또 뭘 숨기고 있는 거니?"

아르카디가 관객들을 이끌고 갔을 때, 대연회장은 텅 비어 있었다. 모스크바와 코르크뿐이었다. 둘 다 아르카디를 보고는 인사하듯 다가와 핥았다. 아르카디는 깜짝 놀라서 연거푸 탄식하는 라자렌코를 못 본 척하고, 창문을 열고 몸을 죽 내밀어 길고 날카로운 휘파람을 불었다.

새들이 폭풍우처럼 쏟아져 내렸다. 창문마다 빽빽하게 밀어닥쳐 새의 날갯짓과 지저귐이 빈 공간을 가득 채웠다.

라스코는 아르카디의 머리 위를 빙빙 돌다가 어깨에 내려앉아 쉬었다. 림스키는 가까운 나무에서 깍깍거리고 목쉰 소리로 킬킬대며 웃기도 하다가 할아버지의 팔에 내려앉았다. 할아버지가 몹시 기뻐하며 환호성을 질렀다.

아르카디가 다시 휘파람을 불었다. 5분이 흘렀고, 매 순간마다 새들이 더 왔다. 새들은 아르카디의 어깨로 떼 지어 몰려들었다. 한쪽 팔에는 비둘기들이 소매처럼 줄지어 앉았고, 어깨에는 울새가, 머리에는 푸른박새가 왕관처럼 올라앉았다.

라자렌코가 가만히 쳐다보았다.

"이게 다 뭐야?"

아르카디는 자기 아빠를 보고 싱긋 웃다가 애매모호한 표정을 지었다.

"이게 제가 원하는 거예요, 아빠. 그저 그런 푸들이나 말 쇼 말고요. 저는 모두 다 같이 하고 싶어요. 개와 말, 비둘기, 다람 쥐, 생쥐와 까마귀까지 사람들이 무시하는 모든 동물이랑 같이 춤을 추는 거예요. 저는 사람들이 그걸 봤으면 좋겠어요. *제대 로* 보면 좋겠다고요. 저는 완전히 새로운 걸 만들고 싶어요. 숲 속 한가운데 있는 것 같기도 하고, 극장 안에 있는 것 같기도 한 그런 느낌일 거예요. 상상이 되세요?"

라자렌코의 눈썹은 여전히 치켜 올라간 채 내려올 줄 몰랐다. 그러나 라자렌코 부인은 미소를 짓고 있었다. 그 미소에서 온 도 시를 환하게 밝히고도 남을 대단한 자부심이 엿보였다.

"여기에는 새로운 뭔가가 있어요."

라자렌코 부인이 사람들이 아니라 남편에게 말했다. 라자렌 코는 오랜 세월을 함께 지내오며 생겨난 이해심으로 아내의 표 정을 살폈다.

라자렌코 부인은 알겠냐는 듯 고개를 갸웃했다. 천천히, 아 주 천천히 라자렌코가 고개를 끄덕였다.

"뭐가요?"

아르카디가 물었다.

"서커스단 말이야."

라자렌코가 말했다. 모건 카바짜가 손을 들었다.

"니콜라이, 안 돼요. 새뮤얼은 안됩니다."

"모건, 그렇게 단정 짓지 마세요."

라자렌코가 말했다. 그러고는 코르크의 머리에 손을 얹고 서 있는 실크를 향해 돌아섰다.

"거기, 숙녀분. 지금 있는 곳을 떠나 서커스단에 들어오라는 요청을 받는다면 어떨 것 같아?"

실크는 무슨 말인지 모르겠다는 듯 라자렌코를 빤히 바라보았다.

"뭐라고요?"

"내가 널 훈련시켜 줄 사람을 찾아볼게. 너를 이 땅에서 가장 위대한 손기술의 달인으로 만들 수 있어. 탈출 마술도 배울 수 있을 거야. 넌 이미 자물쇠도 딸 수 있잖아. 너한테 주머니를 털리고 싶은 사람들이 줄을 서서 몰려들 거다."

실크는 너무 놀라 온몸에 힘이 빠져서 휘청거렸다. 비타는 실크가 말문이 막힌 모습을 처음 보았다.

"저는…, 모르겠어요…. 그게 아니고……. 저는 안 될 것 같은데요."

힘없이 돌아선 실크에게 아이들의 얼굴이 용기를 주었다. 실크는 크게 숨을 들이쉬고 턱을 치켜들었다. 이미 키가 큰 편이었지만, 그 순간 7센티는 더 자란 듯 보였다.

"좋아요. 그렇게 하고 싶어요."

"내가 누구에게 가야 할까? 누가 네 보호자니? 부모님은?"

라자렌코가 묻자 실크가 고개를 저었다.

"아빠는 안 계세요. 엄마는 오래전에 돌아가셨고요."

"다른 가족은 없니?"

"아무도 없어요."

실크가 말했다. 그러고는 다시 아르카디를, 새뮤얼을, 그리고 비타를 차례로 쳐다보고 거기서 눈길이 멈추었다.

"지금까지는 그랬다는 말이죠."

"그럼 지금부턴 서커스단이다."

라자렌코가 말했다.

"공중 곡예까지 갖춘다면 서커스단의 위신이 제대로 서겠는데요."

마이코가 말했다.

"동물 왈츠에 손기술의 달인……. 그리고 칼 던지기의 명수까지."

라자렌코 부인이 말했다.

비타는 지금 꿈속에 있는 것 같이 혼란스러웠다. 전날 밤의 피로가 계속 자신을 끌어당기는 느낌이었고, 모스크바가 비타의 머리칼을 먹으려고 자꾸 입을 대는 바람에 현실감을 되찾기 어려웠다. 하지만 바로 그 순간, 비타는 고개를 확 젖혀 라자렌코를 쳐다보았다.

"저요?"

"그래. 서커스단도 좋은 가족이 될 수 있어. 물론 시간은 많이 걸릴 거야. 결코 쉽지도 않고. 하지만 내가 보기에 너는 충분히 가능성이 있어."

라자렌코가 말했다. 이미 그 눈빛에는 빈틈없는 사업가의 표정이 담겨 있었다. 라자렌코 부인은 숨이 멎을 듯한 탄성을 지르며 활짝 웃었다.

"여보, 이 아이는 다른 말이 필요 없어요. 가능성은 차고 넘쳐요. 놀랄 만큼 훌륭할 거예요."

"이 아이는 훌륭함, 그 이상이지요. 혼자서도 군대 하나 몫은 해 낼 겁니다."

할아버지가 덧붙였다. 비타는 엄마와 할아버지를 바라보았다.

"엄마?"

비타가 물었다.

엄마의 표정은 복잡했다. 비타가 읽기 힘든 수십 개의 감정이 얼굴에 가득했다. 그중 비타가 알 수 있는 몇 가지는 자랑스러움, 의심, 십몇 년 이상의 공포를 막아 내 온 뿌듯함 같은 것들이었다. 엄마의 표정은 결국 사랑으로 마무리되었다.

"너는 어때? 하고 싶니?"

비타는 웅장하게 펼쳐진 드넓은 무대를 둘러보았다. 라비니아 부인이 생각났다. 그 손과 눈에 스며 있는 맹렬한 우아함과 정교함이 떠올랐다. 자신의 뒤틀린 발, 가냘픈 종아리, 서로 짝짝이인 신발, 그리고 무대에 서면 매일 밤 자기를 보러 올 수많은 사람도 생각났다.

비타는 허리를 꼿꼿하게 펴고 권투 선수처럼 이를 악물었다.

"어떠니? 좋지?"

라자렌코가 말했다.

비타는 얼굴이 조각날 정도로 활짝 웃고 있는 걸 느끼며 막 대답할 참이었는데, 아르카디가 웃으며 끼어들었다.

"당연하죠! 오래전에 결정됐어요. 우리는 이미 한패예요."

'한패'라는 말에 모건 카바짜가 손을 들고 말했다.

"안 됩니다! 저 세 아이는, 좋아요. 당신이 원하면 그렇게 하세요. 라자렌코 씨, 아드님도 말에 대해서 공부하고 싶어 한다면 내가 훈련을 돕겠습니다. 재능도 있어 보이는군요. 하지만, 당신이 무슨 생각을 하고 있는지 잘 알지만, 나는 싫습니다. 새뮤얼은 안 됩니다. 이 아이는 내 공연을 이어받아야 합니다. 내가 보호자예요. 내 책임이라고요. 나는 저 아이를 돌보겠다고 맹세했어요. 새뮤얼을 무심하고 잔인한 세상에 내돌리지 않을 겁니다."

새뮤얼은 팔짱을 낀 채 혼자 서 있었다.

"저는 날고 싶어요. 그게 제가 원하는 거예요. 쉽지 않은 일이라는 거 잘 알아요. 하지만 괜찮아요. 전혀 상관없어요."

"그건 불가능해. 남자애가 맨손으로 벽을 타고 오르고, 밧줄로 그네를 탈 수 있다니!"

카바짜가 말했다.

비타는 카바짜가 아니라 대연회장의 한가운데 서 있는 새뮤얼을 보고 있었다. 명민한 얼굴이었다. 전에 공중그네를 탈 때 비타가 보았던 바로 그 표정이 지금 새뮤얼의 얼굴에 떠올랐다.

"아니, 가능해요."

새뮤얼이 말했다.

"*아니, 불가능해.*"

카바짜가 말하자 새뮤얼이 대답했다.

"됐어요! 알겠어요! 그럼 좋아요. *좋다고요, 삼촌.* 삼촌이 저를 안전하게 지켜 주고 싶어 한다는 거 잘 알아요. 하지만 그걸로는 충분치 않아요. 그리고 *네,* 저는 이 길이 어려울 거라는 사실도 잘 알아요. 공정한 대우를 받기도, 다른 사람들처럼 되기도 어렵겠죠. 아무리 열심히 한다 해도 실패할 수도 있고요."

새뮤얼이 팔짱을 풀었다.

"그렇다 해도, 어쨌든 저는 날고 싶어요."

그러고는 창문으로 달려갔다. 여기는 3층 높이였다.

"멈춰!"

카바짜가 소리를 질렀다.

그러나 새뮤얼은 멈추지 않았다. 멈추려고 태어난 아이가 아니었다. 새뮤얼이 창턱에 발을 올리는가 싶더니, 온몸 가득 공중을 향해 날아올랐다. 그러고는 쭉 뻗은 직선으로 떨어지다가 카네기 홀 벽에 튀어나온 깃대를 낚아챘다. 깃대를 그러쥔 새뮤얼은 마치 올림픽 체조 선수처럼 한 바퀴, 두 바퀴, 세 바퀴 휘돌더니, 한순간 발끝으로 하늘을 똑바로 가리키며 멈추었다. 그리고 다시 몸을 던졌다. 공중에서 양팔을 교차해 겨드랑이에 힘껏 낀 채 몸을 비틀어 회전하고는 주차된 차 위에 바른 자세로 착지했다. 그런 다음 아래쪽 도로에 미끄러져 내려섰다.

새뮤얼이 손을 들어 경례했다.

모건 카바짜는 뉴욕의 거리를 내려다보았다. 서로를 스치며 바삐 움직이는 사람들을, 신문을 흔들고 있는 존재감 없는 신문팔이 소년을, 그리고 새뮤얼을 보았다. 인파 속에서 하늘을 향해 고개를 쳐들고 서 있는 그 아이는, 홀로 빛나고 있었다.

신문 파는 아이가 비타의 눈에 들어왔다. 자세히 들여다보니 기사 제목이 보였다. '사업가', '허드슨' 그리고 '대화재' 같은 말들이 있었다.

카바짜가 중얼거렸다. 볼을 타고 한 줄기 눈물이 흐르고 있었다.

"새뮤얼이 날았어. 진짜로 날 수 있는 아이였어."

봄

화재에 대한 조사가 있었다. 몇 가지 사실은 감추는 게 불가능했다. 금세 퍼져 나간 소문은 성의 지하실에서 발생한 화재, 그리고 한패를 이룬 아이들에 대한 것이었다. 아이들이 허리에 칼을 찼고, 발에 날개가 달렸다는 이야기도 그중 하나였다. 비타는 치마에서 도장이 새겨진 반지를 빼내 수사관에게 제출했다.

소로토어는 병원에 있는 상태로 체포되었다. 불은 성 전체로 번지기 전에 진압되었다. 가장 심각한 고통을 겪은 것은 소로토어의 두피였는데, 머리카락은 홀랑 다 타버렸고, 화상을 입어 벌건 살갗이 그대로 드러나 있었다.

살인에 대한 수사도 시작되었다. 소로토어의 아파트는 압수 수색을 당했고, 여러 가지 문서가 발각되었다. 그중에는 불법 주류 밀매와 관련된 것도 상당히 많았다. 소로토어의 재산과 관련된 다른 화재도 다시 조사가 시작되었으며, 서로 다른 열여덟 개의 회사 이름으로 저질러진 보험 청구 사기와 건축물

해체도 잇따라 탄로 났다.

추적당하던 딜린저는 주류 밀매점에서 체포되었다. 경찰이 그의 권리를 읽어줄 때 그것을 이해할 만큼 정신이 멀쩡했는지는 불분명했지만, 누군가 자세히 들여다봤다면 딜린저가 안도하고 있다고 생각했을지도 모른다.

"불장난."

딜린저가 말했다. 그리고 웃음소리인지 목멘 소리인지 알 수 없는 소리를 냈다.

"그렇게 해서 허드슨 성이 다시 부친의 손에 돌아왔군요."

라자렌코가 비타의 엄마에게 말했다. 라자렌코는 '사업상 논의'를 하자며 비타와 엄마를 카네기 홀에 있는 자신의 분장실로 초대했다. 사업 얘기라는 것은 명백하게 자기가 하고 있는 사업의 번창과 관련된 것이었고, 라자렌코가 둘에게 들어오라는 손짓을 할 때 그 눈빛은 유독 반짝거렸다.

"거기에 들어가서 살게 되는 겁니까?"

"원칙적으로는, 그러면 좋지요. 하지만 원칙대로 살 수만은 없네요. 성이 허물어지고 있거든요. 안 들어가고 팔 거예요. 그렇게 풍광이 좋은 호수를 찾기 어려운 것도 명백한 사실이라 덕분에 성의 가치가 높아요. 관심 있는 개발업자들도 좀 있고요."

줄리아가 말했다.

"저는 거기서 살고 싶어요. 아무것도 상관 없어요."

비타가 말했다.

"비타가 이렇게 말하는데, 안 될 것도 없지 않나요?"

라자렌코가 묻자 줄리아가 대답했다.

"글쎄요, 무너지고 있어서요. 나무좀이 잔뜩 슨 데다 목재는 썩어서 가루로 버스러지고, 지붕도 새요."

"그렇군요."

"게다가, 아시겠지만 제 딸이 지하실에 불도 질렀지요."

"그래요. 그랬었죠."

라자렌코가 진지한 표정으로 고개를 끄덕였다. 하지만 머릿속의 어떤 생각이 구체적인 형태를 갖춰 가면서 라자렌코의 눈이 빛나기 시작했다.

"아시다시피, 저는 정착할 곳을 찾고 있습니다."

라자렌코가 말했다.

"어딘가 겨울을 지낼 곳이 필요합니다. 아르카디도 한 장소에 정착해 동물들과 함께 일해야 하고요. 그 아이를 데리고 너무 오랫동안 옮겨 다녔어요. 저는 어린 단원들을 훈련시키고 새로운 인재를 발굴할 곳을 찾고 있습니다. 이를테면 학교 같은 곳이지요."

"그러시군요. 저는 몰랐어요."

줄리아가 말했다.

"저는 생각 중이었습니다. 뉴욕주 북부 어딘가, 허드슨 강 근처로. 아이들이 맘껏 뛸 수 있는 공간이 있으면 좋겠다 싶었지요."

라자렌코가 비타를 보고 미소를 지으며 말했다.

"하지만 제가 마음에 두고 있는 곳은 손질을 좀 해야 할 것 같아요. 그리고 제가 없을 때 그 일을 감독하고 여러 일을 처리해 줄 사람도 필요하고요. 그래서 만약의 가능성을 생각해 봤는데, 혹시 당신과 웰스 어르신께서 그런 일에 관심이 있을까요?"

"하지만…. 제가 어떤 사람인지 잘 모르시잖아요."

줄리아가 머뭇거리며 말했다.

"비타는 체계적으로 사고하는 능력이 탁월한 아이예요. 비타가 말하는 걸 보니, 틀림없이 엄마로부터 물려받은 능력일 거라는 생각이 들더군요. 가능성을 생각해 보시는 건 어떨까요? 제 제안이 어떤지 말입니다."

"가능성을 생각해 본다면요?"

줄리아가 말했다. 그러고는 숨을 크게 들이마셨다.

"생각해 본다면, 그보다 더 멋진 일은 상상할 수도 없을 것 같군요."

"좋습니다. 저는 가정이 아니라 진짜 수표를 쓸 준비를 하겠습니다."

라자렌코가 대답했다.

'임페리움' 거북은 주인에게 돌려줄 필요가 없다는 것이 대체적인 분위기였다. 그리고 혼란한 와중에 할아버지는 비타의 여권을 가지고 경찰서로 가 증거품으로 보관되고 있던 다른 거북이 자신의 손녀딸 것이라고 주장했다. 소유권에 대한 증거는 눈으로 확인할 수 있었는데, 바로 거북의 등에 루비로 박힌 글자였다.

아르카디는 비타의 핀셋으로 두 등딱지의 보석을 세심하게 뽑아 비타의 손에 떨어뜨렸다. 겉보기만큼 값비싼 보석은 아니었다. 소로토어가 소유했던 다른 많은 것과 마찬가지로 그 보석들도 허세에 불과했다. 하지만 작은 코끼리를 한 마리 사서 인도에 있는 어느 보호 구역으로 가는 배에 태우기엔 충분했다. 거기서는 아무도 쇳조각이 달린 회초리로 코끼리를 괴롭히지 않을 것이며, 코끼리는 자기가 태어났던 짙은 녹음과 높은 하늘 사이에서 홀로 지낼 수 있을 것이다.

카네기 홀에서 출발한 때는 봄이었다. 기차역까지 걸어서 갔고, 이번에는 뉴욕시가 그 자리에 멈춰 서 고개를 돌리고 그들이 이동하는 모습을 지켜보았다. 어느 웨이터는 손가락을 코에 넣은 채 얼어붙었고, 한 쌍의 젊은이는 서류 가방을 내려놓고 입을 떡 벌린 채 얼빠진 듯 바라보았다. 래브라도만 한 어린아이는 신이 나서 소리소리 지르며 행렬을 따라 거리를 내달렸다.

의기양양한 걸음걸이였다. 아르카디는 붉은색 옷을 입고 있었다. 코르크는 아르카디의 뒤를 따라가며, 아르카디가 반대편에 있는 독일셰퍼드 두 마리에게 너무 신경을 쓴다 싶으면 재빨리 아르카디의 손을 살짝살짝 물었다. 양쪽 어깨에는 까마귀가 올라앉았다. 흰색 리본으로 장식한 모스크바는 아무도 태우지 않았고, 이따금 아르카디의 귀에 주둥이를 갖다 대면서 뒤를 따랐다.

실크는 훈련복인 레오타드에 헐렁한 카디건과 치마를 입고 있었다. 실크는 그 옷들을 벗으려고 하지 않아서, 빨래하는 날에는 억지로 빼앗아야만 했다. 상쾌하게 감은 머리는 빗질이 잘 되어 있었다. 허리까지 늘어뜨린 머리칼이 햇빛을 받아 하얗게 반짝거렸다.

줄리아 말로는 모건 카바짜와 함께 걸었다. 둘 다 팔을 내밀어 가운데 있는 할아버지를 부축했다.

새뮤얼은 하늘색 바지에 러닝셔츠, 그리고 검은색 연습용 신발을 신고 있었다. 신중한 표정은 여전했는데, 새뮤얼이 죽는 날까지 그럴 것 같았다. (새뮤얼은 세상을 떠날 때 세계적으로 유명하지는 않았지만, 그렇다고 혼자 쓸쓸하지도 않았다. 새뮤얼이 죽고 그다음 해 새뮤얼의 손자가 카네기 홀에서 발레 공연을 했다.) 하지만 그날, 새뮤얼이 날 줄 아는 사람의 모습인 것만은 확실했다. 새뮤얼은 도로로 이동하지 않았다. 그날은 기념해야 하는 날이었고, 그래서 또렷이 기억하기 위해 새뮤얼은 가로등 기둥 꼭대기에서 다른 기둥으로 질주하듯 획획 이동하며 자동차 지붕 위를 미끄러지듯 가로질렀다. 날아갔다.

비타는 붉은색 비단 부츠를 신고, 빨간 치마를 입고, 목에는 초록색 유리 목걸이를 하고 있었다.

일행은 그랜드 센트럴 역에서 열차에 올랐고, 객차 하나를 통째로 차지했다. 말들이 작은 소동을 일으켰지만 무사히 해결되었다.

한낮에 마주하니 낯설기만 한 그 작은 역에 기차가 도착했을 때, 아이들은 저절로 비타를 쳐다보게 되었다. 하지만 비타는 조금 뒤로 물러섰다.

"이쪽이란다."

지팡이를 잠시 멈칫했던 할아버지가 성큼성큼 앞장서 걸어 나갔다.

일행은 택시에 올라타 포장도로를 달려갔다. 아르카디는 모스크바를 타고 옆에서 따라갔고, 코르크와 독일셰퍼드들이 그 뒤를 따랐다. 비포장도로가 시작되자 차에서 내려 흙먼지를 뚫고 폭포수처럼 떨어지는 들장미 군락을 지나갔다. 머리 위에서는 새들이 지저귀고 있었다.

비타가 아르카디를, 실크를, 새뮤얼을 보고 활짝 웃더니 할아버지의 곁으로 가 팔을 부축하며 발걸음을 맞췄다.

"우리 두목님, 안 되면 어쩌지?"

할아버지가 아주 낮은 목소리로 말했다.

"뭐가요?"

"할머니 없이 집에 돌아가는 게 안 되면 어떡하나 싶어서. 나에게 집은 네 할머니였다. 그 사람 없이 내가 어떻게 돌아갈 수 있을까?"

할아버지가 말했다. 할아버지가 호수 건너편 성을 올려다보았다.

비타는 아무 말이 없었다. 아무런 말도 할 수가 없었다. 그저 할아버지의 팔을 더 힘주어 붙잡았다.

보트를 타고 선착장으로 건너가 다 함께 정원으로 들어가는 문을 향해 걸었다. 할아버지는 다리가 후들거려서 몸을 가누려고 손을 뻗어 대문을 붙잡았다. 그리고 한 발짝 뗐다가 다시 내려놓았다.

비타는 갑자기, 할아버지의 다리가, 할아버지의 심장이 집에 들어가는 걸 도무지 허락하지 않으면 어쩌나 겁이 났다. 비타가 앞으로 가려는데, 할아버지가 가슴 주머니에 손을 넣더니 사진을 꺼내 속삭였다.

"이 사람아, 당신과 내가 함께 왔어."

할머니가 사진 속에서 할아버지를 향해 눈썹을 치켜올렸다.

그러자 할아버지는 미소를 지으며 정원으로 발걸음을 옮겼다. 온갖 빛깔의 꽃들이 흐드러지게 피었고, 붉은 장미 덩굴도 벽을 타고 무성하게 자라 있었다.

일행은 길을 따라 담장 정원으로 향했다. 비타가 앞장을 서고, 그 뒤를 엄마가, 그다음에 서커스단이 따라왔다. 안으로 들어갔다. 지금은 분수가 물을 뿜고 있었다. 장미의 바다 사이로 물이 폭포수처럼 흘러내렸고, 분수 앞에는 명판이 하나 있었다.

침묵이 흘렀다. 그러다 비타가 크게 소리 내어 읽었다.

"사랑하고 사랑하고 또 사랑하는 엘리자베스 에일사 웰스."

할아버지는 고개를 숙이고 서 있었다. 뺨을 타고 흘러내린 눈물이 마른땅을 적셨다.

새뮤얼이 가장 먼저 움직였다. 천천히, 거의 아무 소리도 내지 않고, 뒤로 재주를 넘기 시작했다. 폭신한 흙에 손을 맞대며 만발한 꽃들 사이로 마치 걷는 것처럼 재주넘기를 계속했다.

아르카디가, 그리고 실크도 그 뒤를 따라갔다. 언제나 손과 발로 말을 하는 세 아이가 마치 이제 막 두 번째 용기를 낸 것처럼 춤을 췄다.

비타의 어깨에 기대어 있던 할아버지가 그 힘에 의지해 허리를 꼿꼿이 세웠다. 비타는 왼발이 조금 떨렸지만, 무게를 감당하며 단단히 버티고 있었다. 할아버지는 명판을 물끄러미 들여다보았다. 마치 거기에 난 긁힌 자국과 선 하나하나를 모두 기억하려는 듯했다. 할아버지는 몸을 돌려 아이들이 잔디밭에서 활기차게 달리는 모습을 지켜보았다. 자신의 집을 올려다보았다. 마지막으로 자신을 올려다보고 있는 손녀딸을, 사랑이 차고 넘치는 그 얼굴을 내려다보았다.

"우리 두목님, 어떻게 이런 엄청난 일을 저질렀을까!"

할아버지가 말했다. 그러고는 춤을 추고 있는 아이들을 향해 비타를 떠밀었다.

"가서 같이 해 봐."

할아버지는 비타가 폴짝거리고 절룩거리면서, 발밑의 흙을 튀기며 달려가는 모습을 바라보다가 천천히 눈을 감고 한동안 그대로 있었다.

다시 눈을 떴을 때, 할아버지는 눈빛이 달라져 있었다. 메마른 땅을 헤매며 일구던 사람, 그리고 온갖 역경을 견뎌 내고 충만함을 되찾은 바로 그런 사람의 눈빛이었다.

"세상에, 이게 다 무슨 일이람. 정말 기적이야. 상상도 못 할, 말도 안 되는 기적이잖아!"

할아버지가 말했다. 그러고는 생기가 넘치는 봄의 대지에 지팡이를 쿵 내려찍으며 집으로 들어가는 발걸음을 옮겼다.

바람청소년문고14

좋은 도둑들 월간 책씨앗 선정, 아침독서신문 선정, 학교도서관저널 추천

펴낸날 초판 1쇄 2021년 10월 29일 | 초판 3쇄 2023년 4월 19일

글쓴이 캐서린 런델 | **표지 일러스트** 안나 모리슨 | **옮긴이** 김혜진
편집 김다현 | **디자인** 김윤희 | **홍보마케팅** 배현석 송수현 | **관리** 최지은 이민종
펴낸이 최진 | **펴낸곳** 천개의바람 | **등록** 제406-2011-000013호
주소 서울시 영등포구 양평로 157, 1406호
전화 02-6953-5243(영업), 070-4837-0995(편집) | **팩스** 031-622-9413
ISBN 979-11-6573-195-3 43840

· 이 책의 한국어판 저작권은 EYA (Eric Yang Agency)를 통한 Rogers, Coleridge & White Ltd.사와의
  독점계약으로 천개의바람이 소유합니다.
· 저작권법에 의하여 한국 내에서 보호를 받는 저작물이므로 무단전재 및 무단복제를 금합니다.

· 잘못 만든 책은 구입하신 서점에서 바꾸어 드립니다.
· 천개의바람은 환경을 위해 콩기름 잉크를 사용합니다.

제조자 천개의바람 **제조국** 대한민국 **사용연령** 11세 이상